不埒な彼と、蜜月を

1　処女喪失のために選んだ男

「大丈夫だよ、花純《かすみ》ちゃん。そんなに緊張しなくても」

つい今しがた、わたしの身体を覆っていたものを手際よく取り払ったばかりの男が、艶《つや》っぽい笑みを浮かべながら見下ろしてくる。

二十九歳のいままで処女を守ってきたけれど、とうとうわたしにもそのときがやってきた。

だけど、相手は好きな人でもなんでもない。そう思えば思うほど、身体は強張っていく。

やっぱりやめておけばよかった。

と後悔し始めたのが顔に出ていたのか、男はわたしの肩をそっと撫《な》でた。それだけでもう、びくりと甘い痺《しび》れが襲ってきて、わたしの身体は震えてしまう。

「いまさら、逃がさないよ？」

そう言って、社内でも有名な遊び人である彼――成宮未希《なるみやみき》は、整った顔に酷薄な笑みを浮かべた。

事の起こりは、一時間ほど前にさかのぼる。

わたし――笠間《かさま》花純が勤めているのは、『ミライデザイン』というデザイン会社。アットホームなことを売りにするくらい小さな会社ではあるが、業界では評判がよくてわりと有名だ。

デザイン会社という性質上、残業は多いが、基本的な勤務時間は午前九時から午後六時まで。きちんと納期までに自分の仕事を仕上げれば、土日祝日は普通に休むことができるし、有給休暇も取らせてくれる。その点は恵まれていると思う。

この日は珍しく、午後九時にわたしと課長を残してみんな帰ってしまった。というか、わたしは誰もいなくなるまで待っていようと思って、わざと残業していたのだけれど。もう少し遅い時間になると思っていたから、少しほっとした。

わたしはすぐそこにいる課長――昨年、企画営業課の課長に昇進した成宮さんの、直属の部下だ。絵が好きでこの道に進んだはいいものの、なぜか信じられないくらい絵が下手なせいで、事務ばかりやらされている。

具体的に説明すると、わたしがしているのは営業事務。いわゆる『営業活動のフォロー』だ。社の前線に立つ営業が滞《とどこお》りなくお客様と打ち合わせができるよう、様々な手配をするのだ。その他にも総務や経理の手伝いといった、いわゆる雑用などもしている。それでも、自分の好きな分野に多少なりとも携《たずさ》わっている、ということで現状に不満はない。

成宮さんは課長になるまでは当然自分で営業をしていて、その営業力ときたら見事なものだった。だけど彼も絵は苦手なのだろうか、彼の描いたデザインを、社員の誰も見たことがない。もっぱら、営業以外は事務と雑用をしていた。

そして現在、課長となった成宮さんは、基本的に部下であるわたしの書類をチェックしなければ帰宅することはできない。

わたしは、フロアに成宮さんとふたりきりになったのを改めて確認して、声をかけた。

「成宮さん、書類できました」

「見せて」

課長といっても、本人がそういった役職名で呼ばれるのを好まないこともあり、社内ではこれまで通り「成宮さん」で通っている。

その成宮さんはとうに自分の仕事は終えていたのだろう、パソコンの電源を既に落としていて、傍らに積み上げられた書類をファイルにまとめているところだった。

ファイルをデスクの上に置いて書類を受け取り、目を通す成宮さん。

社内でも遊び人と名高い彼だけれど、仕事はきっちりこなすしミスもしない。仕事中のこういう真面目な表情だけ見れば、遊び人だなんて思えないんだけどなあ……と思う。

サラサラの黒髪に、二重の大きな目、漆黒《しっこく》の瞳。どちらかといえば女性的な、繊細な面立ち。それらを見つめていると、うっかり惹きこまれそうになってしまう。

三十五歳だと聞いているけれど、とてもそうは見えない。顔にしわもないし、白めの肌はすべすべで、下手したらわたしよりも若い肌をしてるんじゃないかと思う。

わたしの背があまり高くないこともあるのだろうけれど、それでもわたしより頭ひとつぶん大きいし、足も長い。スタイルだって満点だ。街を歩いていたら振り向かずにはいられない、男の色気というものもある。

当然、そんな成宮さんとつき合いたい、と言う女性たちはたくさんいる。その上浮いた噂も多く、本命が誰なのかもわからない。わたし自身、彼が社員や出入りの業者の女性と仲睦《なかむつ》まじく話したり、休憩スペースで肩を寄せ合ったりしている場面を何度も見ている。聞くところによれば、寄ってきた女性はみんな彼の餌食《えじき》になるのだとか。本当のことはわからないけれど。

「うん、問題ない。あがっていいよ」

そう言って、自分も帰り支度を始める成宮さん。

「あの、成宮さん」

「ん？　なに？　あ、なんだったらもうこんな時間だし、送っていこうか？」

「いえ、あの……お願いしたいことが、あるんですけど」

そう切り出すと、彼はいささか面倒くさそうな顔をした。

「あー、悪いけど明日にしてくれないかな。もう遅い時間だし、俺持ち帰りの仕事もあるし」

「ええと、そんなに時間はかからない……と、思うんですけど……いえ、かけなくてもいいんですけど……」

「なに？　どんなこと？」

持ち帰りの仕事があるのなら、こんなことをお願いするのは迷惑かもしれない。だけど、わたしも切羽詰まっている。その〝お願いしたいこと〟が理由でこんな時間まで待っていたのだ。

それにしてもいざとなると緊張の度合いがハンパない。いくら成宮さんが遊び人とはいえ、引かれてしまうだろうか。

一瞬、躊躇《ちゅうちょ》したけれど、意を決してわたしは彼に向かって頭を下げた。

「わたしの処女、もらってくださいっ！」


反応があるまで、少し間があった。

さすがの彼も、この申し出には多少なりとも驚いたらしい。

「……笠間さんって、真面目な女の子だと思ってたんだけど」

くすくすと笑う声に恐る恐る頭を上げると、成宮さんは楽しそうに肩を揺らしていた。

そしてふっと真顔になって、わたしをじっと見つめてくる。

「うーん……なんか、ワケあり？」

心の奥底まで読み取ろうとするようなまっすぐな眼差しに、怯《ひる》みそうになる。遊び人でも遊び人なりに、わたしのことを気遣っているのだろうか。彼ならわたしのこんなお願いも軽く受け止めてくれると考えていたから、そんな質問をされるなんて少し意外だった。

「……まあ、ワケあり、ではあるんですけど……」

素直にそう答えると、幸い成宮さんはそれ以上追及しようとはせず、すぐにいつものようにきれいな、そしてどこか悪戯《いたずら》っぽい微笑みを見せた。

「俺でいいなら、喜んで笠間さんの処女、もらうけど」

そう言ってもらえて、わたしはいくぶん肩の力を抜いた。こんなお願いをして断られでもしたら、わたしは相当にイタイ女だ。

「そう言っていただけて、よかったです。処女は面倒くさいって言う男の人もいるって聞いてるので」

「うん、まあそういう男もいるよ。俺は相手が処女なら、処女なりに楽しませてもらうけどね」

そこで、ねえ、と成宮さんはわたしの顔を覗き込む。男性に整った顔を近づけられると反射的に胸がドキドキしてしまうのは、女として仕方のないことだと思う。

「そんなこと言うってことは、笠間さん、俺のこと好きなの？」

「それは……違います」

否定すると、彼は「ふぅん」と言ってあっさり体勢を戻す。

ここで彼のことが好きだと誤解されたら、今後もずっと身体を求められるかもしれない。わたしが望んでいるのは、あくまでも一度きりの関係だ。男の人とつき合うのなら、真剣につき合ってくれる人のほうがいい。成宮さんみたいな遊び人ではそれは叶わないだろう。

「てことは、俺はほんとに笠間さんの処女をもらうだけ？」

その言葉に、少し残念そうな響きを感じたのは気のせいだろうか。

いや、きっと気のせいだ。女の子ならよりどりみどりの成宮さんが、わたしなんかに執着するはずがない。そう気を取り直し、顎《あご》を引いてうなずく。

「はい。処女をもらっていただいたあとも、誰かにそのことを言ったりしません」

というか、成宮さんのほうこそ、こんなこと誰にも話してほしくないのだけれど。

そんなわたしの意図を汲《く》み取ったのか、成宮さんは少し考え込んでから、

「わかった」

と、返事をした。そしてその大きな手で、わたしの手をきゅっと握ってくる。

「じゃ、俺の家に行こうか」

「えっ……い、いまから、するんですか？」

「善は急げ、でしょ？　俺、せっかく目の前にうまそうなご馳走があるのに、先延ばしにするなんて嫌なんだよね」

なにが「善」でなにが「ご馳走」なのかもわからないままに、わたしは成宮さんの車の助手席に乗せられて、彼のマンションに招待された。


季節は、お盆休みに入る直前。

なぜわたしが突然処女を捨てることを決意したのか——それは二日後の土曜日に、お見合いをすることが決まったからだ。それも、そのまま結婚させられること決定のお見合いが。

いい歳をして恋人のひとりもいないわたしに痺《しび》れを切らした母親が、知り合いに頼んで「絶対にわたしをもらってくれる」と約束した上でセッティングしてきたらしい。

断れればよかったのだけれど、なんでもそのお見合い相手の身内がかなりの大物で、断ると父親の仕事にも影響するのだと母親から言い含められてしまった。

いままでも何度かお見合い話を持ち込まれたことはある。でも、ここまで強引な手に出られたの

は初めてだ。今回はお母さんがよっぽどお相手のことを気に入ったのか、それとも少しでも早く孫の顔が見たくなったのか……恐らくそのどちらもだとは思うけれど。

お母さんは昔から強引、というか身勝手な人で、わたしはそんなお母さんに逆らえたことがない。それはもう小さなころから根付いている習性のようなものだから、今回も、ああとうとうこのときが来たか、というあきらめの境地だった。

だけどやっぱり好きでもないのに結婚するだなんて、重苦しい気持ちにしかならず。

わたしは相手の写真を見もせずに、ただ、こんなふうに好きでもない人に処女を捧げるのは嫌だな……と考えていた。それぐらいなら、遊び人でセックスがうまいと社内で噂されている成宮さんにあげてしまったほうが、いい思い出になるんじゃないか、とも。

女にとって、処女というのはとても大切なものだと思う。だけどこのままでは、わたしは見も知らぬお見合い相手にそれを捧げることになってしまう。おまけに、その人がうまいか下手かもわからない。

わたしは別に成宮さんのことを好きでも嫌いでもないけれど、同じ好きでもない人ならセックスがうまい人のほうが断然いい。だって、ただ痛いだけの初体験なんて、相手との間に恋愛感情がない分、むなしいものだと思うし。

それにもうひとつ。二十九歳なのにまだ処女だなんて、お見合い相手にどう思われるだろうか、というのも心配だった。

わたしは、世の男性が処女というものにどういうイメージを持っているかは知らない。けれど、この歳になってもまだ処女ということは、それだけでもう女性として劣《おと》っていると見られるだろうと思った。お見合い相手にわたしが処女だと知られたら、結婚もだめになってしまうかもしれない。

わたしは別にそれでもいいのだけれど、そうなったら父の仕事にどんな影響が出るかわからない。もしそのまま結婚したとしても、これからずっと歳を取るまで一緒にいなければならない相手に、劣っていると思われることはたまらなく嫌だった。

その点、成宮さんだったら女性経験も豊富そうだし、一度きりの関係で責任を取らなくてもいいということであれば、わたしが処女であることにはなんの問題もないはずだ。むしろ他の人より寛容に対処してくれそうだ。

だからタイミングを見計らって、成宮さんに声をかけたというわけだ。

成宮さんは真剣な交際を望むわたしにとって好ましい相手ではないし、それ以前に彼に〝真剣な交際〟なんていう概念があるかどうかもあやしい。もしも成宮さんと結婚しろと言われたら、即座に嫌だと答えるだろう。

けれど不実な彼は、処女喪失の、一度きりの相手としては最適だと思った。

成宮さんの部屋は、会社にも駅にもほど近いところにある新築マンションの十階にあった。

玄関を入ったら真正面に広いリビングがあり、目に飛び込んできた大きな窓の夜景に思わず目を奪われてしまう。

そのリビングを通り、奥にある廊下の電気をつけてくれた成宮さんは、廊下の両端にある扉のうちの片方を開けた。

「ここが俺の寝室だよ」

入って、と優しくうながされる。廊下から漏れてくる明かりに照らされ、きれいに片づけられた寝室が見えた。大きな藍色《あいいろ》のベッドや大容量のクローゼットのあるその部屋は、どう見ても小さなデザイン会社の課長がひとり暮らししているものとは思えない。

「ずいぶん……大きなお宅ですね」

ぽつんと感想を漏らすと、成宮さんは、

「まあ、いろんな事情があって、最近ここに引っ越してきたんだよ。ここは利便性も高いし永住するのにいいってすすめられてね」

と説明してくれる。だけどわたしはその意味をはかりかねた。

三十五歳ともなれば永住型の広めのマンションを購入してもおかしくはないとは思う。けれど、それは結婚相手のいる場合じゃないだろうか。遊び人の成宮さんとはかけ離れた話のように思える。

いや、成宮さんのことだから、結婚云々《うんぬん》は関係なく、狭い部屋では女性を連れ込むのに都合が悪いというだけの話なのかもしれない。そう考えると、それが一番可能性が高い気がした。

そのとたん、これからここで成宮さんに抱かれるんだ、と思い至り、一気に緊張が背筋を走り抜ける。

成宮さんって、社内でもセックスをすることがあるって聞いたけれど本当かな。

ぼんやりとそんなことを考えていると、スーツの上着を脱いだ成宮さんに引き寄せられ、耳たぶを甘噛みされた。

「ひゃっ！」

「なに、考えてんの？」

「い、いえ別に……」

「そういえば、処女はもらうって決まったけど、キスは？　してもいいの？」

キス……か。そういえば処女は捨てると覚悟していたけれど、そんなに細かいことまでは決めていなかった。

「……してもしなくても、どっちでもいいです」

「そう？　キスって案外大事なものなんだけどなあ。すれば気分も盛り上がるし、気持ちいいものだし」

「そ、そうなんですか？」

「うん。キスだけで濡れちゃう子もいるしね」

そこまで言って、ふと成宮さんは小首をかしげた。

「笠間さんは、キスの経験もないの？」

「う……、はい」

「うわ、いまどき貴重だね。ファーストキスまで俺がもらっちゃってもいいの？」

いささか抵抗があるのは確かだけれど、どうせ好きでもない相手とファーストキスをするんだったら、いま、少しでも面識のある成宮さんとしたほうが何倍もいい。

「……かまいません」

そう答えたところで、わたしは気がついた。

「あの、……こんなことを頼んでおいていまさらなんですけど、……成宮さんって、つき合っている人はいないんですか？」

「ああ、いまはいないよ」

さらりと答える彼。けれどセフレなら何人かいるんだろうな、とぼんやり思う。

「またよけいなこと考えてるね」

「あ、……」

「花純ちゃんは、すぐに顔に出るからわかりやすいよ」

いきなり下の名前で呼ばれて、心臓がドクンと跳ねる。歳の近い男の人に下の名前で呼ばれるなんて、それこそ幼稚園のとき以来で。いや、幼稚園児は「男の人」ではないか。ノーカウントだ。

そんなことを少し混乱した頭で考えていると、ふっと顔に影が落ちた。はっと我に返ると、成宮さんの顔がそこにあって、わたしの顎《あご》に手をかけてくる。

「目、閉じて」

「……っ」

ぎゅっと固く目を閉じると、ふわりと唇にやわらかくて熱いものが触れた。

その瞬間、どこかバニラに似た香りがして……触れているだけなのに、唇が押し当てられているだけなのに、意識がふわふわとしてしまう。

ただ触れるだけのキスがこんなにも気持ちのいいものだなんて、知らなかった。それはやっぱり、相手が百戦錬磨《ひゃくせんれんま》の成宮さんだからなんだろうか。

やがて唇が離れると、わたしはつい思ったことをぽろりと口にしてしまった。

「……男の人の唇って、やわらかいんですね」

成宮さんは、くすりと笑う。

「もっと硬いと思った？」

「はい。それに、想像していたのと全然違って……甘い、です」

その瞬間、成宮さんの瞳がなんだか切なげに揺れた。

「そんなに可愛いこと言われたら、めちゃくちゃにしたくなるんだけど？」

「……ン……っ！」

言うが早いか成宮さんは、わたしの両頬を手で挟み込んで、深いキスをしてきた。慌てて唇を閉じようとしても、もう遅くて……成宮さんの熱い舌が入り込んできて、思う存分口内を蹂躙《じゅうりん》されてしまう。

唇を離さないまま幾度も角度を変えられ、最後には舌を吸われて、自分のものではないような甘い吐息が漏れる。それがたまらなく恥ずかしくて、ついうつむいてしまった。

「……キスも、もっと……気持ち悪いものかと思ってました」

その言葉にも、成宮さんは引いたりしない。

「どうして？」

「小学生のとき、よくわたしに意地悪してた同級生の男の子に、マスク越しにキスされたことがあるんです」

わたしは甘く優しい口調に導かれるように、自分のトラウマについて口にしていた。

あのときのことは、いまでも忘れられない。

あのときわたしは、風邪を引いてマスクをしていた。休み時間にいつもどおり教室の自分の席で絵を描いていたら、とんとん、と後ろから肩を叩かれて。振り向いた瞬間を狙って、そこにいた男の子にキスをされたのだ。

マスク越しでも本当に気持ちが悪かった。やわらかいか硬いかなんて判断もつかないほどショックで。もともと引っ込み思案な性格の上に、そのときのトラウマも災いして、以来男の人が苦手になってしまったのだ。時間が経つにつれ、あのときの嫌悪感は薄れていったけれど、いまだに男の人の前ではどう振る舞っていいかわからない。特に好きな人に対しては、まともに話すこともできなくなる。

「……もしかしたらあれがわたしのファーストキスになるのかもしれないですけど……認めたくなくて」

当時の同級生以外は知らない事実。その後できた友達にも誰にも、言ったことがなかった。成宮さんは一度きりの相手だからこそ、こうして言うことができたのだろう。

つと、成宮さんの指が伸びてきて、わたしの唇に優しく押し当てられる。まるで、それ以上はいとでも言うかのように。

そろそろと目線を上げると、わたしを見下ろす優しい漆黒《しっこく》の瞳があった。

「その男の子、花純ちゃんのことが好きだったんだね。でもそんなもの、本当のキスじゃない。きみのファーストキスの相手は間違いなく、この俺だよ」

そう言われたとたん、心がふわりと軽くなったような気がした。成宮さんのことは好きではないけれど、その言葉にわたしのトラウマを消し去ろうとする優しさを感じて、うれしくなる。

思わずなにかを言おうとした唇に、また成宮さんの唇が触れる。まるでわたしの唇の形を確かめるかのように幾度も啄《ついば》んだかと思うと、下唇を軽く食《は》まれる。その状態のまま下唇を舐められて、快感に頭の芯がぼんやりしてきた。

舐めて吸って、甘い吐息を漏らしたわたしの唇の隙間に再び舌が忍び込んでくる。成宮さんの甘い舌に頬の内側や歯列を丁寧に舐められるたびに、指先まで痺《しび》れてしまう。恥ずかしくて思わず逃げようとすると、彼の舌はまた追いかけてきてわたしの舌を絡め取ってしまう。

「ん……っ！」

そのとたん、いままでより強い快感が押し寄せてきて、いっそう大きな声が漏れてしまった。成宮さんはふっと笑い、わたしの両頬を優しく両手で包み込む。

「舌先、弱いんだね」

「わ、からな……」

「舌、出して」

甘いささやきに、さらに恥ずかしさを覚える一方で、同時に興奮もしていた。

「少しでいいから」

きっとわたしの顔は、これ以上ないくらいに赤くなっていることだろう。

そんなことを思いながらほんの少しだけ、そろそろと舌を出してみる。成宮さんは満足そうに微笑むと、それを自分の舌でなぞるように舐めてきた。

「あ……っ！」

びりっとした甘い痺《しび》れにびっくりして舌をひっこめると、「こら」と宥《なだ》めるように頬を撫《な》でられる。

「ひっこめちゃだめだよ。もう一度、出して」

「で、でも」

「いっぱい気持ちよくしてあげるから。……ほら」

初めては気持ちいいほうがいい。その初めての相手に成宮さんを選んだのは、わたしだ。

恥ずかしさは頂点に達していたけれど、わたしはまたそっと舌を出した。待ち構えていたように成宮さんの舌が再びわたしの舌先をなぞる。

「あ……は……っ」

こらえても甘い息が漏れてしまうほど、その舌同士のキスは気持ち良かった。ちろちろと舌先を舐められ、なぞられているだけなのに、身体の芯が疼《うず》いてくるのがわかる。下腹部の奥のほうからなにかがあふれてくる感じもしてきて、羞恥《しゅうち》のあまり成宮さんのシャツの胸のあたりをつかんでしまった。

成宮さんは吐息だけでふっと笑うと、舌先だけのキスをしながら、ゆっくりとわたしをベッドに押し倒す。ベッドは思いの外やわらかく、ふわりとわたしの身体を受け止めてくれた。

さらに成宮さんは器用に、わたしのスーツやその下のシャツ、下着までも取り去ってしまう。寝室の電気は消えたままだったけれど、開けっ放しの扉から射し込む廊下の明かりは、わたしの身体を彼の瞳に晒すには充分だった。

その熱い視線に、ふと我に返ったわたしが慌てて身体を隠そうとしても、成宮さんは片手でわたしの両手首をまとめ上げ、頭の上に固定してしまう。

「大丈夫だよ、花純ちゃん。そんなに緊張しなくても」

そう言ってわたしを見下ろす成宮さんの瞳は、とても情熱的で……ドクン、とまた心臓が飛び跳ねる。その形のいい唇は酷薄な笑みをたたえているというのに、漆黒《しっこく》の瞳は不思議なくらいに真剣で。

いつも成宮さんは、こんなに真剣な瞳をして女の人を抱くんだろうか。そんなに真摯《しんし》な心を持った人とは思えないのに。

緊張でガチガチに固くなったわたしの肩に、成宮さんの大きな手が触れる。わたしは思わず身体をびくりと震わせた。

「いまさら、逃がさないよ？」

そう告げた成宮さんの声は、どこか甘美な響きを伴《ともな》っていた。

——わたし、やばい男にとんでもないことを頼んでしまったのかもしれない。

そんな考えが脳裏をよぎったときには、成宮さんの片手がわたしのささやかな胸のふくらみに移動するところだった。

「あ……っ！」

最初は、形を確かめるように優しく、ゆっくりと。けれど、次第に強弱をつけて、円を描くように揉みしだかれる。そうしながら首筋に舌を這わされて、さらに甘い声を上げてしまった。

「もう乳首、立ってんね」

「や……っ！」

そんな恥ずかしいこと、どうして口にするんだろう。

涙目になって睨みつけると、成宮さんはそれすらも可笑しいと言いたげに口角を上げる。

「強気なのに震えてるって、めちゃくちゃ煽《あお》られるんだけど。わかっててやってんの？」

「ちが、……あ、っ！」

長い指で乳首の周囲を撫《な》でさすられる。器用に中心をよけて、幾度も幾度もそうされているうちに、先端は自分でもわかるほどに硬く張りつめて、ぷっくりと膨れ上がってくる。まだ触れられてもいないのに、そこは既にじんじんと熱を持っていた。

彼のもう片方の手はというと、ベッドに肘をついた状態でわたしの頭を優しく撫でている。

成宮さんって、ほんとにこういうこと、慣れているんだ。余裕たっぷりに見える成宮さんに、また心臓がドキドキしてしまう。

「花純ちゃんって、感じやすいんだね」

心底うれしそうなその声に、羞恥《しゅうち》でぶんぶんと首を横に振る。

「そう？　だってここ、まだ触ってないのにこんなに腫《は》れてるよ？」

「あ、や……っ！」

ふっと乳首に吐息をかけられると、それだけでびりっと電流のような痺《しび》れがつま先まで走る。

「や、もう……っ」

「もう、なに？」

イジワルくささやくその甘い声が、掠《かす》れてこれ以上ないくらいに色っぽく聞こえる。その間も成宮さんの指先は、わたしの乳首の周りだけを丹念に、くすぐるように撫でている。

「どこか、触ってほしいところでもあるの？」

「っ……！」

絶対にわかっていての台詞《せりふ》だろう。事実、そのきれいな顔には悪戯《いたずら》っぽい笑みが浮かんでいる。

「言ってくれないと、わからないなあ」

そう言いながら彼は、ほとんど力が抜けてしまっていたわたしの足の間に自分の足を割り込ませた。

「あ……っ！」

秘所に成宮さんの太ももが当たって、くちゅりと水音がした。やだ、わたし……もう、こんなに濡れていたんだ。

その音は成宮さんの耳にも聞こえていたみたいで、彼は笑みを深くする。天使のようにきれいな顔に浮かぶ、イジワルで容赦のないその微笑みにすら興奮してしまい、背筋がぞくりと粟立《あわだ》つ。

「焦《じ》らされて、もうこんなにしちゃったんだ」

「ち、が……っ……あうっ！」

そのまま太ももを濡れた秘所に擦《こす》りつけられ、初めての刺激に身体が海老《えび》反《ぞ》りになる。思わず成宮さんの肩をつかんだけれど、彼はその行為をやめてはくれなかった。

擦りつけられるたびにそこから発した熱が全身に回り、お腹の奥のほうが熱く疼《うず》いてくる。水音もくちゅくちゅと激しくなっていく。

「なにが違うの？」

笑みを浮かべたまま、成宮さんが耳元でささやく。

「ちが……う……っ」

「だから、なにが？」

「……っ……」

そんな恥ずかしいこと、言えるわけがない。感じてないという言すら、男性に免疫のないわたしにはハードルが高すぎた。絶対に言うまい、と下唇をきゅっと噛むと、成宮さんは指と太ももをゆるゆると動かしながら、くすっと笑う。

「花純ちゃんは、初めてなんだもんね。イジワルは、これくらいで許してあげる」

言うが早いか、成宮さんの指がわたしの胸の先端をきゅっとつまみ上げる。

「ひぁっ！」

我知らず待ち望んでいた刺激に、ひときわ大きな声が上がってしまった。

「可愛い……」

成宮さんがそう言いながら、つまんだ乳首をこりこりと左右に動かす。そうしながら、もう片方の胸の先端を前触れもなしにぱくりと口に含んだ。

「あ……いやっ、……いや……っ」

そのとたんわたしの口からますます甘い声が上がる。

身をよじろうとしても、両方の胸から伝わる快感に腰が抜けてしまっていて、うまくいかない。

成宮さんは指も太ももの動きも休めずに、わたしの乳首を唇に挟んで引っ張り、かと思うとまた口に含んでそのまま舌でころころと転がす。

「だめ……成宮さん、……っ……いや……っ」

「そう？　身体のほうは全然嫌がってないみたいだけど。特にここどか……ほら」

「あ——っ！」

太ももの動きがやんだかと思うと、するりと滑り込むように成宮さんの手が秘所に移動する。そして割れ目を指の腹で軽く押された。くちゅりと淫猥《いんわい》な音が響いてきて、もう恥ずかしくてどうしようもない。

再び上へと戻ってきた長い指で乳首を撫《な》でさすられ、つままれては捏《こ》ねまわされる。その間、自分の濡れたものがじわじわとお尻のほうまで伝っていくのがわかる。それぐらい、わたしは感じてしまっていた。

だけど成宮さんは、今度はお腹から上ばかりを唇と舌、指を使って執拗《しつよう》に攻め立て、下の肝心な部分にはなかなか触れてこない。

おへその周りを舌で触れられただけで、あり得ないくらいに甘い痺《しび》れが背筋を駆け抜ける。そんなところが感じるだなんて、思ってもみなかった。自分で触ってもただくすぐったいだけなのに。

そんなわたしの表情を仰ぎ見た成宮さんは、ふっと笑う。

「くすぐったいところって、性感帯なんだよ。知らなかった？」

「そ、んなの……し、あ……っ」

知るはずがない。そう言おうとしたのに、また成宮さんの舌がお腹から脇腹にかけて攻めてくる。

脇から胸、その先端、そして首筋を丁寧に舌で愛撫《あいぶ》し、指はずっと胸に快感を与えてくる。かと思えば、スッと両手を腰骨のあたりまで下げてきて、そこを優しく撫《な》でさすりながら、胸の先端を舌で捏《こ》ねまわし、唇を使って吸い上げた。

「ひ、……あん……っ！」

腰骨までも性感帯なの？　それとも、胸と一緒に愛撫されているから？

わたしの足の間は、早く触れてほしいとでもいうように、もうたっぷりと濡れてしまっている。

「その声、クる。たまんない」

成宮さんは完全に肉食獣の瞳になって、ぺろりと形のいい唇を舐める。それがたまらなく色っぽく感じられ、お腹の奥のあたりがまた疼《うず》くのがわかった。

やがて腰骨にあった成宮さんの手が、じわじわと太もものほうに下りていく。かと思うと——あっという間に膝に手をかけられ、一息に左右に押し広げられた。

「あ……や、やだ……っ！」

「すごいね。シーツまで濡らしちゃって……そんなにここ、可愛がってほしかった？」

「見ないで……いわない、で……っ」

もう、羞恥心《しゅうちしん》でいっぱいで、成宮さんの顔がまともに見られない。

足を閉じようにも、男の人の力にかなうはずなんかなくて。それ以前に、いままでされた愛撫のせいで、ほとんど身体に力が入らない。

両腕を交差させるようにして、顔を覆い隠していると、成宮さんはふっと笑った。

「そんなことしても、可愛いだけなんだけどね？」

そして長い指で、そっと花芽に触れる。

「あ、……っ」

「すぐに濡れちゃうし、一人エッチはしてたのかな？　これだったら初めてでもイけるね」

くるくると花芽を指で擦《こす》りながら、まるで独り言のように成宮さんが言う。

そんなこと、口が裂けてもこの男に言えるわけがない。確かに自分で弄《いじ》ったりすることはあったけれど、それでこんなに気持ちよくなったことはないし、そもそもイくというのがどういうことなのかもわからない。

「ああ、やっぱり少しはしてたのかな。クリトリスちょっと大きめだし。ここ触ったとたん、濡れ方ハンパないし」

「やっ……あ……っ！」

思わず渾身《こんしん》の力をこめてその手を振り払おうとする。だけど成宮さんはそれすらも許さない。

弄《いじ》っていた花芽の皮をくりっと剥《む》いたかと思うと、舌を擦《こす》りつけるようにして舐め始めたのだ。

「あ、っ……あぁん……っ！」

そんな快感、いままでに知らなかった。その手の小説で、ヒロインの恋人がそういうことをする場面は読んだことがあるけれど、まさか本当にする人がいるだなんて。それが、こんなにも……腰が砕けそうになるほど気持ちいいだなんて。

「ひ、……あっ！」

「指は入れたことないのかな？　すんなり入るのに、すげぇ狭い」

舌で舐めつつ、秘所にくぷりと予告なしに指を入れられて、わたしはたまらなくなった。なんというかこう、下腹部の奥のほうが疼《うず》いてなにかが欲しくなる、そんな衝動。それは切なさにも似ていて、わたしは思わず成宮さんの腕をつかもうとする。

成宮さんはそんなわたしにおかまいもせず、ただ自分が楽しむかのように愛撫《あいぶ》を続けていた。花芽を押し潰しては舌で小刻みに舐めて、捏《こ》ねまわす。秘所に入れた指を、くちゅくちゅと音を鳴らしながら出し入れする。

そのうち、くっとわたしの中に入れられた指が曲げられたかと思うと、ある一点がたまらないほどの快感を訴えてきた。

「ああっ……、いや……っ！　だめぇ……っ！」

わたしは喉をのけぞらせる。

「花純ちゃんのイイとこ、発見」

語尾に音符マークをつけるかのようにご機嫌にそう言って、成宮さんは指をその形にしたまま抽《ちゅう》挿《そう》を速める。それだけでも気持ち良すぎてキツいのに、その上じゅっと花芽を唇で吸い上げられると、瞼《まぶた》の裏がちかちかと明滅し始めた。やがて頭の芯までびりびりと強く甘い刺激が走り、頭の中が真っ白になる。

びくびくと足先まで震えがきて、一気に身体の力が抜ける。それを見て取った成宮さんは、満足そうに微笑んだ。

「ん……花純ちゃんの中、いますごくビクビクってなって締まった。イけたんだね。いい子」

「ん、……ふ……っ……」

これが、イくという感覚なんだ。全身が弛緩《しかん》してしまって、だるいのに気持ちがいい。ふわふわと雲の上を漂っているみたいだ。呼吸も心臓の鼓動も速くなっているのに、それすらも心地いい。

成宮さんは身体をずり上げ、そんなわたしに触れるだけの優しいキスをしてくる。だけど、そうしている間もわたしの中に入った指は、ゆっくりと焦《じ》らすような動きを続けていた。そうされているとさっきよりももっと甘い刺激が襲ってきて、どんどん熱も増してくる。

「なる、みやさ……っ」

「んー?」

「も、……っ」

見上げれば、いつの間に脱いでいたのか成宮さんも裸になっている。その肩をつかんで訴えてみるけれど、彼は楽しそうに目を細めて笑うだけ。

成宮さんは三十五歳とは思えないほど身体が引き締まっている。余分な肉なんか、一切ない。女性的な顔に、がっしりと筋肉質で男らしい身体。そのギャップにどきりとしてしまう。

それに、わたしを見下ろす瞳はとても情熱的で色っぽく、その表情もなんだかうれしそうだ。これが成宮さんの夜の顔なんだと思うと、無性にドキドキした。

「指……っ」

抜いてください、と言おうとしたのに、成宮さんはくすっと笑う。

「ああ。指じゃ足りないよね？」

そしてベッドサイドをごそごそと探ってなにか小さなセロファン状の薄っぺらい袋を取り出すと、歯を使ってピリリとその袋を破き、中身を取り出した。そして相変わらず片手の指をわたしの中に出し入れしたまま、半透明のそれを器用に自身のそそり立った肉棒にかぶせる。

そこでわたしはそれが避妊具であることを知ったのだけれど、同時にあることに気づいてごくりと唾を呑み込んだ。

「あの、……」

「ん？」

「その、……男の人のって、みんなそんなに大きなものなんですか……？」

それは単純にそう思っての疑問だったのに、成宮さんはククッと喉の奥で可笑しそうに笑った。

「なんか、俺のは特別大きいみたいだね。だからちょっと痛いかもしれないけど、ごめん」

「え、」

「ていうか、花純ちゃんがさっきから可愛すぎて、俺もう限界。もし手荒にしちゃったら、ごめんね？」

「成宮さ、……っ」

不安になったわたしに、成宮さんは幾度かキスをしながら、そっと指を引き抜く。

喪失感に少し下腹部がヒクヒクと疼《うず》いたのは、一瞬だけ。

すぐに指よりももっと大きくて熱くて硬いものが、まるでめり込むかのように入ってくる。わたしは痛いというよりもその質量に驚いて、つかんでいた成宮さんの肩をひっかいてしまった。

けれど成宮さんはそれを咎《とが》めるでもなく、わたしの腰をつかみながらゆっくり、ゆっくりと腰を押し進めてくる。少し進んではまた少し戻って、また少し進んで……そのたびにわたしは今成宮さんと繋がろうとしているんだ、と実感する。だけど同時に少しばかり不安も戻ってきて、ぎゅっと目をつむってしまった。

そんなふうに浅く動きながら成宮さんは、

「花純ちゃん」

と優しい声音《こわね》で呼びかけてきた。

「大丈夫だから、目を開けて。恐いなら、俺の背中に手を回して。しっかり、しがみついていて」

成宮さんがあまり穏やかにそう言うものだから、そっと目を開けてみた。

彼は優しく微笑んでいた。成宮さんのこんな微笑みは見たことがない。ちょっと驚いたけれど、そのおかげでほんの少し心と身体の緊張がほぐれる。

言われたとおりにおずおずと成宮さんの背中に手を回した。

「顔、こっちに向けて。いっぱいキスしよう」

「は、い……っ……」

あやすように下の入り口のほうだけを軽く揺さぶる成宮さんに、わたしは小さくうなずく。すぐに成宮さんは優しくキスをしてくれて、わたしの唇や舌を丁寧に舐めたり吸ったりしてくれた。そのおかげか、入り口の痛みと違和感が徐々に引いてきて、擦《こす》られる熱い感覚にも少しだけ慣れてくる。

「ん……なんとかいけそう、かな」

成宮さんが独り言めいたつぶやきを口にしたかと思うと、ぐっと一息にソレを押し込んできた。

「ひ、……あん……っ!」

生理痛に似た鈍痛《どんつう》が、少しあった。だけど、それだけじゃない。じんじんと、痛みともなんともわからない疼《うず》きが、わたしの身体の奥のほうから湧いてくる。

成宮さんは、なにもかも見透かしたように、わたしの頭を撫《な》でてくれた。

「花純ちゃんの中、とろとろ。熱くてやわらかくて、狭くて……俺のに絡みついて、ヒクヒクして……ちょーきもちいい。俺の腰まで、溶けちゃいそう」

掠《かす》れたその声が色っぽいと感じた瞬間、わたしの中がきゅっと締まった。そのせいで、そこに入っている成宮さんの大きさや形や硬さ、熱までもがはっきりとわかってしまう。

わたしの中はもうこんなに成宮さんでいっぱいなんだ。そう思うと、切ない反面、ドキドキしてきて、胸までもがきゅんと疼く。

同時にわたしのそこも蠢《うごめ》き、成宮さんが、一瞬切なげに眉根を寄せる。その表情にすら、わたしは見惚れてしまう。男の人って、こんなに色っぽい顔をすることがあるんだ。

「ちょ、花純ちゃん。そんな潤《うる》んだ目で見上げられて、締めつけられたら……っ……。それ反則……すげぇ煽《あお》られる」

「え……？」

「あーもう、だめだ。限界」

「ひゃ、あぁ……っ！」

言うが早いか、成宮さんは小刻みに腰を動かし始めた。異物が擦れる感覚に、戸惑いを覚える。

成宮さんが中のものを動かすたび、わたしの中が引き攣《つ》れるような、そんな感覚。

初めて感じる熱さと硬さに擦られるたびに、わたしまで気分が高揚してくる。

最初の違和感は、成宮さんが指で花芽を撫でるように擦り始めると、不思議なことに快感へとすり替わっていく。そうなるともう、さっきまであった羞恥心《しゅうちしん》はなくなってしまい、快楽への欲求と興奮も手伝って自然と腰を動かしてしまう。

「あんっ……！　あ、あ……っ！」

「花純、ちゃん……っ」

がつがつと、成宮さんの動きがだんだん大胆に、激しくなってくる。

時折成宮さんはなにかを探るように腰をグラインドさせていたけれど、ある瞬間にわたしがひときわ大きく声を上げてしがみつくと、そこばかりを攻め始めた。そうすると残っていた痛みや苦しみは全部消えて、激しい快感が腰から頭の芯まで波のように幾度も駆け抜ける。そのたびに勝手に声が上がり、理性までも飛びそうになる。

「やっ……！　いや、そこだめぇっ……！」

「ん……花純ちゃん、そんなこと言って、……は……っ……ここ攻めたとたん俺のをきゅうきゅうに締めつけてるよ……？」

「いやぁ……っ！」

熱い昂《たか》ぶりだけじゃなくて、言葉でも指でも攻められて、どうにかなってしまいそう。

腰骨と腰骨がぶつかるほどに、成宮さんは激しくわたしを突き上げる。その硬いもので擦《こす》られるたびに、わたしは昇りつめていく。

痛いのに、その何倍も気持ちがいいだなんて、わたし……初めてなのに、おかしいのかな。そんな疑問が頭の片隅に浮かんだけれど。

「初めてなのに他のこと考えていられるなんて、花純ちゃん余裕だね？」

「ちが、……ひぁんっ！」

浅いところまで抜かれたかと思うと、がつんと音がしそうなほど一息に最奥を穿《うが》たれて、身体がビクンと跳ねる。また引き抜かれて、また穿たれて。指で花芽をやわらかく擦られながらそうされるうちに、わたしはあられもない声を上げて成宮さんの背中に爪を立てていた。

「やだ、もう……っ……また、なにか……っきちゃう……っ……！」

「イきそうなら……っ、イってもいいよ……っ」

さっきイったときよりも、いまの快感のほうがよほど大きい。まだ慣れないその感覚が少しだけ恐いのに、成宮さんに何度も何度もキスをされると、そんな恐れもなくなっていった。こんなに優しく激しいキスをされたら、自分が愛されているのだと勘違いしてしまいそうだ。

「ほら、俺に顔見せて……イくって言いながら、……イってごらん……っ」

「や、そんな、こと……っ……ああっ！」

そんなこと言えない。

わずかな理性をかき集めてそう言おうとしたのだけれど、突き上げられながら一番感じる花芽を少し強く指で擦られて、そんな言葉は今度こそどこかに飛んで行ってしまった。

「な、るみやさん……っ、わたし、っ……！」

「うん、……っ……なに……？」

「い、く……っ……いっちゃ、う……っ！」

わたしの上で動いていた成宮さんの顔に、またやわらかな微笑みが浮かぶ。と同時に、わたしの中の成宮さんの熱が、また大きく膨らんだような気がした。

「可愛い……花純ちゃん」

「や、あ、っ！」

抉《えぐ》るように腰を何度か動かされ、花芽を擦ったりつまんだりされているうちに、間もなくわたしはまた大きな波に呑み込まれ、さっきのように目の前が真っ白になるのを感じた。またイッたんだ、と今度ははっきりわかった。

身体を弛緩《しかん》させるわたしに、成宮さんが再びキスをする。舌先を絡められ吸われながら中を硬く大きなもので擦《こす》られると、これも気持ち良すぎて腰ががくがくしてしまう。

成宮さんの腰の動きは、ますます激しくなる。イったばかりのわたしには、その刺激が強すぎて、もう言葉にすらならない。出るのは喘《あえ》ぎ声ばかりで。

「く、……っ」

やがて成宮さんは、わたしの身体を力強く抱きしめて、ひときわ強くがつんと奥を穿《うが》った。お腹の中に、薄い膜越しに熱いものがドクドクと吐き出されるのを感じて、なぜだかまた胸がきゅんと締めつけられる。

「だめだって、いまそんな締めつけられたらまた……っ」

成宮さんは苦笑しながら、急いで腰を引いてわたしの中から自身を抜き取る。くったりとなっていると思っていた成宮さんのそれは、避妊具の先のほうに白いものを溜めているにもかかわらず、まだ大きいままで反り返っている。息を切らせながらもびっくりしてそれを見つめていると、成宮さんはくすっと笑って唇にキスをくれた。

「俺と花純ちゃんって、身体の相性いいのかも」

「……え……？」

「だって俺、こんなに気持ちいいの初めてだし。花純ちゃんが初めてじゃなかったら、いますぐにでももう一度突っ込んで、めちゃくちゃに花純ちゃんの中を突き上げたくてたまんないもん」

「……っ」

そんなことを言われると、ものすごく恥ずかしくて顔が熱くなる。成宮さんはふっとやわらかく微笑んで、わたしの頭をそっと撫《な》でてくれた。

「どう？　花純ちゃん。気持ちよかった？」

まだ頭が朦朧《もうろう》としていたけれど、わたしは素直にコクンとうなずいた。


ギシ、というベッドのスプリング音で、目が覚めた。

いつの間にか、うとうとしていたらしい。見るとわたしの隣から成宮さんが身体を起こして、ベッドから降りたところだった。

その均整のとれたしなやかな肢体に思わず見惚れていると、視線に気づいたのか成宮さんがくるりと振り向く。わたしは慌てて目をそらした。

「花純ちゃん、起きたんだ」

「わたし、どれくらい寝てましたか？」

「三十分くらい。仮眠程度かな。もう少し寝てたら？　なんなら泊まっていってもいいし」

「いえ、わたし両親と一緒に住んでいるので、外泊は無理なんです」

そう言いつつ身体を起こすと、下腹部にわずかな違和感を覚えて、思わず動きを止める。まだ、中に何かが入っているような感覚がする。

……本当に、しちゃったんだ。

改めて実感すると、なんともいえない感慨が襲ってくる。

「花純ちゃん？」

クローゼットから黒いシンプルなTシャツとジーンズを出して着替え終え、心配そうに声をかけてくる成宮さん。見上げればその整った顔にいまさらながらドキリとしてしまう。

……しちゃったんだ、しかも……こんなかっこいい人と。

これで遊び人でなければ、もっとよかったのに。でも、彼が遊び人でなかったなら、わたしの処女をもらってくれることもなかっただろう。

「身体、平気？」

成宮さんはベッドサイドからリモコンを取り上げ、寝室の電気をつける。ぱっと視界が明るくなった。

「……大丈夫、です」

そろそろと身体を起こして、ベッドの上に散乱した自分の服をかき集める。そしてふと、自分のお尻の下あたりのシーツが赤く染まっていることに気がついて、わたしは硬直した。

「あ、あの」

「ん？」

「ごめんなさい、シーツ……汚しちゃって」

「ああ」

わたしのたどたどしい言葉だけで意味を理解したらしく、成宮さんはくすりと笑う。

「替えがあるから、気にしなくていいよ。それに、俺が花純ちゃんの処女を奪ったんだから、それは俺が汚したようなものだし」

「っ……」

その言い方が妙に恥ずかしくて、耳まで熱くなってしまう。

成宮さんは、通勤用鞄《かばん》と一緒に寝室の入り口あたりに置いてあったコンビニ袋をごそごそとやり、なにかを持ってきてわたしに差し出した。

「泊まるんじゃないなら、これ使いなよ」

そういえばこのマンションに来る途中、彼はコンビニに寄ってなにかを買っていたっけ。

受け取ってみると、それは生理用ナプキンと下着。わたしは思わず取り落としそうになった。

「こ、これ成宮さんが買ったんですか？」

「ん？　そうだけど」

恥ずかしく、なかったんだろうか。そう思ってちらりと成宮さんの顔を見上げてみても、彼は相変わらずなにを考えているかわからないきれいな微笑みを浮かべているだけだ。

——きっと彼はこんなこと、慣れてるんだ。

わたしの処女をもらうと決めたことで、前もってコンビニで準備をしてくれたに違いない。なんだかわたしのほうが恥ずかしくなってしまう。

「ありがとう、ございます」

それから成宮さんに寝室から出てもらって、そそくさと身支度を整えた。

その後成宮さんは、わたしを家まで車で送り届けてくれた。

万が一両親に見つかったらややこしいことになるから送らなくてもいいです、とは言ったのだけれど、成宮さんが譲らなかったのだ。そういうところを見ると、成宮さんは女の子に対して優しいんだなと思う。女慣れしているとも言うのだろうけど。

助手席で成宮さんを案内しながら帰途に就いたものの、家に着いてもなんとなく両親と顔を合わせるのが気恥ずかしくて夕食もろくに食べられず……シャワーだけはきっちり浴びて、早々に自分の部屋へとひきこもった。

「はあ……」

ベッドに仰向けに寝転がる。とたんに成宮さんの色っぽい顔が脳裏に浮かんできて、慌ててぎゅっと目を閉じた。

わたしの女としての見た目は、良く言っても中の中くらいだと思う。至って平均的。スタイルも特別いいわけじゃないし、それどころか胸なんて小さいほう。なのにお尻は大きくて、そのアンバランスさが昔からコンプレックスだった。背だって高くはない。

過去に好きな人はいたけれど、男性が苦手な上に相手を好きになったとたんにまともに話せなくなる性格が災いして、彼氏なんていたこともなかった。だからこの歳まで、ずっと処女を守っていた。

だけど、もう……わたしは、いままでの自分とは違う。鏡を見たときはぶっちゃけどこも変わっていないとも思ったけれど、とにかくいままでとは違うんだと必死に自分に言い聞かせた。だってそうしないと、明後日の土曜日に待っているお見合いまで、気をしっかり保つことができない。落ち着かなきゃ。わたしはもう、身体も年齢も成熟した女なんだから。

そう心の中で念仏のように唱えてはみたものの、心はちっとも静まってくれない。

お見合いということでいまから緊張しているせいもあるし、なによりも、さっきの成宮さんの身体や、ささやかれた言葉が頭にちらついて……結局わたしはその夜、一睡もできなかった。

翌日になっても、まだ下腹部の違和感は抜けなかった。いつも使わない筋肉を使ったのだろうか、身体のあちこちが少しだけ痛かったりだるかったりもしたけど、頑張って出社する。

成宮さんと顔を合わせたときにはちょっと緊張したものの、彼はいつもどおりの、なんてことのない笑顔と態度だったので拍子抜けしてしまった。呼び方も当然、「笠間さん」に戻っている。まあ、ここで成宮さんの態度が変わったりしても、困るのはわたしのほうなのだからありがたいといえばありがたい。

だって社の誰にも、成宮さんと関係を持ってしまったことなんて知られたくない。あくまでも成宮さんとは、一夜限りの関係だと決めていたのだから。

だるい腰をさすりながらデスクワークをし、資料室に必要書類を取りに行く。あまり整理のされていない棚を前に、懸命に目的のものを探していると、

「笠間さん」

と落ち着いた低い声音《こわね》で呼ばれて振り向いた。

入り口に、同期の小宮士郎《こみやしろう》さんが立っている。

小宮さんはちょっと癖のある焦げ茶色の髪に、やはり焦げ茶色をした切れ長の瞳。背は成宮さんと同じくらいに高く、成宮さんと並ぶほど周囲の女性に人気もある。歳は、確かわたしと同じだったと思う。

成宮さんは会社でもシャツの喉元のボタンをいくつか外したりして、よけいに軽い雰囲気を感じさせているのだけれど、小宮さんは違う。まるでマネキン人形のように、きっちりとスーツを着こんでいる。これもきっと、真面目な性格の表れだろう。

普段はあまり愛想のない、小宮さん。だけど、たまに笑うととても可愛い。それに彼は、そのクールでストイックそうな見た目からは考えもつかないような、可愛らしいイラストを描いたりもする。そのギャップもまたいいと思う。

そんな小宮さんに、わたしは少し憧れを抱《いだ》いてもいた。ちゃんとした恋愛感情とはまだ言いがたいのだけれど、それでも彼に話しかけられるたび、それが仕事の用事であってもうれしくて、顔が熱くなって……ドキドキしていた。いまも胸の鼓動が速くなってきて、わたしは懸命に平静を装う。

「小宮さんも、資料探しですか？」

「いや、笠間さんがこっちに向かうのが見えたから」

それは、どういう意味だろう。仕事がらみの用事で、追いかけてきてくれたのだろうか。

「すみません、すぐに戻りますから」

「ああ、そうじゃなくて……笠間さん、今日ちょっと身体つらそうだったから手伝おうと思って。体調は大丈夫か？　風邪でも引いたか？」

とくん、と心臓が高鳴る。同時に、ゆうべの成宮さんとのことを思い出してしまい、かぁっと一気に耳まで熱くなるのを感じた。

「い、いえ、別に……風邪というわけではないので……っ」

しどろもどろにそう言うと、小宮さんはすたすたとわたしの目の前まで歩いてきて、顔を覗き込んでくる。

「顔が赤い。熱でもあるのか？」

そう言って手を伸ばしてきたので、わたしは慌ててぶんぶんと首を左右に振った。

「だっ大丈夫です……っ！　あ、あの、資料探さなくちゃいけないので……っ！」

わたしは棚に向き直り、資料探しの続きを始める。うっかりすると、成宮さんの甘いささやきや色っぽい表情、身体つきなんかも脳裏によみがえってきてしまうので、理性を総動員する羽目になった。

幸い小宮さんはそこで引き下がり、代わりにわたしと一緒に資料を探し、たいした量でもないのに業務フロアまでファイルを持ってきてくれた。

フロアに戻ると、つい成宮さんの姿を探してしまった。

彼は社長の荒瀬《あらせ》さんと、なにか話をしていた。成宮さんと社長のツーショットは、よく見られる光景だ。きっと彼は、社長に信頼されているんだろうなと思う。そうでなければ、課長に昇進なんてしないし。

それに社長は、成宮さんに対しては屈託《くったく》のない笑顔を見せたりもする。もともと社長は社員全員にフレンドリーではあるけれど、成宮さんの前だといい意味で言動に遠慮がなくなる。

ふたりを見ていたわたしは、そっとため息をついた。

昨日までは小宮さんの前では彼のことしか考えられないくらいだったのに、いまは成宮さんのことまで気になって仕方がない。それも身体の関係を持ってしまったからだろうか。

いや、きっと違う。小宮さんがわたしの体調の話をして、それで成宮さんのことを連想してしまったからいっぱいいっぱいで……

これでは小宮さんと成宮さんのどちらにドキドキしているのか、わからない。

それもきっと下腹部の違和感がそうさせているんだ。

わたしは自分にそう言い聞かせ、それからはひたすらパソコンに向かい続けた。


そしてそのまた翌日、土曜日のこと。わたしは着慣れないレンタルの着物を着せられた。着慣れないどころか、成人式以来だと思う。

「六道《りくどう》さん、とてもかっこいいのよ。花純も写真くらい見ればよかったのに。ああ、早くいらっしゃらないかしらねえ」

付き添いをするお母さんは、完全に舞い上がっている様子。

相手方が手配してくれたという、この高級料亭の個室も緊張を煽《あお》ってくるようで、はっきり言って居心地が悪い。相手の写真は見る気もしなかったけれど、名前だけは両親に無理矢理覚えさせられた。

六道未希《みき》。

奇《く》しくもおとといわたしの処女をもらってくれた、成宮さんと同じ名前。

成宮さんといえば、昨日会社で顔を合わせたときのことを思い出す。

態度も呼び方も、普段どおりだった成宮さん。わたしは小宮さんの前で彼とのことを思い出して、あんなにドキドキしていたのに……成宮さんにとっては一夜限りの関係なんて、当たり前のことなんだ。そう思うと、なぜだかちょっとだけ、淋しかった。

「お待たせしてしまいまして申し訳ありません」

入り口のほうから男性の声がして、じっと下を向いていたわたしはびくりと身体を震わせた。

いよいよお見合いが、始まるんだ。

「いいえ、わたしたちが早めに来ただけのことなので、お気になさらないでください。……ほら花純、いつまで下を向いてるの。六道さんに、ご挨拶なさい」

お母さんは相手方の付き添いの男性ににこやかに応対してから、わたしを肘で小突く。わたしはそろそろと顔を上げて、正面に座ったお見合い相手を見た。

瞬間、ドクンと心臓が鳴り、これでもかというくらいに目を見開いてしまう。

「こんにちは、花純ちゃん」

だって、そこにスーツ姿でにこにこと座っていたのは、紛れもない、成宮さんその人だったから。

「な、……どうして成宮さんが……」

けれど成宮さんは驚くわたしにかまわず、にこやかに続ける。

「お義母《かあ》さんには伝えておいたんだよね。きみとは同じ会社の上司と部下の関係で、おとといからプライベートなおつき合いもさせていただいているんですって」

「なっ……」

なにを言い出すんだ、この人はっ！

しかもわたしのお母さんのことを既に「お義母さん」呼びだとか……っ！

わたしは言葉を失ったまま、金魚のように口をぱくぱくとさせて成宮さんを見つめるだけ。

「詳しいことを話してなくてごめんね？　おととい、お見合いのことを正直に話そうと思ったけど、花純ちゃんそれどころじゃなかったから」

成宮さんがそう付け足すと、隣の初老の男性がたしなめるように言う。

「それならやはりいま言うべきだな。お母さまのほうにはお話は通しているはずだが、未希と結婚するのは花純さんだ。花嫁がなにも知らないままというのも、酷《こく》だろう」

「そうですね」

成宮さんは、顎《あご》を引いてうなずく。

「なにも知らないままって……？」

隣を見ても、お母さんはにこにこと成宮さんと付き添いの男性に向けて愛想笑いを浮かべているだけ。

確かにいまのわたしは、まったくなにも知らない状態なのだけれど。どうして成宮さんがここにいてわたしとお見合いなんてしているのかも、どうして彼が会社で苗字を偽《いつわ》っていたのかもわからない。

そこで付き添いの男性が、スーツの内ポケットから名刺を取り出してわたしに差し出した。

「申し遅れました、花純さん。私はK県の県知事をしております、六道良一《りょういち》と申します。未希の実の父です」

名刺を受け取ったわたしは、またまた固まってしまった。六道良一って……あの六道良一!?

いくら世情に疎《うと》いわたしでも、その名前なら知っている。考えてみれば六道なんてかなり珍しい苗字だから、いままで気づかなかったほうがおかしいのかもしれない。お見合いのことで頭がいっぱいで、六道は六道でもまさかK県の県知事と関わりのある「六道」だと思い至らなかったのは確かなのだけれど。

六道良一といえば、彼がいま自己紹介したようにK県の県知事をしていて、お家《うち》は代々政治家の家系。元をたどれば由緒正しい伯爵家という家柄らしい。加えてその魅力的なロマンスグレーと紳士的な物腰もあって、女性誌が頻繁に騒ぎ立てているのだ。

そういえば、突然登場した成宮さんばかりに気がいっていたけれど、六道さん、確かにテレビや雑誌で見たことがある。

「まあ実の父といっても、父さんは俺が小さいころに離婚してて、俺は母さんのほうに引き取られたから、苗字が違うんだよ」

成宮さんの説明に、なるほど、と思う。いや、それでも謎が残る。

「それならどうしていまのままのお名前でお見合いしなかったんですか？」

「だって、まんま俺の本名でお見合いしたら、花純ちゃんに警戒されると思ったから。俺の見合い写真も花純ちゃんには別の男の写真を見せるように、ご両親に頼んでおいたくらいだし」

「へっ？」

思いもかけない理由に、わたしは目を丸くする。

「とはいえ、花純はお見合い写真を見ようともしませんでしたわ」

ほほほ、とどこぞのお嬢様のような、似合わない笑い声を上げるお母さん。

なんてことだろう。なんにも知らなかったのは、わたしだけだったなんて。

確かにわたしは、お見合い相手が成宮さんだとわかっていたら、いまよりもっと警戒していたかもしれない。もしかしたらお見合い自体断ってしまったかも。

だって彼は、遊び人だし。一夜の相手には最適でも、結婚相手としては不適格だ。

わたしがいつも成宮さんに対して感じていたことを、彼は敏感に察していたのだろう。仕事ができることは知っていたけれど、勘までいいなんて……どこまでも食えない。

「だけど、どうしてわたしとのお見合いなんて仕組んだんですか？　成宮さんだったら、他にもたくさんいい人がいたと思うんですけど」

それが、一番の疑問だ。すると六道さんが、口を挟んできた。

「六道家はいくつか会社経営もしていましてね。そのひとつを未希に任せたいとずっと前から言っていたんですが、こいつは全然首を縦に振らなくて。それなら六道の跡継ぎを作ってもらうということで譲歩したんですよ」

「跡継ぎ……？」

「ええ。六道はそういうことにうるさい家系でして。しかも本家の男子は未希しかいない。会社経営をしないなら、せめていつまでも遊んでいないで、結婚して跡継ぎを作れと言ったんです。それで何人か見合い相手も見繕《みつくろ》ったんですが、こいつが『笠間花純以外の女性とは結婚しない』と言い出しまして……突然の話に私も驚きましたが、大事なのは未希の気持ちですからね。こいつの気が変わらないうちにと思って花純さんのお父上と連絡を取りました。幸い私の大学時代の同級生でしたからね。そしたらちょうど、花純さんも結婚する気配がないというのがご両親の悩みの種とお聞きしまして」

「俺がただ普通に結婚を前提につき合ってくれなんて言ったって、花純ちゃんは絶対断ると思ったしね。だから、こんなお見合いを仕組んだんだよ」

成宮さんが、そうしめくくる。

成宮さんが実はそんないい家柄のお坊ちゃんだったなんて驚きだけれど、わたしにはもっと重要なことがあるわけで。

「いや、でもあの……どうしてそれがわたしなのかを聞いてるんですけど」

「そんなことどうでもいいでしょ花純！　顔もよくて背も高くて家柄もしっかりしていて、お金も本来なら働かなくてもいいくらいにあって。こんないい人、一生かかってもあなたには見つけられないわよ。細かいことにこだわってないで、さっさと婚姻届に記入しなさい」

わたしの言葉を遮《さえぎ》るようにしてお母さんが言う。あの、いまなんだかとっても不穏な単語が聞こえた気がするんですが。

「婚姻届って……？」

恐る恐る尋ねると、

「用意してきました」

と六道さんが、持っていた鞄《かばん》から大きな茶封筒を取り出す。そして中から一枚の紙を取り出して、わたしの目の前に置いた。そこには確かに婚姻届と書かれてあって、しかも相手の欄はすべて記入済みで。

「え、ちょ……まさか、今日入籍するとかじゃないですよね!?」

焦るわたしに、成宮さんはにっこりと微笑む。

「この前も言ったけど、善は急げって言うでしょ？　結婚式もあとでちゃんとやるけど、まずは入籍だけでもしておかないとね」

「今日お見合いしたばかりなのに!?」

「元々結婚は決まっていたお見合いなんだから、いいじゃない花純」

お母さんが上機嫌に言えば、

「跡継ぎも早く産んでほしいですしな」

と六道さんも、上品な笑みを浮かべながらうなずく。

というか六道さん、物腰が上品なわりに言っていることがかなり過激な気がするんですがっ⁉

「花純ちゃん、ちょっといいかな」

ひとりだけ状況についていけずあたふたしていたわたしに、成宮さんが呼びかけてきた。彼は六道さんとお母さんに「少し、ふたりで話したいので少々待っていていただけますか」と言い置くと、席を立ってわたしの手を取る。

「ちょ、ちょっと成宮さん……⁉」

「いいから、おいで」

そしてそのまま無理矢理、個室の外まで連れ出した。

成宮さんはさっと視線を走らせる。いまのところ、廊下に人気《ひとけ》はない。彼はわたしの手を握ったまま酷薄な笑みを浮かべ、ゆっくりと見下ろしてきた。

「花純ちゃん。婚姻届、さっさと記入してくれないと……おとといの夜に花純ちゃんの声を録音したもの……匿名《とくめい》で社内に流すよ？」

「っ！」

わたしはまたも、唖然。

おとといの夜に録音したものって……まさか成宮さん、わたしを抱いているときずっとわたしの声を録音してたっていうこと⁉

目を見開くわたしの耳元で、成宮さんはどこか楽しそうに甘い低音ボイスでささやきかけてくる。

「イく、イッちゃうって……可愛く啼《な》いてたよね？　あれ……俺としてもできれば俺の心の中だけにとどめておきたいんだけどなあ。花純ちゃんが言うことを聞いてくれないのなら、仕方ないよねえ」

わたしのあんな声が社内に流されてしまったら、いままで築き上げてきたものが全部なくなってしまう。ゾクリと背筋が震えた。

やっぱり、わたしの勘は当たっていた。この男、やばい奴だった。とんでもない腹黒だ。あの夜以来成宮さんって優しい一面もあるんだと思っていたけれど、間違いだった。

「……成宮さんって、遊び人ってだけじゃなくて最低腹黒男だったんですね」

せめてもの抵抗に涙目で睨みつけても、成宮さんは、

「褒めてくれてありがとう」

と、にこにこしているだけで。

そしてその日わたしは泣く泣く、婚姻届にサインをしたのだった。どうしてわたしのことを結婚相手として選んだのかは、やっぱりまだわからないままに。

2　翻弄される心

婚姻届は成宮さんによって、その日のうちに市役所に届けられたらしい。

この結婚は本当に用意周到に計画されていたようで、個室に戻ったとたんに結婚指輪の交換までさせられた。

もちろん、結婚指輪は成宮さんが用意したもの。成宮さんの指に合うのは当たり前だけれど、わたしの指にまでぴったりだったのは、おおかたお母さんを使って事前にサイズを調べておいたんだろう。

いま思えば、わたしの処女をもらってくれたあの夜、成宮さんはわたしが実家住まいだということも知らなかったふりをしていたのだと思う。あくまでも、お見合いまでの間、わたしを警戒させないために。本当に、なんて男なんだろう。

そしてその翌日の日曜日、わたしは少ない荷物とともに、いまだ歓喜している両親に見送られて彼のマンションへと引っ越し、そこで彼と同居することを余儀《よぎ》なくされた。改めて考えると、成宮さんがこの永住型マンションに引っ越しを決めたのも、わたしと結婚するためだったのかと理解できる。

結婚式はまだ先だけれど、先にお盆休みに新婚旅行のつもりでどこかに行ってきたらどうかと六道さんにすすめられた。もちろん本番の新婚旅行は、結婚式を挙げたあとにちゃんとしなさいね、とも。

そんな急に言われても、いまからだと国内も海外もめぼしいところは予約でいっぱいだろうし……なによりもまだ、わたしの心がまったくついていけていない。心というか、気持ちというか。

いま現在、寝室のクローゼットに成宮さんがスペースを空けてくれたので自分の服をしまっているのだけど、それでもまったく実感が湧かない。

確かに、最初から好きでもない人との結婚が確定していたお見合いだったけれど、相手が成宮さんとなれば話は別なわけで。

これじゃ、まったく知らない男性相手のほうがマシだ。だって成宮さん、絶対浮気しそうだし。いまだってセフレとかいそうだし。

「花純ちゃん」

「うわ、は、はい!」

突然背後から声をかけられて、わたしは飛び上がる。振り向くと、寝室の入り口に成宮さんが立っていた。

「荷物、片付け終えた?」

「あ、はい。一応……」

そもそも持ってきている荷物が少ないから、そんなに時間はかからなかった。

「じゃあ、コーヒーでも飲もうか。それとも紅茶がいい?」

「あ……コーヒー、でいいです」

「了解」

成宮さんはくるりと背を向けて、ダイニングへと向かう。わたしも慌てて後を追った。

「というか成宮さん、わたしがやりますよ」

「花純ちゃんさあ」

成宮さんはわたしの言葉を無視してマグカップをふたつ食器棚から出し、コーヒーを淹《い》れ始める。うちではインスタントのものしか飲んだことがなかったけれど、彼が淹れているのはドリップ式だ。

「そんなに後悔したって無駄だよ。戸籍上じゃ、もう俺の奥さんなんだから」

完全に、見透かされている。

「そんなに嫌だったんなら、さっさと彼氏でも作ればよかったんだよ」

「それができてたら、いまここでこうしていません」

「好きな人も、いなかったの？」

「過去にそれなりにいましたけど、告白する勇気もなくて……いざ告白しても、ふられてましたし」

「ふぅん」

成宮さんは、気のない返事をする。

「コーヒーにミルクと砂糖は？」

「あ……じゃあ、ミルクだけ」

成宮さんは薄いピンク色のマグカップにだけミルクを入れて、「はい」と渡してくれる。

「ありがとうございます」

わたしはお礼を言って、成宮さんが自分のマグカップに口をつけるのを待って、コーヒーを飲む。いつもわたしが飲んでいるコーヒーよりも少し苦く感じたけれど、おいしい。そう感じるのは、ドリップ式だからなのかな。

「あの……何度も聞くようですけど、どうして結婚相手にわたしを選んだんですか？」

「そんなに知りたい？」

「当然です。一番大事なことだと思うんですけど」

「花純ちゃんのことが好きになったから――じゃ、だめ？」

一瞬ドキッとしたけれど、台詞《せりふ》の後半でムッとする。

「ぜんぜん信じられません」

成宮さんはくすくす笑い、空になったマグカップをシンクに置いた。そしてわたしも飲み終えているのを見ると、「貸して」とわたしのマグカップを取り上げ、自分のものと一緒に洗ってくれた。

「父さんが俺に跡継ぎの話を持ちかけてきたときに、前に小宮が、花純ちゃんのこと可愛いって言ってたのを思い出したんだよ。あいつめったにそういうこと言わないのにさ。それで……なんてね」

「えっ……」

またもちょっとだけ、ドキッとしてしまった。さっきとは違う理由で。

小宮さんは確かに普段愛想はないけれど、昨日みたいにほんの些細《ささい》なことに気づいて、あんなふうに優しくしてくれたりする。その小宮さんが、わたしのことを可愛いって言ってくれていたなんて……かなり、うれしい。小宮さんに対しては、もしかしたらこの気持ちがいつか恋心に変化するのかな、なんて思ったことが何度もあったほどだから。

「花純ちゃん、うれしそうだね？」

「あ……い、いえ」

口元がにやけていたことに気づいたわたしは、慌てて視線をそらす。ふっと成宮さんが笑った気配がした。

「わかってんの？　今夜は俺たちの初夜なんだけど」

「へっ⁉」

ぎょっとして視線を戻すと、成宮さんはイジワルそうに口角を上げていた。

「結婚初夜。入籍したんだし、当たり前でしょ？　俺が花純ちゃんと結婚したのは跡継ぎのためなんだし」

「え、え、でもそんな……急がなくても」

「それともいまからシちゃう？」

ぐっと整った顔を近づけてくる成宮さんは、まったくわたしの言葉なんか聞いていないみたいで。

わたしはさらに焦った。

「いまからって、まだお昼じゃないですか……っ」

「じゃあ、夜ならいいんだ？」

「そ、そうじゃなくて……っ……っ！」

大きな手が伸びてきて、わたしの腰を力強く抱き寄せる。成宮さんの身体とわたしの身体がぴったりとくっついて、とっても心臓に悪い。成宮さんの身体からはふわりとバニラのような甘い香りも漂ってきて……嫌でもこの前の夜、身体を重ねたことを思い出してしまう。成宮さんも同じことを思ったのか、くすっと笑った。

「二日後に見合いするはずの女の子から、まさか処女もらってくれって言われるだなんて思ってもみなかったな。花純ちゃんが処女なのはなんとなくわかってたけど、当然入籍したその夜に俺が奪う予定だったし」

「っ……！」

ちゅっと首筋にキスをされ、耳のすぐそばまで舐め上げられれば、この前成宮さんに教えてもらったばかりの快感がまた押し寄せてきた。

「や、やめ……て……っ」

「やめないよ」

耳元で甘くささやかれると、それだけでもう腰にきてしまう。

腰にあった成宮さんの手がするりとシャツの中に入り込み、そのままブラの中までもぐりこんで、胸の先端をそっと撫《な》でてきた。

「あ……っ！」

ぴりっと甘い刺激が襲ってきて、成宮さんの腕にすっぽりと包まれた身体がぴくんと跳ねてしまう。成宮さんは喉の奥でクククッと笑い、胸の突起を指先で優しくつまんでこりこりと転がしながら、さらにささやいてきた。

「やっぱり乳首硬くなるの、早いね。俺の指で感じてくれてるんだ？」

「ち、が……っ」

「素直じゃない子には、お仕置きが必要かなあ」

「ひぁっ！」

わたしの身体を自分の身体に押しつけていた成宮さんの片手も、するりとスカートの中に入ってくる。下着越しに秘所を優しく撫でられて、腰が抜けそうになった。

「胸触っただけで、下着湿ってるよ？」

「っ……！」

羞恥《しゅうち》で、顔が熱くなるのがわかる。足を閉じようとしても、後ろから成宮さんの足が割り入ってきて、それも無駄な抵抗に終わる。

「花純ちゃん、濡れやすいんだね」

「あ、……だめ……っ！」

身をよじろうとしても、耳たぶを甘噛みされながら胸の突起を愛撫《あいぶ》されているので、思うように身体に力が入らない。

「そんな弱々しい抵抗しても無駄だよ？　ほら……お仕置き」

「あ、あっ！」

その言葉とともに、成宮さんの指がショーツの脇から入り込み、つぷりと秘所に入ってきた。くちゅりと水音が聞こえてくる。言われたとおり本当に濡れてしまっているんだと実感して、ますます恥ずかしくなる。一度彼の手で教えられた快感は、わたしの身体にしっかりと刻み込まれてしまったようだ。

「俺も、詰めが甘いな。花純ちゃんがあんなこと考えてるなんて思わなかったよ。本当に小宮に頼まないでくれてよかった。危うく花純ちゃんの大事な処女とファーストキス、持ってかれるところだった」

くちゅくちゅと指を浅く出し入れしては、熱っぽくささやく成宮さん。わたしは快楽の波に突き動かされそうになりながらも抗議する。

「こ、小宮さんに頼むはずなんか……っ、ないじゃないですか……っ！」

初夜なんていきなり言われても心の準備ができていない。既に一回抱かれているし、跡継ぎの話を出されたときからそれなりに覚悟もしていたはずなのに、いざこうして迫られるとまだ心が躊躇《ちゅうちょ》する。

それなのに、身体は反応してしまう。その互い違いの心と身体が、自分でももどかしい。

「なんで？　俺には頼めたのに？」

どこか探るような、成宮さんの口調。それがイジワルに思えるのは、きっと指の動きが激しくなったからだろう。わたしは力の入らない身体を叱咤《しった》しつつ、理性をかき集めて答えた。

「だって……成宮さんは、どんな女の子が頼んでもOKしてくれそうだったし……小宮さんは真面目な人だから、たとえ頼んでも無理に決まってます。絶対断られてました……っ」

なんだかまるで、わたしが小宮さんのことを本格的に好きで、それを成宮さんに責められているかのよう。

本当のことを言うと、小宮さんに頼もうかとも、ちょっとくらいは考えた。だけどすぐに、やっぱりだめだと思い直したのだ。クールで真面目な小宮さんにそんなお願いをしたら、下手をすれば幻滅されたり軽蔑されたりしかねない。それは、いやだった。

「旦那といるのに、他の男のこと考えるんだ？」

「ひゃっ……！」

深く指を差し込まれ、思わず甘い声を上げてしまう。

他の男のことって言ったって、いまの流れだと絶対成宮さんのせいなのに……！

なんとか抗議しようと首をひねって見上げると、成宮さんの冷たい瞳と視線がぶつかった。

成宮さん、怒って、る……？　どうして……？

たとえ跡継ぎを産むだけの女だとしても、自分の奥さんが他の男のことを考えたから？　成宮さんって、そんなに独占欲の強い人には見えないのに。

「やっぱり、いまからしようか。初夜」

「や……だめっ……！」

首筋に顔をうずめられ、わたしの中に入った成宮さんの指の動きが激しくなる気配がした。そこに彼の本気を見た気がして、わたしは、抗議の意をこめて渾身《こんしん》の力で成宮さんの腕をぎゅっとつかんだ。

「わ、わたし夢があるんです！」

成宮さんに理解してもらえるとは思ってなかったけれど。だから、言うつもりなんかなかったけれど。だけど、やっぱりこんなの我慢できない。

突然のわたしの言葉に、成宮さんは拍子抜けしたようにじっと見下ろしてくる。わたしの中に入った指や、胸の先端を愛撫《あいぶ》していた指も同時に動きを止めた。

「……夢？」

「はい。小さなころから、将来は大好きな人のお嫁さんになるって決めていて……。ある程度大人になってからは、その夢がどんどんリアルになっていって……」

男性が苦手でも、好きな人とうまく話せなくても、その夢だけはずっと持っていた。

わたしの語る夢を、成宮さんは黙って聞いている。それに少しだけ勇気づけられて、わたしは続きを話した。

「結婚するなら、きっとそれがわたしの最後の恋だろうから、絶対身体だけが目的の人は嫌だなって。友だちが、男なんてみんなそんなもんだよって言ってたけど、そうじゃないって思いたくて。がっつかないで、わたしの気持ちもちゃんと考えていて……普通の恋人同士がしているみたいに、デートに連れて行ってくれたり……こんなわたし相手でも、街中《まちなか》で一緒に手をつないで歩いてくれたり……そういう人と結婚できたらいいなって……それが、わたしの夢なんです。夢、でした」

いまとなってはもう、それは叶わない。

「でも、わたしと成宮さんは先に身体の関係を持っちゃって、結婚までしちゃったから……せめて、あの……」

わたしがそういう気持ちになるまで、初夜は待ってくれませんか。少しでも、いまからでも。わたしの夢に、寄り添ってはくれませんか。

そこまで言う勇気がなくて、わたしは口を閉ざしてしまった。

成宮さんみたいにかっこよくて家柄もよくて仕事もできる人相手に、わたしみたいに中の中くらいの、なにもかも平凡な女がこんなことを要求するだなんて、おこがましいような気がしたから。

だいたい根っからの遊び人でもある成宮さんに、そんな夢を押しつけるほうが間違っている。

心の中で自分に駄目出ししてしょんぼりしていると、ふいにわたしの中に入っていた指が引き抜かれた。胸からも熱い指の感触が離れ、成宮さんはその手で丁寧に、少しだけ乱れたわたしの服を直す。そして、そっと頭を撫《な》でてくれた。あの、処女をもらってくれた夜と同じように。

「デート、行こうか」

「え……」

顔を上げると成宮さんは、意外なことに優しい微笑みを浮かべていた。成宮さんのこんな笑顔を見るのは、これで二度目だ。

「花純ちゃんが可愛すぎるから、デート中も花純ちゃんとセックスするの、我慢できないかもしれないけど」

その笑みをニッと悪戯《いたずら》っぽいものにすり替える成宮さん。そこでそんなことを言わなければ、もっと胸がきゅんとしていたかもしれないのに。

「映画にでも行こうか。支度しておいで」

「は……はいっ！」

成宮さんがそう言ってくれたことがうれしくて、わたしは勢いよく返事をした。

「ちゃんと下着も替えるんだよ？　湿った下着で外出するのは気持ち悪いでしょ？」

だからそんなことを言わなければ、もっとよかったのに。

耳まで熱くなってしまったわたしを見て、成宮さんは楽しそうに笑った。


少しだけおしゃれをしたわたしは、成宮さんの車の助手席に乗って映画館へと連れてきてもらった。日曜日ということもあって、街には恋人たちの姿がたくさん見られる。

歩いていると、ちらちらと女性たちがわたしに視線を向けてくるのがわかった。

そうか、成宮さんと一緒にいるからだ。

成宮さんが、恵まれた見た目やにじみ出る色気のせいでモテているのは知っていたけれど、こうして一緒に歩いているとそれがよりはっきりする。

そういえば、部屋着以外の成宮さんの私服を見たのは、これが初めてだ。

彼は、黒のVネックのシャツの上にグレーの麻のテーラードジャケット、下はブラックのスキニーブーツカットパンツという服装だ。ちゃんとしたデート服という気がして、いつもより数倍かっこよく感じられる。おまけにきれいな鎖骨がくっきりと見えているからか、とても色っぽい。

わたしの服装はというと、白い半袖のトップスに、淡い水色の、ふんわりとした裾広がりの膝丈フレアスカート。トップスは裾にはフリル、袖には小さなリボンがついていて、個人的にとても気に入っているもの。デートということを意識して、持っている服の中から自分なりに一生懸命考えて選んだ組み合わせだった。お化粧もがんばりたかったけれど、普段口紅くらいしかしていないせいで、化粧品そのものがない。だからせめて、自分に一番似合うと思っている、濃すぎない赤色の口紅をしてきた。

でも、いざ成宮さんと並んでみると、わたしのほうがよく言えばシンプル、ぶっちゃけて言えば地味に思えてしまう。

普段からもっと、おしゃれな服や化粧品を買いそろえていればよかった。男性とおつき合いをしていれば、わたしももう少しそういうことに気を使えていたのだろうか。いや、それ以前にセンスの問題かもしれない。

わたしなんかが一緒に歩いていて、いいのかな。

完全に気おくれしてしまい、歩幅をちゃんと合わせてくれていた成宮さんの背後にそっと回ってみる。彼はすぐに気づいて、また優しい微笑みをくれた。

「周りの目なんか気にしないで」

「……でも」

わたしなんか、絶対成宮さんにつり合っていない。自分でもそう思う。

すると大きな手が伸びてきて、わたしの右手をきゅっと握った。驚いて見上げれば、成宮さんは立ち止まってわたしの額に額を合わせてくる。こんな、街中《まちなか》なのに。当然、さっきよりももっと周りの視線を集めてしまう。

どうしようと思っていると、額にちゅっとキスをされた。

「俺たちはもう、夫婦なんだからさ。遠慮しないで」

「あ、あの……手……っ」

「手をつないで歩くのがいいんでしょ？」

確かにそれが夢のひとつだとは言ったけれど。まさか本当に実践してくれるとは思ってもみなくて。成宮さんが、今度はしっかりと手をつないで歩き出してくれたことが、うれしくて……

それだけでもう感極まりそうになっていると、成宮さんは手の握り方を変えてきた。いわゆる、恋人つなぎ。成宮さんは平気な顔をしているけれど、これって初体験のわたしにしてみれば、かなり恥ずかしい。だけど……やっぱり、うれしかった。

恋人つなぎって、男の人の指がごつごつしているせいなのか、それともつなぎ方自体のせいなのか、指の付け根のあたりが痛くなるものなんだな、なんてうれしい発見をしたりもして。

「どうする？　なににする？　花純ちゃん、なにが見たい？」

映画館の前まで来ると、成宮さんが聞いてくる。

「どうしよう。成宮さんは、なにが見たいですか？」

「花純ちゃんが見たいのでいいよ」

「わたしも、成宮さんが見たいのでいいです」

お互いにいろんな映画のポスターを見ながらそう言い合って――そのうちにふと、わたしは一枚のポスターに目を奪われた。

「あっ！　これ、まだやってたんだ！」

思わず興奮して、はしゃいだ声を上げてしまう。

「ああ、これ？　評判いいみたいだね」

わたしの視線の先を見て、成宮さんがうなずく。

それは、有名な監督のアニメ作品だった。『ラヴィアンローズ』というタイトルのラブファンタジーで、笑えるところもあるんだけどロマンチックで感動的、というのがうたい文句。詳しい内容は実際に見てみなければわからないけれど、この監督の作品はいままでどれも好きだったから、たぶん期待外れにはならないだろう。

見たい。とっても見たい。けれど……

こういうのは普通、男の人は好まないかもしれない。恋人同士で見に行ったという話もたくさん聞くけれど、わたしの頭の中ではこの映画と成宮さんは結びつかない。

成宮さんはもっとこう、しっとりとした大人の恋愛物か、それか気分転換にアクションなんかを見ていそう。大体男の人って、ＳＦとかアクション物が好きなんじゃないだろうか。旦那さん持ちの友だちの話なんかを聞いていると、そんな気がする。いや、だけどそれも好みの問題かもしれないし……

悩んでいると、成宮さんがくすっと笑ってつないだままのわたしの手を引っ張り、チケット売り場へと歩いていく。

「あ、あの成宮さん……っ」

「これにしよう。俺もこれが見たいから」

そう言ってくれるのは、本心からなんだろうか。いや、女慣れしている彼のことだから、きっと気遣いからだろう。そう考えると、不覚にも胸がきゅんと疼《うず》いてしまう。ああ、これで本当に遊び人なんかじゃなければいいのに。

そんなことを考えているうちに、成宮さんはチケットを二人分購入してしまう。

「まだ少し時間もあるし、昼飯食ってないし、なにか食べようか」

そう言われたとたん、わたしのお腹がぐうっと音を立てて鳴った。

うわ、仮にもデート中にお腹が鳴るとか、猛烈に恥ずかしい。顔を熱くして下を向いていると、成宮さんはくすくす笑った。

「花純ちゃんの身体って、正直だよね」

「な、なんか誤解を招く言い方はよしてくださいっ……！」

「あれ。あの夜のこと思い出しちゃった？」

からかい気味にそう言われて、あのときのことがばっちり脳裏によみがえってしまう。あの熱くて情熱的な甘いキスのこととか、わたしの中に入ったときの成宮さんの表情とか、わたしの名前を呼ぶ色っぽい声とか……

「花純ちゃん、耳まで真っ赤」

「な、成宮さんが変なこと言うから……っ」

「あんまり可愛いと、俺、ところかまわず襲っちゃうから気をつけてね？」

冗談か本音かわからない声音《こわね》でそう言って、さらにわたしの顔を熱くしておいてから、成宮さんはハンバーガーとアイスコーヒーを二人分購入し、わたしの分を渡してくれた。

わたしがチケット代も含めて代金を払おうとしても、成宮さんは、

「それくらい、男に甘えてよ」

と譲らなかった。

イートインコーナーで腹ごしらえをして、上映時間近くに館内へ入ると、人気作品なだけあって中はほぼ満席。そういえばわたしたちが予約したときも、隣同士座れる席は一番後ろしかあいていなかった。

「花純ちゃん、映画館にはあんまり来ないの？」

腰をかけながら、成宮さんが尋ねてくる。

「うーん、あんまり来ませんね。友だちもみんな結婚しちゃってるから誘いにくいし、ひとりだとチケット代がもったいないと思っちゃって、いつもＤＶＤになるまで待ってひとりで家で見ます」

すると、膝の上に乗せていた手を、またきゅっと握られる。成宮さんは、まるで愛《いと》おしむかのような瞳でわたしを見下ろしていた。不覚にも心臓が高鳴ってくる。

いけない。成宮さんは女慣れしていて、きっと女の人相手だったら誰にでもこんなふうに見つめ

てきたりするんだ。

半ば強引に自分にそう言い聞かせていると、

「今度はＤＶＤ借りて、家で見ようか」

と、すぐに悪戯《いたずら》っぽく表情を変えた成宮さんが言う。

「そうすれば、見ながらいつでも花純ちゃんを押し倒せるし」

「も……もう、成宮さんっ！」

「ははっ」

相変わらずの成宮さんの軽口にさらにドキドキしてしまうのは、わたしの経験不足のせい。そうでなければ、この胸の高鳴りは説明がつかない。

だいたい成宮さんは、わたしのことが好きで結婚したわけじゃない。ただ、小宮さんがわたしのことを可愛いって言ってくれていたのを思い出したから、というだけ。それも「なんてね」ってつけ加えてのことだし、真実味がまったくない。だって成宮さんだったら、本当に他にもよりどりみどりだっただろうし。

成宮さんが、なにを考えているのかわからない。だから、間違っても恋なんてしちゃいけない。

わたしは自分にそう言い聞かせたけれど、やっぱり胸がドキドキして仕方がなかった。

やがて映画が始まった。最初は成宮さんのことが気になっていたわたしだけれど、すぐにストーリーにのめり込んだ。

物語は、ファンタジー世界が舞台で、その世界に住む、しがない町娘がその国の王子様と夏の大祭で出逢ったことから始まる。

オーロというその国では、一年に一度の大祭の日だけはお城を開放し、一般市民でも入って露店や踊りを楽しむことができる。

中でも一番のイベントは『星流し』と呼ばれる、夜空に向けて魔法の灯《ひ》が入った風船を飛ばすというもの。風船はお城に入るときに市民全員に手渡され、祭りの最後に王様の合図でいっせいに放たれることになっている。

出逢いは、こっそりお城を抜け出そうとした王子様が城内の露店で町娘とぶつかり、その拍子に深くかぶっていた帽子が落ちて相手に正体がばれてしまうというありきたりなもの。このことは内緒でね、と王子ディオスに頼まれた町娘カレンは、彼と一緒に祭りの日を過ごす。そのうち、ディオスはカレンの細やかな気遣いや優しさに惹かれ、彼女に自分の秘密を明かす。

自分は五年前、生まれながらの婚約者だった隣国の姫ライラに婚約解消を申し出たが、そのとき黒魔法の使い手である彼女に、生涯幸せになれない呪いをかけられてしまったのだと。それを知った父王は、呪いが解けるようにという願掛けのため、恒例イベントだった『星流し』の風船に入れる魔法の灯の種類を変えたそうだ。なんでも、それまでは国全体の平和と繁栄を願うものだったのを、国中の魔法使いに頼み込んで、ディオスの幸せを願う魔法にしてもらったらしい。本当は呪いそのものを解く魔法を、と頼んだのだが、あいにくライラの呪いは強力すぎて、その解き方はどの魔法使いもわからなかった。

五年経ってもディオスにかかった呪いは解けず、その間ディオスは、些細《ささい》なものから大きなものまで幾度も災難に遭《あ》った。

——このままでは本当に自分は不幸な一生を終えることになる。

そんな鬱々《うつうつ》とした気分を変えたくて、変装して祭りに出ようとしたことが、カレンとの出逢いにつながった。

「どうしてライラ様と婚約を解消しようと思ったのですか？」

そう尋ねるカレンに、ディオスは爽やかな笑顔でさらりと答えた。

「恋愛というものに、憧れてしまったからだよ。従者たちが楽しそうに、幸せそうに恋愛しているところを見て、俺も恋愛がしたい、結婚するなら愛する女性がいいと、そう思ってしまったから」

その夜ディオスとカレンは、ふたりで『星流し』をする。そしてそれがきっかけとなって、翌日からディオスがカレンのもとに通い一緒に過ごすようになった。やがてカレンもディオスを愛し、二人は結婚する。

一般市民が王族に見初《みそ》められて結婚する例は過去にもあったため、幸いディオスの両親も国民も祝福してくれたが、問題はライラだった。

カレンに激しく嫉妬し、またディオスに激怒した彼女は、ディオスにかけた呪いよりももっと強大な力を持つ黒魔法でカレンを亡きものにしようとする。

そこでディオスが、カレンとつき合うようになってから習い始めた自らの魔法で、ライラと刺し違えつつもカレンをかばい、命を落としてしまう。

ライラもまたディオスが最期《さいご》に放った魔法によりこの世から消滅したが、残されたカレンは独りきり。泣き暮らす彼女はその後誰とも再婚せずに生涯を終えたが、生まれ変わった先で、同じく転生したディオスと再び巡り合い、今度こそ幸せな人生を送った。それこそ『ラヴィアンローズ』――「ばら色の人生」を。

そういうストーリーだった。

うたい文句にたがわずロマンチックで、でも笑えるところもあって。

人前ではなるべく泣きたくないと思っていたのに、ふたりがようやく本当の意味で幸せになれたラストあたりで、館内のお客さんのすすり泣きが聞こえてくると、それが呼び水になったみたいに涙をこぼしてしまった。

成宮さんは黙って、そんなわたしの頭を撫《な》でてくれる。わたしみたいな女の子にもこんなふうにしてくれるなんて、成宮さんがモテる理由がわかった気がする。

上映後、成宮さんはパンフレットまで買ってくれて、わたしたちはふたりでベンチに座ってしばらく映画について語り合った。デートをするのも初めてだけれど、こんな話を男の人とするのも人生初めてのことだ。それが無性にうれしい。成宮さんも飽きずにちゃんとこの映画を見ていたんだと、そんな小さなことまでも幸せに感じられる。この映画が見たかったって、もしかしたら本心だったのかな。

「でも最後は意外でした。ディオスは先に死んじゃって、でも生まれ変わってちゃんと待っててくれたなんて……泣かされたなあ。ああいうの、憧れちゃいます」

まだ興奮冷めやらぬわたしは、感動のラストを思い出してほうっとため息をつく。すると成宮さんは、じっとわたしを見下ろした。

「なに言ってんの？」

突き放したような冷たい言い方に、はっとした。

あんまり成宮さんが話に乗ってくれていたから、調子に乗りすぎたのかもしれない。わたしの感想を聞いて、呆れてしまったのかも。

だけど成宮さんは、至って真顔で続けた。

「先に死ぬなんて、身勝手だよ。俺だったら結婚までしたなら、花純ちゃんを置いて先に死んだりしない。哀《かな》しませたりなんかしない。俺のほうが年上だろうがなんだろうが、なにがなんでも花純ちゃんより一秒でも長く根性で生き延びる。ふたりとも生まれ変わってもまた愛し合うほどの強い運命の伴侶《はんりょ》なら、そのほうがずっといい」

思いがけない彼の言葉に、驚いてしまう。

「けど……」

成宮さんの言葉には、続きがあった。彼はどこか切なそうに目を細めて、わたしを見下ろす。

「けど、ディオスはカレンを守りきったんだよな。カレンを独りにしたとしても、自分の命と引き換えにしてでも守りたかったんだよな。俺も……そんなふうになれたらって思う」

成宮さんみたいな遊び人でも、そんなふうに感じることがあるんだ。しかもわたしを見つめる瞳がとても情熱的で……じわじわと、胸がくすぐったくなるのを感じた。

だってこんなの、まるで愛の告白みたいだから。そんなはずはないのに、「わたしとそんなふうになれたら」と言ってくれているような、そんな気がして。成宮さんにはそんなつもり、毛頭ないはずなのに。

ドキドキしてたまらなくなったわたしは、慌てて成宮さんから視線をそらし、パンフレットをめくった。

「で、でもディオスってほんとに素敵な男性ですよね」

ディオスは結婚する前、地味だった主人公のカレンに素敵な服を贈ったり、髪結い師に頼んで可愛らしい髪型にしてあげたりもしていた。

「……ああいう……シンデレラストーリーみたいなの、女の子だったら一度でいいから体験してみたいことだと思います」

なにか違う話題を、と思って鑑賞中に感じたことを心のままにまくしたてていたわたしは、ふとパンフレットのグッズ販売ページに目を留めて、「あ！」と声を上げた。

「なに？　どうしたの？」

「これ！　カレンがディオスに贈ってもらった婚約指輪が売ってるんですけど、これってあの『春日《かす》百合子《がゆりこ》』がデザインしてるみたいです！　知らなかった……！」

春日百合子というのは海外にも広く知られている有名な画家で、女性特有の繊細でやわらかなそのタッチが、わたしは大好きなのだ。

彼女がデザインしたカレンの婚約指輪は、アーム部分が大きくウェーブを描いていて、正面から見ると手前のアームと奥のアームが重なり合い、「∞」（無限大）の形に見える。そして「∞」の真ん中の部分には、百合に似た花が白い宝石で象《かたど》られていた。

白百合に似た花は物語の中でもちょくちょく出てきたし、無限大はふたりの永遠の幸せを意味しているようでぴったりだと思う。

「春日百合子、好きなの？」

「はい！　でも本当に好きなのは、彼女の息子の『ミライ』のほうなんですけどね」

春日百合子には息子がいて、その息子も『ミライ』という雅号《がごう》でかなり若いころ――それこそ十代のころから才能を認められており、母親に負けないくらい有名だった。

なのに、なぜか十年ほど前から突然絵を描かなくなり、表舞台から完全に姿を消してしまったのだ。けれど彼の人気はとどまることがなく、十年経ったいまも根強いファンがたくさんいる。彼の現役時代に絵を買い取っていた画商たちが、時々個展を開いていたりするくらいだ。

「いまの会社に就職をしたのも、『ミライ』の絵が好きだったからなんです」

「そうなの？」

「はい」

わたしはもともと絵を描くのがすごく好きだったけれど、『ミライ』の絵に巡り合ってからはその気持ちがさらに高まり、彼に憧れて自分もその道を志《こころざ》した。なのにわたしは絵がとても下手で、早々に挫折《ざせつ》したのだ。それでも絵に関わることをあきらめきれなくて、いまの会社『ミライデザイン』の名前に縁を感じて面接を受けたのだ。就職が決まったときには、それはもう飛び上がるくらいにうれしかった。

そのことを興奮に任せて語ると、成宮さんは「ふぅん」となにか考えているようだった。

「ミライに関することだったら、わたしけっこうなんでも知ってますよ。それくらい、彼の絵が好きなんです。大胆で、でもどこか繊細で、あたたかで……見ていてすごく幸せになれるんです。知ってますか？　彼に自分の絵を描いてもらうと、幸せになれるっていうジンクスもあったって。だから男女問わず、彼に絵を描いてもらいたいっていう人たちが殺到してたんですよ」

「うん、知ってる。でも彼は自分の姿も本名も一切公表しない主義だったから、マネージャーはファンたちの対応に苦労したみたいだね」

「そう！　そうなんです！　成宮さんもデザイン会社に勤めてるくらいだから、やっぱり絵が好きだったりするんですか？」

共通の話題があることがうれしくてそう尋ねると、成宮さんはふっと笑った。

「いまはまったく描いてないけどね。――そのミライの正体が実は俺だって言ったら、どうする？」

「え……？」

あまりにもあまりな告白に、きょとんとしてしまった。

成宮さんが、ミライと同一人物……？　いや、そんな、まさか。

でも……もし本当だったとしたら、成宮さんっていったいどれだけ正体を隠しているの？　六道の家の人かと思えば、今度はあのミライだなんて……

「ほ、ほんとにほんとのミライなんですか……？」

恐る恐るそう尋ねると、成宮さんはじっとわたしを見つめてから、ククッと悪戯《いたずら》っぽく笑った。

「まさか。そんなわけ、ないでしょ？　花純ちゃんって、ほんとに純真っていうかなんていうか……可愛いね」

成宮さんのその言葉に、わたしはまたきょとんとしてしまう。でもその直後、からかわれたんだとわかって、ちょっとむっとした。

「もう……。本当に信じそうになっちゃいました」

「うん、だからそんなところが可愛いなって」

くすくす笑う、成宮さん。からかわれたのに、言われ慣れない「可愛い」という言葉のせいで勝手に血が顔に集まってきてしまう。

「花純ちゃん、そんなにミライの絵が好きなんだ？」

面白そうに顔を覗き込まれ、わたしはつい勢い込んでまくしたてる。

「だって、わたしがどれだけ彼の絵に支えられてきたか知ってますか？　学生時代からファンで、ミライの絵はずっと欲しくて……バイトして貯めたお金で、小さいけどやっと一枚買うことができたんです。どんなに落ち込んだときも、その絵を見るだけで元気になれたんですよ」

「へえ、すごいな。そこまで？」

成宮さんは、どこか信じていない表情。ミライの絵に対しての情熱が疑われていると感じたわたしは、ぐっと拳を握ってさらに力説する。

「ほんとです！　今日成宮さんの家に引っ越してくるときだって、その絵だけは、って持ってきたんですから！」

　すると、なぜだか成宮さんは楽しそうに微笑んだ。

「……ねえ、花純ちゃん。もし俺がミライと知り合いで、きみの絵を描いてもらうって約束を取りつけたら、きみは俺に抱かれてくれる？」

「えっ……？」

　さらに驚いてまじまじと成宮さんを見上げてしまう。成宮さんがミライと知り合い……？

　さっきは自分がミライだって言ってみたり、今度は知り合いって言い出したり……どっちが本当なのだろう。それとも、どっちも嘘？

　さっきからかわれたばかりだというのに、わたしはミライのこととなると弱い。つい「もしかして」という気になってしまう。

　本気なのか、そうでないのか。だけど、もし本当に成宮さんがミライと知り合いだとしても……ミライは絵を描くことをやめたのに、そんなに簡単に約束をしてもいいのだろうか。

　あまりに思いがけない申し出に、どう答えていいのか戸惑っていると、成宮さんのほうが先に視線をそらした。

「やっぱやーめた。そんなことしなくても、抱きたくなったら俺、問答無用で花純ちゃんのこと抱くし」

　そして、さっさと立ち上がって売店のほうへと歩いていってしまう。

　わからない。成宮さんの本心が、真意が、まったく見えない。わたし、またからかわれただけなのかな。成宮さんってやっぱり中身の軽い、ただの遊び人なのかな。

戸惑ったまま立ち上がってあとをついていくと、ちょうど成宮さんがなにかを購入したところだった。わたしが歩み寄ってきたのを認めると、彼はそれをむき出しのまま差し出してくる。

「これ、売ってたよ。おもちゃ同然だけど人気みたいで、これが最後の一個だった」

「え？」

「あげる」

受け取ったわたしは、それがさっき見ていたカレンの婚約指輪だということに気がついた。

ディオスは「きみをこの世で一番幸せにしてあげる」と言って、カレンにこの婚約指輪を贈ったのだ。それは、わたしの最も心に残ったシーンのひとつ。とたんに胸が浮き立つのを感じた。

「わあ……ありがとうございます！」

左手の薬指、結婚指輪と重なるようにはめてみると、あつらえたようにぴったりで、まるで自分がカレンになれたかのように幸せな気持ちになった。

満面の笑みで指輪を眺めていると、成宮さんが、

「結婚指輪のほうが高いんだけどな」

と、ぽつりとつぶやく。それを聞いてわたしは慌てた。

「す、すみません……！　でもほんとにうれしくて……！」

けれど見上げた成宮さんの表情は、まったく不機嫌そうではなかった。むしろ、わたしの反応を楽しんでいるかのように口元がほころんでいる。

「花純ちゃんって、つくづく変わってんね」

「そ、そうでしょうか」

わたしなんて見た目も中身も、平凡そのものなのだけれど。

じっとわたしを見下ろしていた成宮さんは、急に思い立ったように、

「ちょっと、電話かけてくる」

と言って、またベンチのほうに歩いていく。

電話なら、ここでかけてもいいのに。それとも相手は女の人で、だからわたしの前ではかけにくいのかな。一応奥さんってことで、気を使ってるんだろうか。

誰かと電話で話している成宮さんを見つめているのも気まずくて、売店で売っているグッズなんかを眺めてみる。他に春日百合子がデザインしたものはないかとパンフレットを見直したりもしてみたけど、あいにくこの指輪だけのようだ。

間もなくして、成宮さんが戻ってくる。

「これからちょっと行きたいところがあるんだけど、ついてきてもらえる？」

「あ……はい」

成宮さんが行きたいところって、どこだろう？　新婚初日だから当然わたしがお夕飯を作るつもりだったけど、その買い物をするにしてはまだ早いし。

不思議に思っているわたしを車の助手席に乗せた成宮さんは、さらに街の中心部まで来て、車を停める。

そこは、「Lily-white」という看板をかかげた大きなエステサロンだった。

どこかで聞いたような、と考えて、はたと思い出した。

ここ――「Lily-white」は、春日百合子がプロデュースした有名エステサロンで、会員しか入ることができない。その代わり優秀なスタッフがそろい踏みで、どんなに地味な女性でも最高の技術で施術し、それぞれにぴったりの服や靴、アクセサリーまで見立てて、必ず素敵な女性にしてくれる。

仕事仲間で友達でもある、情報通の靖恵《やすえ》ちゃんが、確かそんなことを言っていた。

『会員になるのにも、春日百合子の知り合いじゃなければ無理とも言われてるし、それでも予約が殺到してるらしいわよ。彼女の交友関係って、どれだけ広いのかしらね。ああ、あたしも春日百合子みたいな画家になりたいわあ』

わたしと違って絵がとてもうまく、いまも画家を志《こころざ》している靖恵ちゃんはそうも言っていた。

成宮さんも、ここの会員だったんだ。やっぱりお家《うち》がお金持ちだから、こういうところとも交流があるのかな。それでしょっちゅう女の子を連れてきてるんだろうか。

「え、成宮さん……もしかして、さっきの電話……」

お店の前で腰が引けているわたしに、成宮さんは「うん」とうなずく。

「馴染みのスタッフがあいてるかどうか、確認して予約を入れたんだ」

女の人に電話をかけていたんじゃ、なかったんだ。なぜかほっとしていると、それが顔に表れていたのだろうか、成宮さんがくすりと笑う。

「誰か他の女の子に電話してるとでも思った？」

「あ、い、いえ……」

「花純ちゃんってほんとにわかりやすいなあ。俺ってそんなに信用ない？　ま、自業自得だけどさ」

つい後ろめたい気持ちになり、どう返していいのかわからず黙り込んでしまう。すると成宮さんは優しく微笑む。

「いざ確認の電話をして予約がとれなかったらかっこ悪いし、それに花純ちゃんをがっかりさせちゃうしさ。だから花純ちゃんの前で電話をかけられなかったんだよ」

その気遣いに、恥ずかしいような申し訳ないような気持ちになって、まごつきながら言葉を探す。

「こ、こういうところって、かなりその……お金がかかるんじゃないですか？」

「俺、けっこう貯金してるから、気にしなくていいよ。あ、でも時間が足りないから今日は服や髪のセットだけね」

楽しそうに笑って、成宮さんはわたしの手を握る。

「さ、入ろうか」

「や、でもわたしなんかがこんなところに入るなんて、場違いなんじゃゃ……」

さっきからそれが一番の理由で腰が引けているわけなんだけれど。自分でも往生際が悪いと思いつつも、やっぱり気になってしまう。

するとと成宮さんは、さらりと言う。

「さっきの映画みたいなシンデレラストーリー、女の子なら一度は体験してみたいことなんでしょ？」

「あ……」

映画館でのわたしの何気ないひと言を、成宮さんはきちんと受け止めていてくれたんだ。

「ほら、行こう」

成宮さんに手を引かれ、わたしは恐縮しながらも、エステサロンの中に入った。

そのとたん、女性スタッフたちがいっせいに「いらっしゃいませ」と挨拶をしてくれる。それだけでもう、わたしはびくびくしてしまう。まったく別世界に来たという感じで。

スタッフの中から、モデルみたいにスタイルのいい美女が歩み寄ってきた。

「いらっしゃい、未希。あなたが予約を入れる日が来るのを、ずっと待っていたわ」

彼女は成宮さんに向けてうれしそうにそう言うと、わたしへと視線を移して微笑みを浮かべた。

「いらっしゃいませ、初めまして。あなたが未希の奥さんになった、花純さんね」

「あ……は、はい」

「本日あなたを担当させていただく、森村志穂《もりむらしほ》です。いまからあなたを、世界一きれいで可愛いシンデレラにしてあげる。未希からそう頼まれたから、はりきっちゃうわ」

彼女はわたしに名刺を渡しながら、ウィンクをしてくる。それがとっても様《さま》になっていて、女のわたしでも見惚れてしまうくらい。

「志穂、余計なこと言うなよ」

どこかぶっきらぼうに首の後ろを掻く、成宮さん。

「あら、未希がここに女の子を連れてくるなんて、それこそ一大事よ？　照れてる場合じゃないでしょ」

「あー、ちょっとうるさいよおまえ」

ふたりのやり取りを見ていたわたしは、ついぽつりとつぶやく。

「なんだかおふたりって、仲がいいんですね」

口にしてしまってから、まるで嫉妬してるみたいじゃないかと焦る。だけどわたしが謝るよりも早く、成宮さんが肩をすくめた。

「志穂は俺の幼なじみだからなあ。まあ、つき合ってたような時期もあったけど」

「こら、未希！」

「なに？　隠しておくほうが不自然でしょ？」

「そんなことまで言わなくてもいいのよ！　……もう」

観念したかのように、森村さんはわたしに向けて苦笑を浮かべる。

「わたしが失恋したとき、未希が慰めてくれたのよ。それから一ヶ月くらい、友達以上恋人未満かな、そんな関係が続いたのも確か。でもそれもずっと前……わたしが十八歳のときだから、未希は十三歳かしら。ほんとに昔の話なのよ」

「え……」

それを聞いて、わたしは少し驚いた。十三歳のときに、成宮さんはもう異性とのつき合いがあったんだ。

いや、成宮さんのことだから、森村さんの前にも女の子とちゃんとつき合った経験があるのかもしれない。初体験もきっと早くに終わらせてしまったんだろう。わたしの高校時代にもかなりの数の同級生たちが初体験を済ませていたことと、いま現在の成宮さんの素行を考えると、そう推測できる。わたしは二十九歳まで処女だったというのに、ずいぶんと違う。

ここでも差を見せつけられた気がして、がくりとうなだれてしまった。それをどう取ったのか、森村さんは宥《なだ》めるようにわたしの顔を覗き込んでくる。

「全部昔の話よ、花純さん。いまのわたしには愛する夫も子どももいるし……いまは未希とは腐れ縁みたいなものなの。心配するようなことは、なにもないから」

「あ、いえ、わたしは別に……」

やばい、気を使わせてしまった。わたしは急いでかぶりを振る。

「そんな、気にしてもらうことでもないですし……不安がないって言ったら嘘になりますけど」

うっかり「成宮さんのこと、好きなわけじゃないですし」と言いそうになって、慌てて口をつぐむ。

森村さんは、わたしと成宮さんの結婚の経緯を知らない可能性もある。もし下手に口にしたら心配をかけてしまう。

そこまで考えを巡らせたところで「でも」と続けた。自分の気持ちと、慎重に向き合いながら。

「でも、……こうしてせっかく夫婦になったんだから、できる限り成宮さんに寄り添って人生を歩んでいけたらな……とは、思います」

それは、こうして結婚するまでは絶対に思わなかったことだと思う。つい昨日まで、成宮さんは結婚には向かない男の人だと思っていた。いまも少しは……そう思う。彼は遊び人だから、と。

でも……、成宮さんはわたしの夢を聞いても、笑わなかった。いい年をしてなにをそんな乙女チックな夢を、と馬鹿にすることもなかった。そうしてわたしの夢に寄り添ってくれている。

だからわたしも、彼に寄り添いたいと思うことができたんだ。

「……やめてくれる？　そういうの」

はあ、と成宮さんが切なげなため息をついたので、わたしはぎくりとする。やっぱりそんなことを思うのは、おこがましかっただろうか。

はらはらしていると、成宮さんは、困ったような笑みを浮かべてわたしを見た。

「いますぐ花純ちゃんのこと、抱きたくなるから」

「っ……！」

たちまちわたしは、耳まで熱くなってしまう。それを見て成宮さんは、「やべ」と掠《かす》れた声を出した。

「志穂、空いてる部屋貸して。すぐ終わらせるから。ちょっと花純ちゃん抱いてくる」

「は？　あんたなんてこと考えてるのよ⁉」

「だから、花純ちゃんを」

「だめに決まってるでしょ⁉　花純さんはこれから世界一きれいで可愛いお姫様になるんだから。

そう頼んできたのはあんたでしょうが！　抱くんならちゃんと花純さんの意思を確かめてからにしなさいよ⁉　すぐ準備が整う男と違って、女の子は気持ちや雰囲気が大事なんですからね！　……さあ花純さん、馬鹿は放っておいて服を選びましょうか」

守るようにわたしの肩を抱いて成宮さんから遠ざける森村さん。背後では、成宮さんが「あー、マジやばかったのになあ」とくすくす笑っていた。周りのスタッフさんたちも、笑いをこらえているようだった。

ほんとに成宮さんって、どこからどこまでが本気なんだろう。さっぱり本音がわからない。

それは、やっぱりわたしが経験不足のせいなんだろうか。過去に男の人とつき合ったりしていれば、少しは成宮さんの気持ちもわかったのかな。

それからは、森村さんがお店の中の服を次々わたしに当て、それをわたしが試着したりと、まるでファッションショー。それでも数着着てみただけで、「うん、服はこれね」と森村さんは納得した模様。次は服に合った靴とバッグ、それにアクセサリー。服が決まれば早いらしく、こちらはぱぱっと選んでしまった。

「最後は髪ね。ちょっと重たい感じだから、少し整えましょうか」

確かにいまのわたしの髪は肩までの長さとはいえ、黒くて量も多め。その上ただ自分で切りそろえただけだから重たく見えるかもしれない。

こっちに来て、と言われて、お店の奥に入る。そこには個室があって、壁の一面が大きな鏡になっていた。ちょっとした美容院のような設備も整っており、森村さんはわたしを椅子に座らせ、手際よく髪を洗うと、全体を整えてくれる。本当に、プロの手つきだ。

「森村さんって、なんでもできちゃうんですね」

感嘆のため息をつくと、森村さんはやわらかく微笑んだ。

「若いころから、みっちり教育されたから。……ねえ、花純さん。未希のことだけど……」

「は、はい」

突然成宮さんの名前が出てきた。わたしはさっきあんな会話をしたからか、そわそわしてしまう。

「未希って確かになにを考えてるのかわからないところもあるかもしれないけど、本当はあんな子じゃなかったのよ。手当たり次第に不特定多数の女性とおつき合い――というのかな、そんなことは縁がなくて、ちゃんと心の底から、ひとりの人を愛することができる子だった。好きな女の子の気持ちを考えすぎて、先回りして失敗したり、そういう不器用なところもあったけど……。今みたいになったのには、きっかけがあったのよ」

「きっかけ……？」

ええ、と森村さんはわずかに目を伏せる。

「なにがあったかは、わたしの口からは話せないけれど……でもね、未希が結婚相手にあなたを選んだのには、ちゃんと理由があると思うのよ。こんなところに連れてくるくらいだもの、きっとあなたのことを気に入っているわ」

「そう、でしょうか」

その点については、ちょっと、いやかなり自信がない。わたしのどこに気に入られる要素があるのか、コンプレックスだらけのわたしにはまったく理解できないことだったからだ。

森村さんは、優しい微笑みを浮かべて鏡越しにわたしを見る。

「未希は、むやみやたらとここに女の子を連れてくるわけじゃないのよ？　あなたで、まだ二人目だもの」

「え……」

成宮さんの態度があまりにスマートだから、ここにも頻繁に女の子を連れてきているのだと、なんとなく思っていた。だけどそうなると、一人目の存在が少しだけ気になる。その気持ちが顔に表れていたのか、森村さんは、「仕上げね」と言ってわたしの顔にメイクを施《ほどこ》しながら続けた。

「一人目に関しては、未希には聞かないほうがいいわ。あの子、心にひどい傷を負ったのよ。でも、いえだからこそ、あなたをここに連れてきたことはとても大きなことなの。どうか、あの子を見捨てないであげてね」

「そんな、見捨てるだなんて」

むしろ見捨てられる要素があるのは、女として魅力のないわたしのほうだと思うのに。

森村さんは、目元を和《なご》ませた。

「さあ、できた。あなたはとっても魅力的な女の子よ？　世界一きれいで可愛い、未希だけのシンデレラ」

うながされ、おずおずと顔を上げたわたしは、しばらく鏡から目を離すことができなかった。

だってそこに映っているわたしは本当に、自分じゃないみたいにきれいで可愛く見えたから。

服は淡いピンク色のシンプルな、でも可愛らしいデザインのワンピース。靴とバッグは真珠のような白で、控えめに開かれた胸元には、ダイヤのネックレスがきらりと輝きを放っている。髪も顎《あご》の下あたりまで切って梳《す》いて少し整えただけなのに、後ろでやわらかく結われて濃いめのピンクのリボンが飾られているからだろうか、印象がかなり違う。メイクの力もあるだろうけど、それでも自分がここまで変身するだなんて……

「魔法みたい……」

こんなこと、夢みたいで……ほうっとため息をついたわたしに、森村さんは微笑みながら語る。

「女の子は何歳になっても、気の持ちようでいくらでも生まれ変われるのよ？　――ほら、未希。あなたのシンデレラが来たわよ」

扉を開けてくれた森村さんに続いて外に出ると、お店の隅のソファでスタッフさんたち相手に談笑していた成宮さんが、こちらを向く。そしてわたしの姿を見たとたん、目を瞠《みは》った。ゆっくりと、頭のてっぺんから足のつま先までをなぞるように見つめられると、ものすごく恥ずかしくなってくる。

「へ、変ですか？」

あまりに成宮さんが何も言わないので不安に思ってそう尋ねると、彼はようやくはっと我に返ったように瞬《まばた》きをし、微笑んでくれた。

「めちゃくちゃ、可愛い」

そのあと成宮さんはカードで支払いをすませ、わたしは彼と手をつないで一緒に街中《まちなか》を歩いた。

それまで着ていたトップスとスカート、靴やバッグは、森村さんが用意してくれたしっかりした素材の紙袋に入れて、車の中に置いてきている。

なんだか、映画館に入る前よりもすれ違う人たちの視線を強く感じる。今度は女性だけじゃなくて、男性までもがちらちらと振り返って見ているようだ。

「あの、どこに行くんですか？」

目的地があるのなら、車で行ったほうが早いし、人の視線も集めないいんじゃないだろうか。そう思って尋ねてみると、

「んー？　ただぶらついてるだけ。花純ちゃんが可愛いから、みんなに見せびらかしてんの。気づいてる？　さっきから花純ちゃんのこと、男たちが振り返って見てるの」

と成宮さんは上機嫌で言う。単なるリップサービスだと思うのだけれど、そんなこと言われ慣れていないから、うれしくて、恥ずかしくて……でもやっぱり、うれしくて。

結局そのあと、待ち合わせ場所によく使われる大きな噴水のそばにあるベンチに座って、またひとしきり映画や春日百合子、そしてミライの話をした。

「そろそろ食事に行こうか」

ネオンが瞬《またた》き始めるころ、成宮さんがそう誘ってくる。

「あ……はい」

成宮さん、食事にまで連れて行ってくれるんだ。そんなところもまるでデートのようで――いや、

ちゃんとしたデートなのだろうけれど、やっぱり胸のあたりがこそばゆくなってしまう。

ベンチから腰を上げた成宮さんは、「ちょっと待ってて」と言い置き、向かいのフラワーショップへと小走りに駆けていく。なんだろうと思っておとなしく待っていると、少しして出てきた成宮さんの手には、可愛らしいかすみ草の花束が握られていた。

「本当は薔薇《ばら》の花でも贈りたかったんだけど……花純ちゃんにはこの花も似合うと思って。清楚で控えめだけど、ちゃんとその魅力を放っている……名前にもぴったりだしね」

はい、と優しい笑顔で差し出されて、あまりの感激に心臓が高鳴る。これまで男性から花を贈られた経験なんてなかったし、いま言った理由でかすみ草を選んでくれたこともうれしかった。

「ありがとうございます」

そっと受け取ると、成宮さんはまたにっこり笑って、花を持っていないほうの手をつないでくる。

それから、エステサロンでわたしを待っている間に予約したというレストランに車で移動したけれど、車内でも、そして夕食中も話題は尽きなかった。

レストランの食事も、高級ホテルのものだけあって、おいしい。よくこういうところは当たり外れがあると聞いているけれど、ここは間違いなく当たりだ。

お通しのベーコンのブリュレから始まって、野菜のバーニャカウダ仕立て、ブイヤベースにロッシーニ。黒毛和牛ランプ肉の炭火焼は肉のうまみがぎゅっと凝縮されている。

特にわたしが気に入ったのは、デザートのイチゴとピスタチオクリームのミルフィーユ。生地がパリパリとしていて、挟んである細かく刻まれたイチゴもすっきりとした上品な甘さ。ひと口食べるたびに自然とにこにこしてしまう。幸せの味、というのはこういうものを言うのだろう。それともこれも、成宮さんに優しく扱ってもらっているから感じることなのだろうか。

ミルフィーユを食べ終わるころには、わたしはすっかり満足してしまった。窓の外にきらめく夜景が、またすごくきれいでロマンチックで。本当に、シンデレラにでもなった気分だ。

「今日は、ありがとうございました」

食後の『シンデレラ』という名の黄色いノンアルコールカクテルをまったりと飲みながら、わたしはお礼を言う。成宮さんはワインをすすめてくれたけれど、あいにくわたしはお酒が得意ではない。そうとわかると、成宮さんは、

「じゃあ、いまの花純ちゃんにはこのカクテルがおすすめだよ」

と、このシンデレラを選んでくれたのだ。

シンデレラ気分を味わっているところへ、シンデレラという名前のカクテルをすすめてくれるなんて、成宮さんって本当にそつがない。

このカクテルはオレンジジュースとパイナップルジュース、そしてレモンジュースをシェイクしたものだそうで、味はフルーティーで比較的甘口だ。

成宮さんはといえば、こちらもわたしと同じくシンデレラ。彼は車の運転があるから当然なのだけど、他にもノンアルコールドリンクはあったのに同じものにしてくれた。そんな些細《ささい》なことすらうれしい。

「お礼を言われるようなことなんか、なにもしてないよ。俺の好きなようにしてるだけだし。それ

に……今日はまだ、終わってないしね」

悪戯《いたずら》っぽく意味深なことを言われて、ドキッとしてしまう。わたしは「いや、でも」ともごもごしながらも言った。

「成宮さんは、わたしの夢を聞いても馬鹿にしませんでしたし、なによりそれを叶えてくれました。それがすごくうれしくて……すごく、夢みたいに幸せで……もう、胸がいっぱいです」

こんなこと、口に出して言うのは恥ずかしい。でも、わたしにとってはとても大事なこと。

それからしばらく沈黙が落ちた。

いつまでも成宮さんが黙っているので、そろそろと目を上げると、彼はじっとわたしを見つめていた。そしてわたしと目が合うと、

「出ようか」

と急に立ち上がり、レジのほうへと歩いていってしまう。

わたし、なにかまずいことを言ってしまったんだろうか。不安に思いながら、彼のあとを追いかける。

会計を済ませた成宮さんは、レストランを出て——外装のデザイン上そうなっているんだろうけれど、壁にくぼみができていて少し身体が隠せるところまで来ると、わたしの腕をつかんでそのくぼみに押しつけた。

「ひゃっ!?」

いきなりのことに驚いて成宮さんの顔を見上げれば、わたしの心臓がドクンと鳴った。その漆黒《しっこく》

の瞳がなぜか、あの夜のときのように熱いものをたたえていたから。

「ごめん、我慢できない。キスだけさせて」

「え、……ン……っ！」

拒《こば》む暇《いとま》も心の準備をする余裕も与えられず、唇をふさがれた。

最初から深く唇を貪《むさぼ》りながら、成宮さんはわたしの両頬を大きな手で優しく包み込む。とっさに抗《あらが》おうとしたけれど、彼の身体がぐいぐいとわたしを壁に押しつけてくるので無駄だった。なによりも成宮さんの唇が触れたとたん、あの夜の感覚が唐突によみがえってきて、ずくんと子宮が疼《うず》いて……身体の力が抜けてしまったから。

「は、……ん……っ……」

だけどそのキスは、この前の夜と違って容赦がない。わたしの下唇を甘く噛んだかと思うと、口内を思うまま、熱い舌で蹂躙《じゅうりん》してくる。その舌が前よりも甘く感じるのは、さっきまで飲んでいたシンデレラのせいだろう。ノンアルコールだったはずなのに、その味に酔ってしまいそうになる。舌を舐められ、絡め取られては、何度も舌や唇を吸われて……この前とは比較にならないほどの甘い痺《しび》れが、わたしの身体をがくがくと震わせる。

息が苦しくて、酸素不足になった頭が朦朧《もうろう》として、でもたとえようもなく気持ちが良くて――

わたしが感じていることが伝わったんだろう、頬にあった成宮さんの片手がいきなりスカートの中に侵入してきて、ショーツ越しに秘部に触れた。

「や、……あんっ……！」

びりっとした痺れを感じて、腰が砕けそうになったわたしの身体を、成宮さんはもう片方の腕だけでがっしりと支える。

「ほんとに敏感だよね、花純ちゃん。キスだけで、もうこんなに濡れてる」

「や……、するの、キスだけって言ったのに……っ」

「煽《あお》った花純ちゃんが悪い」

「あ、……っや……っ！」

わたしがいつ、成宮さんのことを煽ったっていうんだろう。そんな覚え、全然ないのに。なにが彼のスイッチを押してしまったんだろう。

成宮さんはわたしの首筋に舌を這わせながら、触れていた秘所を指でそっと擦《こす》る。

「やだ、……こんなところで……っ」

確かに少し隠れた場所ではあるけれど、すぐそばには店の入り口があり、ここも上から間接照明で淡く照らされている。なにをしているかと覗き込まれたら、すぐにでもわかってしまうだろう。いつ、誰が通りかかるかもわからないのに。

すると成宮さんは、もう一度唇にキスをしてきた。

「じゃあ、部屋に行く？」

「え……？」

「レストランの予約と一緒に、部屋も取っておいてある」

わたしは驚いて、成宮さんを見上げる。

「さ、最初からそのつもり、だったんですか……？」

「そうでもなかったんだけどね。だけど、エステサロンで花純ちゃんがあんまり可愛いこと言うもんだから」

「で、でも明日は仕事が……」

「朝早めにチェックアウトしてマンションに戻れば問題ないよ」

さらにもう一度、唇にキス。

「花純ちゃんが嫌がったら、やめようとは思ってた。けどさっきから花純ちゃん、俺のツボ押しすぎ。我慢なんかきかない」

ツボなんて、押したつもりないのに。

「な、成宮さんのツボがおかしいいんじゃないんですか……？」

「そうかもね」

成宮さんは耳元に唇を近づけてささやいてくる。

「さっきはキスだけって思ったのも、確か。でも今、花純ちゃんも感じてくれてるよね？」

「そ、れは……」

甘い低音ボイスに、背筋をゾクリと快感が走り抜ける。

成宮さんは、キスだけで濡れる女の子もいると前に教えてくれたけれど、声だけで快感を得られるなんてこともあるのだろうか。ささやかれただけでも感じてしまうなんて、わたし……おかしいのかもしれない。

「……あ……っ！」

秘所を捉えていた成宮さんの指が、再びゆっくりと、誘うように動き始める。

「花純ちゃん……可愛い」

「いや……っ……うごかさ、ないで……っ……」

「ほんとに、いや？」

「ひぁ……っ！」

その指が、ふいにすぐ上の花芽を撫《な》で上げた。とたんに強い快感が襲ってきて、わたしはただただ成宮さんの身体にしがみつくだけ。それでせいいっぱいだ。

「ここ、こんなに膨れてるけど？」

「や、……いや……っ」

そうささやく成宮さんの吐息もどこか荒くて、それがまたわたしの身体の芯を疼《うず》かせる。

ああ……わたし、このまま成宮さんに抱かれてしまうんだろうか。こんな状態で、次にまた部屋に行こうかなんて甘い低音ボイスで誘われたら、断りきれる自信がない。

さっきあんな、乙女チックな夢を語ったばかりだっていうのに、もしかしたらわたし、心よりも先に身体のほうが大人になってしまったのかもしれない。わたしの心が年齢に比べて、極端に幼すぎるだけかもしれないけれど。

必死に成宮さんの指の攻撃に耐えていると、突然、

「……もしかして、笠間さん？」

と、声が聞こえてきた。その声の主を成宮さんの背後に見て、わたしは目を見開く。

少しくせのある焦げ茶色の髪に、同じく焦げ茶色の切れ長の瞳。成宮さんと同じくらい整ったその顔に驚きの表情を浮かべている——小宮さん。

真っ白なシャツにグレーのスーツを相変わらずかっちりと着ている。いまの成宮さんの服装と比べると、やっぱり小宮さんのほうがきちんとしているように感じてしまう。もちろん成宮さんの服装もセンスがあると思うのだけれど、そこは性格が表れるのだろう。

小宮さんは、くりっとした大きな瞳の可愛らしい女の子を連れていた。

そんな彼の切れ長の瞳が、わたしと成宮さんが密着しているところをしっかりと捉えているのに気づき、焦ってしまう。当然小宮さんは、まだわたしと成宮さんが結婚したことを知らないわけだし、わたしはいまも小宮さんに少しだけ憧れている。成宮さんとの仲を知られたくないという気持ちも、もしかしたらどこかにあったのかもしれない。

「こ、小宮さん……っ……ち、違うんです、これは……っ……」

自分でも意味不明なことを口走りつつ、まだ力の入らない身体をよじってしまったのは、だからなのだろう。それ以前にわたしたちは、隠れた場所ではあっても入り口のすぐそば、しかも明かりのあるところで愛し合うような行為をしていたのだ。見たのが小宮さんでなくても充分恥ずかしい。

そのころには成宮さんも小宮さんの存在に気づいていて、わたしからゆっくりと身体を離した。

だけど相変わらず片方の腕は、わたしの身体を抱いている。

振り向いたのが成宮さんだということに、小宮さんはそのとき初めて気がついたらしい。

「成宮さん？　……驚いたな。女性の苦しそうな声が聞こえてきたから、誰か体調でも崩しているんじゃないかと思って見に来たんですけど、違ったんですね。ずいぶん甘い声でしたし、あれは苦しかったんじゃなくて……」

そこで小宮さんは言葉を濁す。気持ちよくしてもらっていたんですね、とでも続けそうになったのかもしれない。そう思うと、ますます恥ずかしくなってしまう。

「どうして笠間さんと一緒にいるんですか？」

成宮さんにそう尋ねる小宮さんの表情は、もういつもの真面目なものに戻っていた。彼がいまなにを考えているのかは読み取れない。

「お兄ちゃんってば、にぶーい。おふたりとも結婚指輪、してるじゃない」

連れの女の子に突っ込まれ、彼はわたしと成宮さんの手に交互に視線を走らせると、息を呑んだ。

「……いつの間に」

「俺がいつ花純ちゃんとつき合おうが結婚しようが、小宮には別に関係ないことだと思うけどね？」

いつになく冷たく言い放つ成宮さんに驚いたけれど、小宮さんも同様に目を瞠《みは》る。さっきまでの甘い雰囲気が、嘘のよう。

だけど小宮さんは、すぐに気を取り直したようだった。

「確かにその通りですが、入り口のそばでいちゃつくのはどうかと思います。笠間さんのあんなに甘い声、他の男に聞かれてもいいんですか？」

改めて指摘されると、恥ずかしくて顔から火が出そうだ。

一方で小宮さんのその言葉を聞いた瞬間、成宮さんを取り巻く空気の温度が一気に下がった気がした。

「小宮に聞かせるつもりは、なかったんだけどね。悪いけど、忘れてくれる？」

「俺に聞かせるようなことをしていたのは、成宮さんのほうだと思うんですが。さて、どうしましょう。一度聞いてしまったものは、どうしようもありませんし」

なんだかとっても不穏な雰囲気になって、わたしも小宮さんの連れの女の子も、はらはらとふたりを見つめる。彼女はたぶん、さっきの発言からして小宮さんの妹なのだろう。

どうして、なにが原因でこんな一触即発《いっしょくそくはつ》な空気になってしまったのか。

「あの、変な声を聞かせてしまってすみません」

どうにか場を取り繕《つくろ》おうとして、的外れだなと思いつつも小宮さんに頭を下げる。あんな声を聞かれて、小宮さんに軽蔑されたくなかったから、というのもあったのかもしれない。

だけど小宮さんはわたしを一瞥《いちべつ》しただけだった。

「いや、笠間さんにあんな声を出させた成宮さんが悪い。どんな男が聞いて欲情するか、わかったものじゃないからな」

やっぱり、軽蔑されてしまったんだろうか。おろおろしているわたしの手を、成宮さんが強く握りしめたのはそのときだ。

彼はいかにもな愛想笑いを小宮さんに向けた。だけど、目が笑っていない。とっても恐い。

「これからは気をつけるよ。花純ちゃんはもう俺の奥さんだし、他の男に欲情なんかされても困るから」

「な、成宮さ……」

「じゃあ、俺たちは部屋に行くから。また明日、会社でね」

にっこりとそう続けた成宮さんは、小宮さんの返事も聞かず、わたしの手を引っ張って足早に歩き出す。

「成宮さん……待って……っ」

そんなに早く歩くの、大変なのに。いくらそう呼びかけても、成宮さんは止まってくれない。フロントでキーを受け取ってエレベーターに乗り込み、息切れした身体を休ませられたのも束の間。すぐに目的の階に着き、また成宮さんに手を引っ張られてエレベーターを降りる。

廊下を歩いてたどり着いた部屋の前で、成宮さんはカードキーで扉を開け、半ば強引にわたしを連れ込んだ。すぐ背後で扉が閉まり、オートロックの鍵がかかる。

「花純ちゃん、小宮のことが好きなの？」

「え……？」

そんな質問をされるとは思ってもみなかったから、驚いた。成宮さんは冷たい瞳をしたまま、わたしを見据えている。

「どうして、そんなこと……」

「じゃあなんでさっき小宮に、『違うんです』って言ってたの？」

そんなこと言ったっけ、と急いで記憶の糸を手繰《たぐ》り寄せ、ああ、と思い当たった。彼に声をかけられた直後、確かにわたしはそんなことを言った。

「あれは、その……焦ってしまって……」

どう説明しようか迷っていると、成宮さんは、

「俺とあんなことしてるのを見られて焦るくらい、小宮のことが好きなんだ？」

と言って、弁解の間もなくわたしの身体をくるりと反転させ、背後からぎゅっと抱きしめてきた。

「っ！」

彼の片方の手がスカートの中に入ったと思った瞬間、強く花芽を指で押されて、また腰が砕けそうになる。

「な、るみやさ……っ……」

愛撫《あいぶ》とは思えないほどの強さで、動かすこともなく、ただそうしてぐいぐいと押し潰すだけ。すると花芽を中心に、じんじんと痺《しび》れが広がっていく。快感を通り越して苦しい。不思議と身体からどんどん力が抜けていく。

「ここ、これくらいの強さで押し潰してると、女の子はしばらく思うように身体が動かせなくなるんだよ」

知ってた？　と、成宮さんの声が妖《あや》しさを帯びる。

「こうすると、怪しい薬なんていらないみたいだよ？」

そんなこと、経験不足のわたしが知るはずない。だけどそれは事実らしくて、すぐにわたしはず

るずると床に崩れ落ちてしまった。

頭を打たないようにという配慮なのだろう、わたしの後頭部に手を添えた成宮さんは、嫌味なほど丁寧にわたしを仰向けにし、完全に横たえてしまう。そして覆いかぶさってきたかと思うと、乱暴に首筋に歯を立ててきた。

「痛っ……！」

歯はすぐに離れたけれど、歯型はついてしまったかもしれない。そう思うほど、強く噛まれた。

「ごめんね？　でもこれくらいしないと花純ちゃん、小宮のこと忘れないでしょ」

「わ、わたし……小宮さんのことは」

「黙っててくんない？　でないときっと俺、もっと乱暴にしちゃうから」

そう言ってわたしを見下ろす成宮さんの瞳は、やっぱり恐いくらいに冷たい。わたしが息を呑んだのを見て取ると、成宮さんは首筋に顔をうずめ、胸のふくらみをぐっとつかんできた。

まさか、このまま……？

こんな形で、こんな気持ちで抱かれるなんて、いやだ。成宮さんのことが嫌いなわけじゃないけれど、それでも、誤解をされたままなんていやだ。

「成宮さん、やめて……っ」

「黙ってって、言ったよね？」

「あ……っ！」

成宮さんの愛撫に反応して立ち上がっていた胸の先端を、長い指が鋭くつまむ。痛い。けれど同時に快感も覚える。痛みと快感のぎりぎり境目といったところを、わたしはゆらゆらと漂う。

「俺、無理矢理は趣味じゃないんだよね。おとなしく初夜、してくれる?」

その言葉に、わたしは目を見開いた。

成宮さんはわたしの夢を、聞いてくれたのじゃなかったの?

それともわたしの夢や意思よりも、六道の跡継ぎを作るほうを優先することにしたのだろうか。それも、こんなに強引に。

さっきまで、あんなに優しかったのに。わたしの夢に寄り添ってくれるのだと、そう思ったのは、わたしの錯覚だったの? 勘違いだったの?

一応とはいえ奥さんになったわたしが、小宮さんのことを少しでも気にしてしまったから? だから成宮さんはこんなに怒って、無理矢理にでも初夜をすることにしたんだろうか。

小宮さんに対して、憧れの気持ちは確かにある。けれどそれは、恋愛感情とは違うのに。成宮さんは弁解すらさせてくれない。それくらいわたしは、彼にとってどうでもいい相手なのだろうか。ただ跡継ぎを作るためだけの、道具なのだろうか。

そう思ったら、無性に哀《かな》しくなった。

「だったら、そんな……身体に触れたりなんて、しないでください」

――愛情がないのなら、愛撫《あいぶ》なんて愛のあるような行為なんか、しないでください。

気がつけば、震える声でそう口にしていた。涙で滲《にじ》む視界に成宮さんの顔をとらえ、思い切り睨みつける。

ついさっきまで本当の恋人みたいに優しかったのに。いや、だからこそ、こんなふうになってしまったことがつらくて、悔しくて……哀しくて。

「何もしてくれなくていいです。すぐ終わらせてください」

「いやだね」

けれど成宮さんは、冷たい表情のまま言い放った。

「俺だけ突っ込んで腰振って花純ちゃんの中に吐き出して終わらせろって？　そんなの、オナニーと一緒じゃん。そんなのは嫌だ。俺、女の子を自分の手で気持ちよくさせて泣かせるのが好きなんだよ。俺相手じゃ感じないっていうんなら、小宮のことでも考えてれば？」

そして、わたしのワンピースの襟ぐりに手をかけ、ぐいと乱暴に引っ張った。強い力に、後ろボタンのいくつかが勢いよく弾け飛ぶ。

「……っ！」

わずかに残されていた力で抵抗しても、到底敵わない。あっという間に片手で両手首をまとめられ、頭上に固定される。

成宮さんはそのままちぎりそうな勢いでワンピースを脱がしてしまい、ブラジャーをぐいと上にずらした。力ずくだったので、カップ部分が肌に強く擦《こす》れて痛みが走る。

ささやかな胸の双丘が、わたしに跨《また》がっている成宮さんの目に晒されたのがわかって、ぎゅうっと胸が痛くなった。羞恥《しゅうち》もあるけれど、それ以上に哀しくて、切なくて。

けれどなにを言うよりも早く、片方の乳房をわしづかみにされた。愛撫というには強すぎる力で揉みしだかれ、それは彼の大きな手の中で、ぐにゅぐにゅと面白いくらいに形を変える。わずかな快感はあったけれど、痛みと哀しみのほうが大きい。

歪んでしまったわたしの表情は、成宮さんの苛立ちをさらに煽《あお》ったらしい。

「なにしてんの。大好きな小宮のこと考えてろって、言ったでしょ？」

「痛っ……！」

乳房から離れた彼の手が、今度はするりと足の間に入り込んでくる。そしていきなりつぷりと中に指を入れられた。思わぬ痛みにわたしは顔をのけぞらせる。

この前ほどではないけれど、そこは濡れているはずだ。なのにどうしてか、いまは痛みしか感じない。わずかにあった快感も、どこかに消えてしまった。

成宮さんは、それをわかっているのだろうか。それともいまの彼にとっては、どうでもいいことなのだろうか。彼は中に入れた指を、激しく出し入れし始める。

「ほら、これが小宮のだと思えばいいよ。好きな男のだって思えばさ、これだけでも花純ちゃん、イけるんじゃないの？」

どう答えたらいいのか、もはやわからなかった。痛みを訴えても、抵抗しても、成宮さんは聞いてくれない。

痛い。痛い。心も身体も、痛くてたまらない。だっていまの成宮さんの言葉には、愛撫《あいぶ》には、優しさがない。愛情のかけらもない。わたしなんかにそんなものは必要ないと、そう思っているのだろうか。好きになる必要はない、そう思っているのだろうか。だとしたらどうして、時々優しくしてくれたりするのだろう。気まぐれの優しさなんて、つらいだけなのに。

にじんだ涙の向こう側に、成宮さんの顔が見える。怒ったように瞳をぎらつかせ、冷たく表情を強張らせるその様子に、さらに胸の痛みが増した。哀《かな》しすぎて、どこもかしこも痛かった。こらえていた涙が、一気にあふれ出してしまうくらいに。

「……ひどい……」

震える声で小さくそう言った瞬間、成宮さんはようやく我に返ったように顔を歪めた。冷たかった瞳の色が、見る間に哀《かな》しげな、傷ついた人のものへと変わっていく。

どうして？　傷ついたのは、わたしのほうなのに。成宮さんがそんな顔する必要なんか、ないのに。

「……ごめん」

そう言った成宮さんの声は、まるで泣いているかのようにわずかに震えていた。わたしの両手首を拘束していた大きな手が離れ、中を擦《こす》り上げていた指もそっと引き抜かれる。

身体を起こし、床に座り込んで深くうなだれた成宮さんは、ぽつりと自嘲気味に言った。

「俺と結婚する相手は、不幸になるんだってさ。……花純ちゃんはもう結婚しちゃってるから手遅れだけどね」

そんな彼の姿が、さっきの映画、『ラヴィアンローズ』で見たディオスの姿と重なる。自分の呪いについてカレンに告げたときのディオスも、こんなふうに淋しそうに、切なそうにしていた。

傷つけられたくせにそんなことを思うのは、単に彼と関係を持ったことで、ほだされてしまっているせいなのかもしれない。いい年をしてシンデレラストーリーに憧れ、情けないほど結婚に乙女チックな夢を持っているからなのかもしれない。

成宮さんと結婚する相手は、不幸になるだなんて。誰が彼に、そんな言葉を吐いたのだろう。誰が彼に、そんな呪いをかけたのだろう。

尋ねてみたかったけれど、わたしはわたしで、いまはいっぱいいっぱいだった。

本物の恋人同士のように優しくデートしてくれたり、触れてくれたり、なのにいきなり乱暴に身体を開こうとしたり……おまけに最後には、自分で自分を嘲《あざけ》って。たった一日でこんなに人の気持ちを振り回すなんて……なんて身勝手な人なんだろう。

だけど憎む気持ちが起きないのは、やっぱりわたしが彼にほだされているからに違いなくて……ぐるぐると感情を持て余していると、ふいに左手の薬指から指輪を抜き取られた。カレンの婚約指輪と結婚指輪、その両方とも。

「あ……」

思わず身体を起こすと、

「ああ、身体もう平気？」

と、そっと尋ねられた。

そういえば、もう身体に力が入るようになっている。

しばらくは身体が動かせなくなるって言っていたけど、成宮さん、手加減でもしたんだろうか。

「指輪、俺が持っておくね。俺と結婚してるだなんて会社でばれたら、花純ちゃん嫌だろうし。俺たちが結婚してることは、みんなには内緒にしておこう」

「え……」

てっきり、公《おおやけ》にすると思っていたのに。

彼は、自分の左手からも結婚指輪を抜き取ってしまう。

「……小宮にも、口止めしておくよ」

なにかわたしが、彼の地雷を踏んだのだろうか。それとも……森村さんが言っていた、彼の過去の傷が関係しているのだろうか。

「起き上がれる？　……帰ろうか」

成宮さんは労《いたわ》るようにそう声をかけてくれたけれど、それからマンションに帰るまで――いや、マンションに帰ってからも、指一本わたしに触れることはなかった。

3　成宮未希の自嘲あるいは自重

俺はそっとマンションの部屋を出て、扉を閉め、鍵をかける。……音には気をつけていたけれど、どうか花純ちゃんが起きないようにと祈りながら。

結局一睡もできなかったけど、そんなのは全部俺の自業自得だ。

——もう少しで花純ちゃんのこと、壊してしまうところだった。

もしあのまま最後までしてしまっていたらと思うと、自分でも恐ろしくなる。いくら〝あのこと〟が原因で、恋愛に関して制御がきかなくなるったって、限度があるだろうに。

小宮に花純ちゃんの甘い声を聞かれたと知って、箍《たが》が外れてしまった。あんなところで花純ちゃんにそんな声を出させていた俺が悪いのはわかっている。なのにそれを小宮に指摘されて、さらに頭に血がのぼった。

『……ひどい……』

あのときの花純ちゃんの震える声が、泣き顔が、頭から離れない。思い出すたび、罪悪感に苛《さいな》まれて胸が痛む。

花純ちゃんのワンピース、似合っていたのに。本当に、すごくすごく可愛かったのに。

あのあと花純ちゃんが身に着けたそれは、元通りとは言いがたかった。可愛らしい形の後ろボタンはほとんどちぎれ飛んでいたし、襟ぐりも伸びきっていた。

服だけじゃない、せっかくの可愛い髪型だって乱れてしまっていた。

絶対嫌われた。というか、恐がられた。レイプまでしかけた男のことを、女の子が好きになってくれるはずがない。

マンションを出たところで過去のトラウマがよみがえり、心が押し潰されそうになる。

夏の夜明けは、早い。時刻はもう朝の六時半を過ぎていて、あたりは大分明るくなっていた。だというのに、俺の心はどんよりと暗く曇っている。

こういうとき、頼りになる人間はひとり。志穂だけだ。そう思ってスマホを手に取る。

最近は、自分から志穂にプライベートな連絡を取ることなんかなかった。彼女は彼女で、大事な家庭を持っていたから。

しばらくして電話がつながる。

『――未希？　こんな時間に、どうしたの？　あなたがわたしに電話をかけてくるなんて、なにかよっぽどのことがあったときよね？』

俺の過去をすべて知っている志穂は話が早い。

「――いろいろ、やっちまった」

『え？』

「俺マジやばいかも。離婚されるかも」

『は？　いったいなにをしたのよ。まさか、花純さんを無理矢理抱いたとかじゃないわよね？』

「あー……まあ、その……未遂」

『ばかねえ……なんでそんなことしたのよ』

とたんに小宮の顔が頭にちらついて、胸がむかついてくる。

「なんつーか、ぶっちゃけ嫉妬した。それで暴走したっていうか……まあ、俺にしてみれば今さら花純ちゃんに嫌われても不都合ないと言えばないんだけどさ」

というか、花純ちゃんは小宮のことが好きなんだろうし。

会社にいていままで見てきたけれど、明らかに花純ちゃんは、小宮に対してだけ少しばかり違う反応を見せる。あいつに話しかけられるたび、ほんのりと恥ずかしそうに頬をピンク色に染めるのを、俺は何度も見てきた。

『不都合、ねえ……正直なところは、どうなの？』

志穂のその質問には、即座に答えられた。

「そりゃ、好かれたいに決まってる。花純ちゃんに愛されたい。つか、俺がこれでもかってくらい愛したい。毎日飽きるくらい抱いて、花純ちゃんの全部を俺のものにしたい。他の野郎に目もくれなくなるように、ずっとどこかに閉じ込めておくのもいいな」

電話の向こうで、志穂が苦笑するのがわかった。

『あんた、そういうのヤンデレっていうのよ』

「俺にとっては至って普通の感情だけど？」

『自覚がないヤンデレは手に負えないわ。いや、自覚があるほうが恐いわね』

志穂はそう言うけれど、俺が花純ちゃんのこととなると少々病《や》んでしまうというのは、ちょっとは自覚しているつもりだ。〝あの日〟、花純ちゃんのことを好きになってから、自分でも感情を持て余して、毎日どうにかなりそうだった。花純ちゃんはなにがきっかけで俺なんかに好かれてしまったのかすら、気づいていないだろうけれど。

〝あなたにはなんの魅力もない。取り柄といったら、見た目とセックスだけよ〟

俺に呪いをかけた〝彼女〟の言葉が、ぐるぐると頭を駆け巡る。あれ以来、俺には本当の意味での恋愛ができない。

花純ちゃんのことを意識するようになり、そして本格的に好きになっても、俺はしばらく彼女を見守っているだけだった。

花純ちゃんのように男に免疫のない女の子は、きっと男に対しての理想もそれなりのものだろう。真面目で誠実で、周囲が思うような〝俺〟――いわゆる〝遊び人〟とは正反対のタイプが好みだと思う。

そこまで分析した俺が出した答えは、結局『この想いを伝えることはできない』というものだった。父さんが跡継ぎの話を出してこなければ、ずっと俺の片想いで終わっていたかもしれない。

小宮が花純ちゃんを狙っていることは、わかっていた。もちろん、俺が花純ちゃんにどう思われているかも。

だけど跡継ぎの話を出されたとき、真っ先に浮かんだのは花純ちゃんだった。他の、好きでもない女と結婚するなんて、考えられなかった。うまくすれば、花純ちゃんを手に入れることができるかもしれない。その考えが暴走し、俺はとらわれてしまったんだ――好きな女を自分のものにしたいという、欲望に。

だから、騙《だま》して見合いするなんて手に出た。卑怯《ひきょう》でもなんでもいい、他の男にかっさらわれる前に、花純ちゃんを俺だけのものにしたい、そう思ってしまったんだ。

――こんな俺が、きみに好きだと言うことは、できない。でもごめんね？　俺が結婚したいのは、生涯をともにしたいのは、花純ちゃん、きみだけなんだよ――

心の中で、何度そうつぶやいたかわからない。

〝あなたと結婚する人は、不幸になるわ。絶対よ〟

――〝彼女〟が放った、あの呪縛。

たとえそれが本当になってしまうのだとしても、結婚相手は花純ちゃん以外考えられなかった。それは間違いなく、俺のエゴだ。

花純ちゃんとももう終わりか、と思うと、とたんにいままでのことが思い返される。

花純ちゃんが「処女をもらってください」って俺にお願いしてきたとき、驚いたことも確かだけど、心臓が止まるかと思うくらいうれしかった。

ここで俺がいい返事をしなかったら、花純ちゃんは同じお願いを小宮にしてしまうかもしれない――そんな焦りもあって、欲望は加速した。

小宮になんか、絶対渡すものか。花純ちゃんのすべては、俺がもらうんだ。

あのとき俺がそんなことを考えていたなんて、花純ちゃんは思ってもいなかっただろう。花純ちゃんとのお見合いを無事に決行するまでは、花純ちゃんには、つゆほども疑われてはならない。

だからあのとき、俺は花純ちゃんの前で、極力〝いつもどおり〟に振る舞った。

ベッドの上で、俺に裸にされて震えていた花純ちゃん、マジで可愛かったな。

俺が花純ちゃんの中に入ったとき、驚いた彼女が肩をひっかいたことすら、うれしくて愛《いと》おしくて仕方がなかった。いままでにも背中に爪を立てたりひっかいたりしてくる女の子はいたけど、そんなふうに感じたことなんかない。

……もう一度、いや何度でも、花純ちゃんを抱きたい。何度でも、花純ちゃんの中に入りたい。俺の手で、泣かせたい。……もちろんゆうべとは、違う意味で。

花純ちゃんと、つながりたい——

だけどもう、そんな願いはかなわないだろう。

昨日は本当に、楽しかった。事あるごとに花純ちゃんと本物の恋人同士になれたような錯覚が起こって、そのたびに自分をセーブするのに苦労したくらいだ。

花純ちゃんを自分のものにしたいとは思っていたけれど、いざそうなってみると、俺はまったく余裕がなくなっていた。花純ちゃんのちょっとした言葉や仕草がとてつもなく愛おしくなって、自分でも予測していなかった言動をしてしまう。そのせいで、こんな事態まで招いてしまった。

できるならば花純ちゃんとあたたかな家庭を築きたかったけど、それすらもいまとなっては危うい状況だ。

俺が、ヤンデレ？　上等だ。

女の子を本気で好きになったのなんか約十年ぶりだから、それ相応のものがたまってるんだよ。心にも、身体にも。

「志穂は、いいな。子どもがいて。俺も花純ちゃんとの子どもがほしい。跡継ぎとか抜きにしても、たくさんほしい。ってか子作り目的じゃなしにずっと抱いていたい」

『未希って、ほんとに花純さんのことになるとコントロールがきかなくなるのね』

しょうがないわねえ、と志穂はまた苦笑まじりのため息をつく。

『いま、外？』

「まあ、うん。適当に時間潰してから、会社に行く」

『マンションには、帰れるの？　行くところ、あるの？』

「しばらくはマンションに帰れないな。あんなことまでされて一緒に暮らすだなんて、花純ちゃんのほうが耐えられないでしょ。適当なところに泊まるよ。夏だしいざとなったら野宿でもいいさ」

『いいわよもう、その間うちにいなさいな。うちの旦那も子どもたちも、しばらくぶりにあなたに会いたがっていたし』

志穂の旦那や子どもたちとは、俺も仲良くしてもらっている。

よく旦那が俺に嫉妬しないな、とも思うが、そこは志穂と旦那とが、ちゃんとした信頼関係で結ばれているからだろう。それに志穂の旦那は、精神的に未熟な俺と違って、大人の男だ。

俺もしばらくぶりに、あたたかな家族というものに無性に触れたくなった。

「……そうする」

そう言って電話を切ると、またため息が漏れる。

俺、花純ちゃんをあんなふうに傷つけておいて、会社で彼女に対して普通に接することができるだろうか。激しく自信がない。

——いや、それよりも。

ゆうべ俺がつけた花純ちゃんの心の傷が、少しでも早く癒《い》えるように。

何に対してかわからないけれど、心からそう祈った。

4　自覚した気持ち

カタン、という扉が閉まるような小さな音で、わたしは目を覚ました。まだ頭がぼうっとしていて、一瞬ここがどこだかわからなくなる。

やがて、見覚えのある寝室のベッドに自分が寝転がっていることに気づき、いままでのことを思い出した。

そうか……わたし、成宮さんと結婚したんだっけ。昨日はこのマンションに引っ越してきて、成宮さんとデートして、それから……

うれしかった記憶と哀しかった記憶とがあいまってなんとも言えない気持ちになり、ぎゅっとパジャマの胸のあたりを握りしめる。

マンションに戻ってきても、どうしたらいいのかわからなかったわたしに、

「ちゃんと着替えて、シャワー浴びたほうがいいよ。せっかくのきれいで可愛い格好が、台無しになってるから」

と、控えめにうながした成宮さん。

おずおずとお風呂場に行ってシャワーだけを浴び、化粧落としで森村さんが施《ほどこ》してくれたメイクを落とすと、もうすっかりいつもどおりのわたしが鏡の中にいた。それを見て、ああ、もう魔法は

とけたんだ、と切なく思った。

それでもパジャマに着替えて髪を乾かすと、髪だけは整えられたままの状態だとわかって、少しだけほっとした。

まだ魔法は全部とけたわけじゃないんだよ。まだあなたの中には可能性が残っているんだよ。

そう、誰かに元気づけられた気がして。

成宮さんは、わたしがちゃんとパジャマに着替えたのを確認すると、自分もシャワーを浴びた。

それから、寝室に入れずリビングにいたわたしに、

「花純ちゃんは寝室のベッド使って。俺、ここで寝るから安心していいよ」

と言ったのだ。そうして寝室から夏用掛布団を一枚だけ持ってきて、ソファに横になった。

「身体、壊しちゃいますよ。ベッドで……」

そろそろと声をかけると、成宮さんは苦笑する。

「レイプまでしかけた男に、それは甘すぎ」

「……でも……わたしは一応成宮さんの奥さん、ですし……」

すると成宮さんは、なぜだかいまにも泣き出しそうな顔をする。その瞬間、わたしの胸がぎゅっと縮こまるように切なくきゅんと疼《うず》いた。

「……花純ちゃん、マジで男に対して甘すぎ。俺のことは心配しなくてもいいから、ゆっくり休みなよ」

そう言って成宮さんはわたしに背を向けて、それっきりしゃべらなくなってしまった。

それでわたしもあきらめて寝室に行き、しばらくベッドでその日の出来事を思い返していたのだけれど、思っていたよりも疲れていたようで、眠ってしまったらしい。

ベッドサイドの時計を見ると、まだ朝の六時半すぎ。この成宮さんのマンションは会社に近いから、ゆっくり支度をしても充分に間に合う。

……成宮さん、起きてるかな。

ベッドから起き上がって、そっと寝室の扉を開けたとたん、ふわりといい香りが漂ってきた。見ればダイニングテーブルの上には、おいしそうな朝ご飯が並べられている。

――成宮さんが、作ってくれたんだ。

だけど、その朝食はひとりぶんしかない。

そこでわたしは、伏せられたご飯茶碗のそばに、一枚の白い紙が置かれていることに気がついた。ノートをちぎったらしきその紙には、少し右肩上がりの、でもきれいな字で次のようなことが書かれていた。

『花純ちゃん、ゆうべは本当にごめん。

俺がきみにしたことは、謝っても謝りきれない。

一晩頭を冷やした結果、しばらくマンションを出ることにしたよ。そのほうが花純ちゃんも、ゆっくり落ち着けると思う。

ゆうべのことできみが俺との関係をどうしようと、俺はそれに従おうと思う。どうか、花純ちゃんの気が済むようにしてほしい。

会社も、俺と顔を合わせるのがつらいようなら、休んでもいい。その場合は、申し訳ないけど俺のスマホに連絡をください。留守電に入れるか、メールで連絡をくれれば、俺から社長に話をしておくから。

お詫《わ》びにもならないけど、朝食を作っておいたのでよかったら食べてください。

お弁当は、少し手抜きになっちゃったけど、よかったらそれも。

成宮未希』

時々敬語になっているところが、成宮さんがどれだけ考えながらこの手紙を書いてくれたかを表しているような気がして、少しだけ胸があたたかくなる。

成宮さんがゆうべどんな気持ちでわたしにあんなことをしたのかはわからないけれど、彼がいま、そのことをとても後悔していることは充分に伝わってきた。

確かに昨日の今日で、成宮さんと顔を合わせるのは気まずいけれど、不思議と嫌という気分ではない。

もう一度、並べられた朝ご飯を見てみる。

じゃこ納豆にほうれん草と卵のふんわり焼き、野菜とベーコンの和風トマトスープ。お弁当と思われるタッパーの中身を見ると、それはハムチーズサンドイッチだった。

朝ご飯のおかずもお弁当の中身も、わたしの大好物ばかり。……もしかしてわたしの好物を、お母さんにでも聞いたんだろうか。そうまでして、作ってくれたんだろうか。

炊飯器の中にはしっかりご飯も炊かれてあって、わたしはそれを茶碗によそい、おかずと一緒に食べた。

どれも、とてもおいしい。わたしもよく作る献立だけれど、味は成宮さんが作ってくれたもののほうが格段に上だ。

……この食器も、昨日コーヒーを飲んだ薄いピンク色のマグカップも、新品そのものだった。わたしと一緒に暮らすために、成宮さんが用意してくれたのだろう。

しばらくマンションを出ることにしたって……それじゃあ成宮さんはその間、どこに泊まるんだろう。

きっとわたしが目を覚ますきっかけになった、あのカタンという小さな音は、玄関の扉が閉まる音だったんだ。成宮さんが、この部屋を出て行く音だったんだ。そうと気づけば、なぜだか胸がぎゅうっと締めつけられるように痛む。

お互いのスマホの電話番号とメールアドレスは、お見合いをしたその日のうちに交換させられている。だけど、いざ連絡しようにも、また冷たい反応をされたらと思うと心が竦《すく》んでしまう。留守電に入れるかメールをくれればいいとは書いているけれど、それすらも難しい。

――こんな気分のときは、あの絵を見るに限る。

わたしは食器を洗ってしまうと、クローゼットの中のわたし専用の小さな箪笥《たんす》にしまわれた一枚の絵を取り出した。

ハガキ大の、本当に小さな絵。でも、わたしはこの絵が大好きだった。

地平線まで続く草原の中、小さな女の子が満天の星空を見上げ、ひときわ輝く大きな星に向かって手を伸ばしている。まるでそれをつかみ取ろうとしているかのように。

額縁の後ろには、『幸せを求めて』とのタイトルが記されている。

この絵を見ると気持ちが安らかになるし、心が解放感で満たされる。まるでわたしがこの絵の中の女の子になったかのようで、いつか自分も幸せという名の星をつかみ取ることができるような、そんな気持ちになってくる。未来に向かう勇気が湧いてくるのだ。

これが、わたしがバイトして買った、唯一のミライの絵。

これを買ったのはわたしが十九歳のとき。そうしてまたいつか彼の絵を買おうとお金を貯め始めたころに、ミライは絵を描くのをやめてしまったのだ。

以来彼の絵の価格はますます高騰し、とてもわたしの手が届くようなものではなくなった。だからこの絵はわたしにとって、本当に宝物なんだ。

今までわたしは、落ち込むごとにこの絵を取り出しては見つめてきた。バイトで失敗したときも、友だちと喧嘩をしたときも、失恋をしてしまったときも、いつでもこの絵はわたしに勇気を与えてくれた。

あなたはまだ、大丈夫だよ。あなたの未来は、これからだよ。絵を通して、そうミライに元気づけられている気がして——

こうして改めて見てみると、映画のワンシーンを彷彿《ほうふつ》とさせる絵だ。

昨日成宮さんと一緒に見た、『ラヴィアンローズ』。

ディオスとカレンを結びつけた『星流し』は、満天の星空のもとで行われていた。そう、この絵のように。

絵を見ながらそんなことを思い出していると、少しだけ勇気が湧いてきた。

とりあえず会社に行って、成宮さんともう一度顔を合わせてみよう。それでわたし自身が大丈夫そうだったら、声をかけてみよう。

そう決めて、絵を元の場所にしまう。そして少し早かったけれど、会社に行く支度を始めた。


「はあ……」

お昼休みになって仕事が一段落ついた頃、わたしは今日何度目になるかわからないため息をついた。その原因はもちろんというかなんというか、成宮さんだ。

朝、成宮さんと会って、あ、意外と大丈夫みたいだ、と自分の気持ちをしっかり確認した。成宮さんを見ても恐くなったりしない。

だからいままで何度か隙を狙って、成宮さんに話しかけたりしていたのだけれど……「ごめん、いま忙しいから」「また、今度ね」などと、ことごとく断られている。

仕事の用事で呼ばれたかと思えば、その呼び方は「笠間さん」で。しかも、用事が済めばわたしが話しかける間もなくさっさと立ち去ってしまう。態度こそいままでと同じように見えるけれど、明らかに避けられている。それどころか、今日は一度もわたしと視線を合わそうとしない。

せめて朝ご飯がとてもおいしかったことだけでも伝えたいのに。もちろん他にもいろいろ、話したいことはあるのだけれど……

わたしが、甘かった。わたしの引っ込み思案な性格も災いしているとはいえ、成宮さんのほうが何枚も上手《うわて》だった。

もう一度、はあ、とため息をつくと、ぽんと背後から肩を叩かれた。

「なあに、花純。今日はずいぶんとため息が多いじゃない」

「あ……靖恵ちゃん」

胸までの長い茶髪にゆるくパーマをかけた槇尾《まきお》靖恵ちゃんは、わたしの同僚であり、友人のひとりだ。常に男っぽい服装をしているけれど、胸は大きいし、腰もきゅっとくびれていてスタイルがいいのがわかる。

それでいて性格がさばさばしているからか、男性社員とも対等に、ノリよく話すことができる。成宮さんとも、よく話をして笑い合っているところを見かけたものだ。

……そういえば今日は成宮さん、どの女性社員とも話をしていない。隙あらばわたしがそばに行こうとしているから、邪魔になっているんだろうか。

「今日は花純、朝からおかしいわよね。いままで極力成宮さんのこと避けてたのに、いきなり何度も成宮さんに話しかけようとしてるし」

うっと、わたしは詰まってしまう。

「わたし、そんなにわかりやすかった……？」

「まあね、見てればわかるわよ。髪もいままでより可愛くしてるし、これは本気で誰かに恋でもしてるのかなって思ってたんだけど……しかもその首のガーゼ、どうしたの？　怪我？」

「あ、いやこれは……」

「まさか、キスマーク？」

「や、キスマークではなくて……！」

朝、鏡で見たら、首筋に本当に歯型のようなアザがついていたのだ。ゆうべは全然気づかなかった。絆創膏《ばんそうこう》では隠れそうになかったから、会社に来る前にドラッグストアでガーゼを購入し、首筋に貼りつけておいたというわけだ。

だけどそんなこと、口が裂けても言えない。

靖恵ちゃんは、にやにやと笑う。

「いままで花純って、小宮くんのことが好きなのかと思ってたけど、違うの？　成宮さんに鞍替《くらが》えした？」

「なっ……」

あまりの言葉に、わたしは絶句した。

「わ、わたしって、小宮さんのことが好きなように見えるの……？」

「うん、まあ社内の誰が見てもそうだと思うんじゃない？」

「ち、違う……！　小宮さんに対しては、好きっていうんじゃなくて……憧れっていうか、そんな感じなだけで……っ」

「そうなの？　話しかけられるたびに恥ずかしがってたのに？」

「……わたしが誰かを本気で好きになったら、たぶん……そんなものじゃすまないと思う」

「ん？　それってどういうこと？」

「……昔から恋をすると、その相手に対して、まともに話すこともできなくなっちゃうから……」

いい大人の女が、本当に恥ずかしい。経験不足もいいところだ。

小さな声で告白すると、靖恵ちゃんは「へえ、そうだったんだ」と納得してくれた様子。

「そうじゃなくても花純って、男に対して臆病なところがあるもんね。いまどき珍しいわねえ、恋をするとそんなふうになる女の子って。前から男にまったく免疫がない子だとは思っていたけど」

そして靖恵ちゃんはまた、にんまりと笑う。

「とりあえず、お昼ご飯に行かない？　小宮くんに憧れてる花純が、どうしていきなり避けてたはずの成宮さんに積極的になり始めたのか、ぜひ詳しく聞かせてもらいたいわあ」

「だ、だから別にそういうことじゃなくて……っ」

「いいから、行こ？」

どうやら好奇心旺盛な靖恵ちゃんからは逃れられそうにない。でも、まさか事情を話すわけにもいかないし……。

どうにか遠回しに、話すしかないだろうか。靖恵ちゃんは他人のプライベートに関しては口が堅いから、そのへんは大丈夫だと思うし。

もしかしたら成宮さんについて、なにか情報をもらえるかもしれない。

わたしはそう思い直して、成宮さんが用意してくれたお弁当を持ち、席を立った。

いつも靖恵ちゃんとお昼をするときは、会社の近くのおいしいと評判のお弁当屋さんでお弁当を買い、近くの公園ですませている。そんなわたしが今日はお弁当を持参しているということにも彼女は興味を示したようだ。

ベンチに並んで座って、靖恵ちゃんはお気に入りのかきあげ弁当とインスタントのお味噌汁を、わたしは成宮さんが作ってくれたハムチーズサンドイッチを食べる。周りを見回せば、他にもちらほらと社員たちがベンチでお昼を食べる姿があった。

「ねえ、そのお弁当って、花純の手作り？　確か花純のお母さんって、お弁当作ってくれるほどには料理好きじゃなかったはずよね？」

「う、うん……わたしが作ったわけじゃ、ないんだけど……」

「じゃあ、誰が作ってくれたの？」

「う、……ごめん、それはちょっと言えない」

このハムチーズサンドイッチも、とってもおいしい。

成宮さんって、料理も上手なんだ。一人暮らしが長かったのかな？　でも一人暮らしの男性がみんな料理上手なわけではないだろうし、もしかしたら成宮さんにとって料理は趣味のひとつなのかもしれない。

「……成宮さんって、処女もらってくれって言ったら、どんな反応すると思う？」

「ぶっ！」

サンドイッチを食べながらそう尋ねると、靖恵ちゃんは、飲んでいたお味噌汁を勢いよく噴き出した。

「や、靖恵ちゃん大丈夫？」

「いや、大丈夫だけど……それより花純ってたまに突拍子もないこと言い出すわよね」

「そ……そうかな？」

成宮さんがあのとき、どんな気持ちでわたしのことを抱いたんだろうって考えてしまったから、聞いてみたくなったのだけれど。

気を取り直したらしく、靖恵ちゃんは「うーん」と考え込む。

「それって、花純の話？」

「た、たとえば！　たとえばの話！」

「そうよねえ……花純は成宮さんみたいに軽そうな男は苦手だもんね」

ひとり納得したようにうなずきつつ、靖恵ちゃんはわたしの質問に答えてくれる。

「そうだなあ……ちょっと前までの成宮さんだったら、どんな女の子がそんなふうに言ってきても、軽い感じで『いいよ』って言ってあっさり抱いてくれたとは思うけど……いまは、そんなことないと思うわよ？」

「え……どうして？」

「確かに前の成宮さんって、ひとりの女の人と真面目につき合うなんてことしてなくて、適当な軽いつき合いばっかりだったけど……最近そういう女性関係ばっさり切ったって、相当噂が立ってたもの。まあ、花純は成宮さんに興味がなかったから、知らなかったかもしれないけど」

「……それって、いつごろの話？」

「んーと確か、一年くらい前の話かな？　そのあとすぐに成宮さん、課長に昇進したのよね。……でも社長もけっこう強引よね」

「え？」

「ほら、うちって業界では評判よくてわりと有名だけど、規模的には小さな会社じゃない？　アットホームなことも売りにするくらい。だからぶっちゃけ、成宮さんを課長にする必要はなかったはずなのよ」

だってそうでしょう？　と靖恵ちゃんは続ける。

「成宮さんが課長になる前って、社長以外、みんな役職なんてなかったじゃない」

確かにそれくらい、うちの会社は小さい。

「ん……それは、わたしも疑問に思ってたけど……」

いきなりどうして成宮さんが昇進することになったのか、そしてどうしてそれが課長という役職でなくてはならなかったのか、わたしも少し不思議に思っていた。

「社長って成宮さんの古くからの知り合いらしいじゃない？　なんでもね、とあることがあって、社長が成宮さんに、副社長に昇進させてやるって持ちかけたみたいよ」

「……とあること？」

「そう。社長は成宮さんをもともと共同経営者として狙っていたらしくて、その〝とあること〟にかこつけて出世させようとしたみたい。でも副社長なんて面倒だし俺にはもったいないからって言って、成宮さんは断ったらしいのよ。だけどそれじゃ社長が納得しなくて、粘って無理矢理課長っていう役職で成宮さんに手を打たせたんだって。お互いの間に相当面倒くさいやり取りがあったらしいわ」

「……そうなんだ」

そんなこと、ちっとも知らなかった。改めてわたしって、いままでまったく成宮さんに興味がなかったんだな、と思い知らされる。

一年くらい前から不特定多数の女性と関係を持たなくなったのなら、どうしてわたしの処女をもらってくれたりしたんだろう。そんなことをしなくたって、お見合いして結婚してしまえば、初夜という形で普通にわたしの処女を奪えたはずなのに。

それに、あのとき成宮さんは確か、ベッドサイドに避妊具を用意していたはずだ。

本当に女性関係を絶ったのなら、どうしてそんなもの、いつまでも持っていたりしたんだろう。わたしとは跡継ぎを作るための結婚なんだから、そんなもの用意しなくてもいいはずなのに。必要、ないはずなのに。それとも結婚しても、マナーかなにかわからないけれど、一応避妊具も常備しておくものなんだろうか。

……そういえば成宮さんは、わたしが小宮さんのことを好きだと思っているみたいだった。

もし本当にそういう誤解をしているのだとしたら、避妊具のことはともかくとして、彼があのときわたしの処女を奪った理由はなんとなくわかるかもしれない。

だって便宜上の結婚といっても、自分の奥さんが直前に他の男の人に抱かれていたら、やっぱり面白くないに違いないから。

「……靖恵ちゃんは、成宮さんのこと、どう思う？」

ふと、成宮さんについて第三者がどう思っているのか知りたくなって、尋ねてみる。

考えてみたらわたしはいまのところ、彼については『遊び人』と評価されていることしか知らない。評価というか、噂というか。仕事の面ではできる人、ということは知っているけれど。

「花純、今日は成宮さんのことばっかりね。ほんとに好きになっちゃった？」

くふふと楽しそうに笑ってから、靖恵ちゃんはその質問にも答えてくれた。

「女の子に関しては、それはもう慣れている人よね。身体の関係は持っても、最初からそう割り切った女ばかり相手にしてるから、泣かせることもないし。基本、マイペースだけど優しいし、セックスは抜群にうまいし、そのくせ時々遠い目をすることもあったりしてね。その憂いを含んだ表情がまたたまらないのよ。この人はまともに恋愛したら、きっとすごく愛してくれる人なんだろうなって感じたりしてね。ああ、この男が自分だけの男だったらいいのにって思うこともあったなあ」

「ちょ……ちょっと待って、靖恵ちゃんってもしかして……」

台詞《せりふ》に引っかかりを感じて慌てたわたしに、靖恵ちゃんはさらりと告白した。

「うん、あたしも一時期成宮さんとつき合っていたひとりだったのよ」

驚きのあまり、声も出なかった。

「四年くらい前かなあ、彼氏と別れてむしゃくしゃしてて、誰とでもいいから寝てやれって思って。成宮さんの噂は前々から知ってたから、あたしのほうから誘ったのよね。今晩だけでいいから慰めてください、って。一夜限りのつもりだったのに、あたしのほうが結構はまっちゃってね。じゃあ軽いおつき合いならってところで手を打ってもらって、一年くらい週一で個人的に会ったりしてたかな。そのうち駄目元で『好きになっちゃった』って告白したんだけど、『ごめん、俺、恋愛には向いてないから』ってあっさりふられて。でも成宮さん、『好きになってくれてありがとう』って、困ったようにだけど微笑んでくれたから、あたしはそれで満足しちゃった。この人と出逢うことができてよかった、って。成宮さんがいてくれなかったら、たぶんあたしはもっと自棄《やけ》になってただろうしね」

聞いているうちに、なんだかとっても複雑な気持ちになってくる。

もしかして靖恵ちゃん、いまも成宮さんのことが好きなんだろうか。だとしたら、もしわたしが成宮さんと結婚しちゃっていることがばれたら、靖恵ちゃん、傷ついてしまわないだろうか。

それにわたし……靖恵ちゃんの気持ちも知らないで、成宮さんに処女をもらってくださいなんてお願いをしてしまった。

たちまち罪悪感に駆られる。だけどどうしてか、胸が切なくきゅんと疼《うず》くのも確かだった。

『この人と出逢うことができてよかった』

靖恵ちゃんがそう思ったように、いつかわたしも成宮さんに対して、そんなふうに思える日が来ればいい。無性に、そう願っている自分がいた。

確かに少し前のわたしは成宮さんのことをなんとなく避けていた。けれど、それは彼と結婚するまで、夫婦になるまでの話だ。いまのわたしはもう、成宮さんと夫婦なんだから。それなら少しでも、寄り添いたい。そう、思うから。

それには、成宮さんに避けられているこの状況を、どうにか打破しないといけないわけだけれど……いまのところ、手だてがなにもない。

暗い気持ちが顔に表れてでもいたのか、靖恵ちゃんは、ばんっとわたしの背中を力強く叩いた。

「やだあ、花純ったらそんな顔しないでも大丈夫よ？　あたし、成宮さんのことはとっくにふっきれてるし。いままで言わないでいたけど、二年くらい前からつき合ってるラブラブな彼氏もいるし。成宮さんの他の元カノたちも何人か知ってるけど、成宮さんもその子たちも、もちろんあたしも、いまはそんな関係は過去のこととして、気持ちの整理っていうの？　そういうのちゃんとつけてるし。花純が遠慮することなんかないわよ」

軽いつき合いってみんな割り切ってたから、元カノなんて表現もおかしいくらいだしね、と言ってからからと明るく笑う靖恵ちゃん。

「遠慮なんて、わたしは別に……」

「あたし、成宮さんは、花純のこと気に入ってるんじゃないかって踏んでるんだけどなあ。一年くらい前になにがあったのかはわからないけど、もしかして女性関係を整理したのって、花純が原因かもってね」

「……そんな、まさか」

少し驚いたけれど、靖恵ちゃんは「ただの勘よ、あたしの勘」と笑っている。

そういえば森村さんも昨日、成宮さんがわたしのことを気に入っている、というようなことを言ってくれたけれど……本当にそんなこと、あり得るんだろうか。一年前って、なにかあったかな。

思い出そうとしているところへ、

「槇尾。笠間さんにそんなつもりもないのに、そそのかすのはよしたほうがいいぞ」

と第三者の声がして顔を上げる。

するといつからそこにいたのか、小宮さんが立っていた。手にゴミの入ったコンビニ袋をぶら下げているところを見ると、彼もこの公園のどこかで昼食をとっていたのだろう。

「えー、成宮さんと花純って、けっこうお似合いのカップルになれると思うんだけどなあ」

口をとがらせる靖恵ちゃんにかまわず、小宮さんがわたしに向き直る。

「笠間さん」

「は、はい」

昨日のこともあって、緊張してしまう。これまでは小宮さんに話しかけられたら、ちょっぴりうれしくて恥ずかしい、そんな気持ちだったのに……いまは、それどころじゃない。こうしていても成宮さんのことばかりが気にかかって、前のように手放しに喜べない。小宮さんに対するドキドキというかときめきが、いつの間にかなくなってしまっていることに、わたしは初めて気がついた。

「仕事が終わったら、ちょっとつき合ってもらえないか?」

「え……」

「話があるんだ」

そう言われて、ぎくりとした。

まさか、成宮さんとのことだろうか。いや、きっとそうだろう。だって、いままでこんなふうに小宮さんに誘われたことなんかない。

「わ……わかりました」

「じゃあ、またあとで」

小宮さんはそれだけ言って、去って行く。

「なになに？　小宮くんも花純のこと狙ってるの？　花純、モテ期到来なんじゃない？」

わくわくした声音《こわね》で靖恵ちゃんがそう言ったけれど、わたしの心はちっとも浮き立たなかった。


午後もなんとか話しかけようと頑張ってみたけど、やっぱり成宮さんはわたしを避けた。

こうなったら成宮さんの仕事が終わるのを待つしかないだろうか。

だけど今日は成宮さんは残業のようだ。他にもちらほらと、定時なのに帰り支度をしていない社員がいる。

これならわたしも残ってもおかしくはない、かな。

そんなことを考えていると、

「笠間さん、今日の仕事終わったか？」

と小宮さんが声をかけてきて、びくりと肩を震わせてしまった。

「あ、わたしちょっとまだ片付けてない仕事があって……」

「じゃ、待ってる。話があるからって約束したろ？」

「……はい」

残って成宮さんがひとりになるのを待っていたい。けれど、今日は小宮さんとの約束がある。そっちの約束のほうが大事というわけではないけれど、小宮さんにはわたしと成宮さんとのことを知られているだけに、なんの話なのかは気にかかる。それに彼とはゆうべ、あんな失礼な別れ方をしてしまったわけだし……

今日は成宮さんに話しかけるのは、あきらめよう。また明日、頑張ろう。

そう決めて、帰り支度をする。

「お疲れさまでした」

さりげなさを装って成宮さんに声をかけると、彼はパソコンに向かったままこちらを見ることもせず、「お疲れさま」と返した。

くじけそうになる心を叱咤《しった》しつつ隣の休憩スペースに向かうと、そこで待っていてくれた小宮さんが立ち上がった。

「食事しながらでもいいか？」

「あ、……でも」

仮にも結婚しているのに、他の男の人とふたりきりで食事に行くのはさすがにいけないことだろう。しかも小宮さんは、わたしが勝手に憧れていたとはいえ、立場的には単なる仕事仲間だ。

「すみません、食事はちょっと」

「そうか。人に聞かれるとちょっとまずい話だと思うんだがな」

やっぱり、わたしと成宮さんについての話なんだろうか。

「じゃ、給湯室はどうですか？」

考えた末にわたしが出した答えはそれだった。

「この時間なら、ちょっとの時間であれば人は来ないと思いますし……」

社内だったら小宮さんも、そんなにやばい話はしないでくれるかもしれない。そんな淡い期待を込めてそう持ちかけると、小宮さんは「わかった」とうなずいた。

休憩スペースの向かい側にある給湯室にふたりで入ると、用心のためか、小宮さんは扉を閉めた。カチリと鍵までかけられて、少し不安になる。一体なんの話だろうか。

「成宮さんと、うまくいってないのか？」

そう切り出されて、ますます不安に駆られた。やっぱり成宮さんのことなんだ。

「成宮さんからゆうべ、自分と笠間さんが結婚していることは誰にも言わないでくれって電話がきたんだ。あと、さっきは失礼な態度を取ってごめんって謝ってた」

「……わたしからも謝ります。ゆうべはほんとにすみませんでした。まさか小宮さんと会うだなんて思ってもみなかったから……」

すると小宮さんは、「うん」とうなずく。

「普段はあんなに高いレストランには行かない。彼氏と別れたばかりの妹に、おいしいレストランに連れて行ってくれってせがまれたんだ。昨日は妹の誕生日でもあったからな」

「そうなんですか」

それで小宮さん、妹さんとあのレストランに入るところだったんだ。

「それはともかく成宮さんなんだが……今日だって、見てると笠間さんのほうが彼のことを気にかけていた感じだろう。いつから結婚していたかは知らないけど、成宮さん、どうかしたのか？　結婚生活大丈夫なのか？」

やっぱり小宮さんの目にも、今日のわたしはそう映っていたんだ。でも、だからといって小宮さんに……第三者に、ぺらぺらと事情を話す気にはなれない。

「いまは、ちょっとうまくいっていないだけで……たぶん、大丈夫です」

そう、信じたい。

「俺は笠間さんの、相談相手にもなれないのか」

冷静な声でそう言われて、わたしははっとする。

小宮さん、もしかしてわたしと成宮さんの仲を心配して……？　相談に乗ってくれようとしていたの？

その心遣いが少しだけうれしかったけれど、同時に申し訳なくも感じた。

「お気持ちはうれしいです、でも……これは、わたしと成宮さんとの問題なので……」

わたしはそう言って、「ごめんなさい」と軽く頭を下げる。

「……ひとまず相談役に徹《てっ》して隙を作ろうかと思ったけど、無駄か」

ぽつりとそんな台詞《せりふ》が聞こえて顔を上げ、わたしはどきりとした。小宮さんの表情が〝仕事仲間〟から〝男の人〟のものになっているのに気づいたから。

それは甘い高鳴りとは明らかに違う、危険を知らせる音。

思わず後ずさりするわたしに、小宮さんはゆっくりと歩み寄り、距離を詰めてくる。

「笠間さん。人妻になったからといって、安心しないほうがいい」

「どういう、ことですか？」

「むしろ障害があったほうが燃える、そんな男もいる。……笠間さんの甘い声を聞いて欲情する男も」

「まさか、……そんな物好きな人、いませんよ」

じりじりと後退していた身体が、トン、と壁にぶつかる。もうこれ以上、後ろに下がることはできない。

「俺が、そうだと言ったら？」

「小宮さんは、そんな人じゃありません」

願うようにそう返すわたしの顔の両脇に、小宮さんの手が置かれた。なんだか捕獲されてしまったような状況に、恐怖と緊張で身体が震えてくる。

うそだ、こんなの小宮さんじゃない。わたしが知っている小宮さんは、クールで真面目な人のはず。決してこんなふうに強引に、女性に迫ったりなんかしない。そのはず、なのに。

「俺が本当はどういう男なのか、教えてやろうか」

そう言ったとたん、小宮さんの手がわたしの顎《あご》をつかむ。危険を感じて身をよじろうとしたけど、それよりも速く唇を奪われた。

「……っ！」

最初は触れるだけ、角度を変えて今度は深く。熱い舌で舐められ、唇が開きそうになるのを必死でこらえた。

成宮さんの甘いキスとは違って、小宮さんのそれはミントのような、清涼感のある味だった。だけどそのキスに、わたしの胸はまったくときめかない。

わたしが唇を開かないとみるや小宮さんは、下唇をカリッと甘く噛んできた。

わたしは心ならずもわずかに甘い痺《しび》れを感じてしまう。

「ん――っ!」

自己嫌悪が湧き上がり思い切り暴れると、小宮さんはあっさり離れてくれた。

「なんで、こんなこと……っ」

「笠間さんのことが、好きなんだ。一年くらい前から、ずっと」

それは小宮さんらしからぬ、熱いささやきだった。思いがけない告白に、固まるわたし。

小宮さんは、ぎらぎらとした目をしてわたしを見つめていた。普段のクールさなんてかけらもない。情熱的、というよりは執着のようなものすら感じてしまう。

小宮さんが、わたしのことを……好き? どうして……?

ううん、それよりも。

憧れていたはずの小宮さんにそんなふうに言われても、ちっともうれしく感じていない自分に、わたしは驚いていた。それどころかいまの小宮さんには、恐さしか感じない。

それに、キスをされて一番先に脳裏をよぎったのは、なぜか成宮さんの顔だったのだ。

「ごめんなさい、……わたしもう、成宮さんと結婚しているので……」

自分の気持ちに戸惑いながらそう言っても、

「人妻だからって安心しないほうがいいと言っただろう？」

と小宮さんは、てんでこたえたふうでもない。

「いままでは笠間さんが俺のことを気にしてくれていると思っていたし、男に対してもあまり免疫がなさそうだったから、口説《くど》くのはゆっくりでいいと思っていた。だけど、成宮さんに先を越されたのなら、話は別だ」

「……っ、でも」

「俺とキスをしたこと、成宮さんに言えるのか？　きみたちふたりは、そこまで深い信頼関係にあるのか？」

心を見透かされたような気がして、ツキンと胸が痛む。

わたしと成宮さんは、まだ、なにもかも始まったばかりなのだ。だからそんなに深い信頼関係なんて、あるわけがない。

「成宮さんは、夫には向いていない。考え直したほうがいい」

その瞬間、ゆうべの成宮さんの姿が思い浮かんだ。

『俺と結婚した相手は、不幸になるんだってさ』

自嘲気味にそう言った、成宮さん。

思い出したとたんに、なんとも言いがたい、たまらない気持ちになった。

「……それは、わたしが決めることです。成宮さんだって、きっといい旦那さまになれます」

言い捨てるようにして急いで小宮さんから距離を取ると、わたしは鍵と扉を開いて給湯室から飛び出した。小宮さんが、どんな顔をしてわたしの背中を見送ったのかはわからない。

わたしは勢いに任せて、そのまま会社を出た。

……わたし、もう成宮さんと結婚してるのに。なのに、小宮さんにキスされてしまった。

きっとわたしにも、隙があった。だから、わたしが悪いんだとも思う。

これって、不倫になってしまうんだろうか。だとしたらわたし、成宮さんにどう言って許してもらえばいいんだろう。

帰りのバスの中で、ぐるぐるとそんなことを考える。

落ち込んだ気分のまま成宮さんとの新居であるマンションまで帰ってくると、明かりをつけて寝室のベッドの上に座り込んだ。

小宮さんとのキスは、あまりに予想外だった。わたしの気持ちを揺さぶるには、充分なほどに。

このことを知られたら、成宮さんにどう思われるかが気になって仕方がない。

くたりとベッドに横たわると、ふわりとバニラのような甘い香りが鼻孔《びこう》をくすぐった。

……成宮さんの、香りだ……。

どうしてかその香りは、わたしの心をとてもリラックスさせていた。

いい気持ち……。

小宮さんとあんなことがあったあとなのに、そんなふうに思うくらいに。

そうして気分が楽になったわたしの耳に、メールの着信を告げる音が聞こえてきた。

もしかして、成宮さん……？

急いで身体を起こし、床に置いたバッグの中からスマホを取り出して確認する。

差出人は、お母さんだった。

……成宮さんじゃ、なかった。

ちょっぴりがっかりしながらメールを開くと、なかなかの長文が書かれてあった。

『花純、元気？　未希さんとの夜を邪魔したくなかったので、電話ではなくメールにしました。

未希さんってほんとに花純のことを大事に想ってくれているのね。ゆうべ電話をもらったの、「花純さんの好物を教えてください。明日の朝は俺が作ってあげたいので」って。未希さん、だいぶ口ごもってから、「無理矢理お見合い結婚なんかして、すみません」って言ってたけど、あなたたちうまくいってるのよね？

明後日からはお盆休みだし、やっぱり近場でもいいから未希さんと新婚旅行に行ってきたら？とりあえずただ花火を見に行くのでもいいんじゃないかしら。ほら、わたしも早く孫の顔が見たいし、六道さんも跡継ぎが生まれたら安心なさるし、花純自身ももっと幸せになれると思うの。

未希さんと花純が、一日でも早く本当の夫婦になれますように。あたたかな家庭を築くことができますように。でもとても耐えられないと思ったら、いつでも帰っていらっしゃいね。わたしはいろいろ押しつけるし、あんまりいい母親ではないとも思っているけれど、それでもわたしはいつまでも花純の母親です。そのことを、どうか忘れないでちょうだいね』

メールは、そこで終わっていた。お母さんの思いがけない心遣いに、つうっと涙がこぼれ落ちる。

そのメールを何度も読み返してから、わたしはクローゼットの箪笥《たんす》の中からミライの絵、『幸せを求めて』を取り出して見つめる。

満点の星空。大きな星に手を伸ばす女の子。

いつまで、そうしていたのかはわからない。やがてわたしは、ぐっと拳を握りしめた。

成宮さんの甘い香り、お母さんからのメール、そしてミライの絵。

その三つに元気づけられ、活力を得たわたしは、意を決してスマホを操作した。

耳に当てたスマホの向こうで呼び出し音が鳴る間、緊張で心臓がドッドッと激しく脈打つ。だけどプツッと呼び出し音が切れ、相手が出たかと口を開きかけた瞬間、留守番電話サービスに接続されてしまった。

……成宮さん、まだ仕事なんだろうか。それともわたしが避けられているだけ？

少し迷って、もう一度電話をかけてみても、やっぱり留守番電話サービスに接続される。

成宮さんは、ゆうべわたしにしたことを後悔している。わたしを傷つけたことで、きっと成宮さん自身も傷ついている。だから、わたしを避けたりなんかするんだ。

今日一日を終えて、様々な情報を得たいま、ようやくそう結論づけることができた。

それなら、わたしのほうから歩み寄るしかない。尻込みなんか、している場合じゃない。このまま成宮さんとすれ違ったままでいるなんて嫌だ。

きゅっとスマホを握り直して、三度目の電話をかける。また留守番電話に接続されたけど、それは想定の範囲内。

「緊急のお話があります。直接会ってお話がしたいので、都合がつき次第、いえ、できれば今日中にマンションに帰ってきてください。成宮さんが帰ってくるまで、ずっと待っています」

一息にそれだけ言ってから、電話を切る。まだ心臓がドキドキしていたけれど、本番はこれからだ。

緊急、という言葉を使ったのは卑怯《ひきょう》だったかもしれない。でもお盆休みはもう明後日に迫っている。一緒に休みをすごすのなら、そして新婚旅行の計画を立てるのなら、少しでも早いほうがいい。成宮さんが帰ってきてくれると信じて、それまでの間、夕食でも作っていよう。成宮さんはもう外で食べてしまったかもしれないけれど、これは、わたしの気持ちの問題だから。

冷蔵庫の中身を確認すると、食材がわりと豊富に入っていた。賞味期限なんかも、大丈夫。やっぱり成宮さん、いままでひとりで料理を作っていたんだ。今日はこれを使わせてもらおう。

上手いか下手かは別として、実家でもお母さんの代わりに料理をすることは多かったから、苦にはならない。

エプロンはないかな、と探していたら、真新しいエプロンを二着も発見してしまった。

白いエプロンと、青いエプロン。

……成宮さん、わたしと一緒に料理をしてくれるつもりだったのかな。新婚生活をそんなふうに過ごそうとしてくれたのかな。

そんなことを考えてしまうのも、靖恵ちゃんや森村さんに、成宮さんがわたしのことを気に入っている、なんてことを言われたからだと思う。自分に都合のいい考えだとはわかっていても、なぜだか胸がいっぱいになって泣きたくなった。

凝《こ》ったものを作りたいとも思ったし、そうでなくとも成宮さんの好物を、とも思ったけれど、結局時間がなく彼の好みもわからないということで、無難なハヤシライスにした。

これは亡くなったおばあちゃんから教えてもらった特別レシピで、ちょっとしたコツがある。何度も友達にご馳走したことがあるけれど、これはどの子にも「すごくおいしい」と評判がよかった。だからもしかしたら成宮さんの口にも合うかもと思ったのだ。

食器棚からお皿を出そうとしていたところへ、バタンと玄関の扉が開く音が聞こえてきた。お皿をテーブルに置いて、ぱたぱたと出迎えに行くと、はたしてそこには息を切らせた成宮さんが立っていた。

「え……？」

驚いたようにそうつぶやいたのは、成宮さんのほうだった。

「花純ちゃん……、なんでエプロン……？」

「成宮さんこそ、どうしてそんなに息を切らしてるんですか？」

なにか急ぎで会社に戻らないといけない用事でもあるんだろうか。そう思っていると、成宮さんは意外なことを言った。

「花純ちゃんの……留守電聞いて……、俺が帰るまでずっと待ってるって言ってたから……」

「それで、急いで帰ってきてくれたんですか……？」

「……まあ、……うん」

わたしの些細《ささい》なひと言を、そんなに大事に受け止めてくれたなんて……この人って本当の本当に、優しい人なのかもしれない。胸がぎゅうっと甘く締めつけられるのを感じる。

わたしは気を取り直して、成宮さんをうながした。

「夕ご飯までであれば、よかったら食べてください。お話は、それからでもいいので」

息を整えていた成宮さんは、わたしのエプロン姿をしみじみと見つめる。

「夕ご飯、作ってくれたの？　もしかして、それでエプロンなんてしてるの？」

「あ、……はい。エプロン、勝手に使っちゃってすみません」

頭を下げるわたしに、成宮さんは慌てて手を振る。

「いや、それはいいんだけど。てか、それ花純ちゃんのためのエプロンだし。……ええと、でも俺が上がっても花純ちゃん恐くない？」

「大丈夫です」

しっかりと目を見つめて答えると、成宮さんはまだ少し迷うような様子を見せつつも、やがて

「じゃあ、お言葉に甘えて」と言って中に入ってきた。

テーブルを挟んで座り、「いただきます」をして、ふたり一緒にハヤシライスを食べる。

「うわ、なにこれうまい」

成宮さんは、ハヤシライスを口に入れたとたん、そうつぶやく。

「花純ちゃんの手料理ってだけでもうれしいのに、俺、夢見てんのかも」

ぱくぱくと勢いよく食べながらそんなことを言うものだから、わたしはちょっと笑ってしまった。

「成宮さんがおいしいって言ってくれて、よかった。成宮さんが作ってくれた朝ご飯とお弁当も、すごくおいしかったです。ありがとうございます」

「あ……いや、うん」

ようやくお礼が言えたと思ったのに、成宮さんはちょっと気まずそうに視線をそらす。あれは成宮さんにとって謝罪の一端だったから、あんまり触れてほしくないのかもしれない。

そのあと黙々とハヤシライスを食べ、お皿を洗い終えたわたしと成宮さんは、またさっきのように、テーブルを挟んで座った。決意が揺るがないうちにと、わたしはすぐに口を開く。

「新婚生活の仕切り直しを、提案します」

それは成宮さんにとって思ってもみなかったことのようで、その目が大きく見開かれた。

「……え？」

「明後日から、お盆休みですよね？　六道さんが提案してくれたとおり、仮のでもいいから新婚旅行がしたいんです。成宮さん、わたしと一緒にお盆休みをすごしてくれませんか？　新婚旅行に、行ってくれませんか？」

一息に言って、成宮さんの返事を待つ。

もう、緊張で息が切れてしまいそう。手なんて緊張のあまり震えているし、手のひらも汗でびっしょりだ。

「……話って、それ？」

まだ目を見開いたまま、呆然としたように成宮さんが言う。

「はい」

拒絶されるかもしれないと思うと少し恐かったけれど、しっかりとうなずいた。

すると成宮さんは、ほうっとため息をついた。どこか安心したように、彼の身体の力が抜けたのがわかる。

「……てっきり、離婚の話かと……」

「……離婚?」

聞き間違いかと思い、きょとんと聞き返してしまう。

「え、なんでですか?」

「なんでって……俺、それなりのことしたでしょ」

そういえば成宮さんの手紙には、「ゆうべのことできみが俺との関係をどうしようと～」って書かれていたっけ。あれは離婚のことを指していたのか。

「顔を合わせるのは気まずいな、もしかしたら顔を見たら嫌な気分になるかもしれないな、とは思いましたけど……離婚なんて、考えてもいませんでした」

本音を言うと、成宮さんは苦笑した。

「普通あそこまでされたら、離婚でしょ。恋愛結婚した夫婦だったらまだしも、俺たちはそうじゃないんだし。ゆうべも言ったけど、花純ちゃん甘すぎ」

そして彼は、そろそろと目を上げてわたしを見つめる。その瞳は、罪悪感に満ちているように思えた。

「……俺のこと、許してくれるの？」

わたしはすぐに「はい」とうなずく。もうこれ以上、成宮さんが傷つくことがないように。

「花純ちゃんは許せても、俺は自分を許せない」

「わたしがもう気にしていないんだから、いいじゃないですか。確かにショックだったし傷つきましたけど、きっとなにか理由があるんだと思いましたし、いまはもう平気です」

「だけど、……ただで許すなんて、だめだ」

会話だけ聞いていると、どっちが被害者なのかわからない。わたしも傷ついたけれど、だからこそ成宮さんだって傷ついた。

小さなころであれば、傷つけたほうが一方的に悪いのだと思っていた。でもいろいろ経験して大人になったいまは、傷つけたほうも傷つくことがあるとわかっている。もちろん人を傷つけても平気な人だっているけれど、成宮さんはそんな人じゃない、そう感じるのだ。

考えた末、わたしはまた提案をする。

「それじゃ、ひとついいですか」

「うん。なんでも言って」

「わたしの声、録音したもの……破棄、してください。それで手を打ちませんか」

今度は成宮さんが、きょとんとする番だった。

「花純ちゃんの声を録音したもの？　なんの話？」

「あの、お見合いのときに、婚姻届にサインしないと、それを社内に匿名《とくめい》で流すって言いましたよね？　それ、です」

そこで彼は、やっと思い当たったようだった。

「ああ、あれ。録音したものなんて、ないよ」

「え？」

「花純ちゃんのあんなにいい声、匿名でだって誰にも聞かせたくなんかないし。録音なんて端《はな》からしてなかったしね」

「じゃ、じゃああれは……」

「花純ちゃんに婚姻届を書いてもらうための、嘘」

明らかにされた事実に呆気にとられてしまう。

そんなにまでして、どうしてわたしと結婚なんてしたかったんだろう。そのことも気になったけれど、それを聞き出すのはあとでもいい、と思い直す。騙《だま》されたのにそんなふうに思うなんて、自分でも不思議に思う。

でも、このままじゃ成宮さんは自分を許すことなく終わってしまう。

そこでわたしは、最後の切り札を出した。

「……じゃ、わたしがいまから話すことでおあいこってことにしてくれませんか？」

「おあいこになる話？　どんな？」

不思議そうな顔をする成宮さんに、思い切って言った。

「わたし、……今日……というか、さっき会社を出るとき、小宮さんにキスされたんです。これって、不倫になりますよね？　わたしだって成宮さんの奥さんとして、悪いことをしました。だから、これでおあいこです」

成宮さんが、息を呑む。

小宮さんは、自分がキスをしたことを成宮さんに言えるのかと言っていた。そんな信頼関係なんてない――確かにわたしもそう思った。

いまだって、信頼関係と言えるほどのものはないと思う。だけど、もうこれしか、成宮さんと〝おあいこ〟にできる方法が見つからなかった。小宮さんを利用するようだけど、そこは強引にキスをしてきた小宮さんが悪い。申し訳ないけれどそう思いたい。

だってわたしの旦那さまは成宮さんで、わたしにとっては、多少強引な結婚だったとしても旦那さまのほうが大切だから。旦那さまである成宮さんとの未来のほうを、大切にしたいから。

「不倫って、……きみは小宮と望んでキスをしたの？」

「まさか！　違います！」

慌てて、思い切り否定した。

「確かに恋愛結婚じゃありませんでしたけど、わたしはもう、成宮さんに寄り添おうって決めたんです。エステサロンでも、そう言いましたよね？　そのあとあんなことがあったから、改めてよく考えましたけど、結局そういう結論に達したんです。だから他の男の人と望んでキスなんか、しません。それ以上だって、もちろんしません」

成宮さんはしばらく黙っていたけれど、やがてふっと笑みを浮かべた。自嘲気味なものではなく、優しい微笑みを。

「……わかった。小宮のことは、許したくないけど」

「おあいこで、いいですね？」

「うん」

わたしは、ほっと息をついた。

「よかった……このまま別居状態になるかと思いました。成宮さん、どこに泊まるつもりだったんですか？」

「ん、志穂のところ。俺が電話で泣きごと言ったら、じゃあうちに来いって言ってくれたんだよ。俺、いまのあいつの家族とも仲がいいからさ」

「森村さんの、ところ……？」

「うん」

それを聞いたとたん、複雑な気持ちになった。靖恵ちゃんが昔、成宮さんとつき合っていたって言ったときと、同じ気持ちだ。

わたしはその気持ちに戸惑いつつ、口を開いた。

「……できれば、もうそんなこと、しないでください」

「ん？　そんなことって？」

「今度もし似たようなことがあっても、喧嘩したりして成宮さんがまたマンションを出たくなっても、……もう、女の人のところには行かないでください。それが森村さんであっても、です」

自分でも、醜《みにく》いことを言っているとわかっている。これが、身勝手な押しつけだということも。だけど、止まらなかった。

「こんなこと、言える立場じゃないかもしれないですけど……、ごめんなさい。たぶんわたし、嫉妬してるんです」

「は？　嫉妬？　は？　え？　花純ちゃんが？」

驚いたような声を上げて目をぱちくりさせる、成宮さん。

「自分でも、なんでかわからないんですけど……ちゃんとした恋愛感情じゃ、ないかもしれませんけど……それでも、成宮さんが他の女の人と一緒にいるのなんか、いやなんです。他の女の人のところに泊まるのなんか、いやなんです。こんなことわたしが思うのは迷惑かもしれませんけど……」

「——うん。わかった。約束する」

わたしの言葉を遮《さえぎ》るようにして、成宮さんはうなずいた。その瞳には慈《いつく》しむような光があって、わたしはまたほっとする。

「成宮さんは、いまはどの女の人とも関係はないんですか？」

それを聞くのはちょっぴり勇気がいったけれど、成宮さんはあっさりと答えてくれた。

「信じられないかもしれないけど、ないよ。一年くらい前かな、全員と手を切ったから」

靖恵ちゃんが言ったとおりだ。一年くらい前に、彼になにがあったんだろう。気になることは他にもまだたくさんある。けれど、それはこれから少しずつ聞いていこう。そう思うと、心がちょっと明るくなった。

そのあとわたしは成宮さんと、もう一度、指輪の交換をした。

「これをしていくと会社のみんなにもばれると思うけど、いいんだね？」

まだ心配そうに念を押す成宮さんに、「かまいません」とはっきり返事をする。

だって、夫婦だから。恋愛結婚じゃないけれど、わたしと成宮さんが夫婦だということに、変わりはないから。

わたしは成宮さんの、成宮さんはわたしの、それぞれの左手の薬指に指輪をはめる。カレンの婚約指輪も返してもらい、紐《ひも》をつけてネックレスにすることにした。

結婚指輪と一緒にしていてもいいのだけれど、カレンの婚約指輪は結婚指輪と違って、少しだけ石のついた部分がでっぱっている。これだと仕事中どうしても邪魔になる。でもいつも身に着けていたかった。

結婚指輪も大事だけれど、カレンの婚約指輪もわたしにはとても大事なもの。

だって、成宮さんとの……わたしの旦那さまとの初めてのデートでもらった、いろんな意味で貴重な思い出が詰まった指輪だから。

その夜は、寝室のベッドで一緒に寝た。

とは言っても成宮さんがわたしに触れることはなく、少し距離をあけて並んで寝たというのが正しいのだけれど。

ベッドに横たわってからも、わたしたちはぽつぽつと話をした。

「わたし、成宮さんとのことは、神様がくれた縁だと思うんです。それならせっかくのその縁を大事にしたいんです」

「俺に、あんなことされたあとでも？」

「はい。わたしの気持ちに、変わりはありません」

それからお盆休みの新婚旅行はどこに行こうか、という相談もした。

わたしが花火を見たいです、と言うと、

「じゃあ、海に行こうか。六道の別荘があるところ。そこの海の近くで、確か花火大会があるからさ」

と成宮さんが提案する。わたしは胸をわくわくさせながらそれに乗っかったのだけれど――

「海に行く前に、水着買いに行こうね」

と、すぐに成宮さんは、悪戯《いたずら》っぽい笑みを浮かべた。


翌日、成宮さんと一緒に車で出社すると、たちまちわたしたちの結婚の話は社内に広まり、口々にお祝いの言葉をかけられた。それがまた、くすぐったくて恥ずかしい。

同時にちょっぴりうれしい気持ちがしたのは、たぶん、結婚を公《おおやけ》にしてお祝いしてもらうことで、わたしと成宮さんの距離が、また少し縮まったような気がしたからだと思う。

こうして一歩一歩、成宮さんの心に寄り添えたらいいな。

もちろん靖恵ちゃんなんかは、その日一日はしゃぎまくるくらいに喜んでくれた。

「結婚したってことは、やっぱり花純、成宮さんとつき合ってたのね！　成宮さんにもようやく春がきたかあ」

他のみんなからも、成宮さんとはいつからつき合ってたの？　と聞かれたけれど、そこは成宮さんと事前に打ち合わせをしていたとおり、「一年くらい前から」とだけ答えて、詳しいことは笑って誤魔化した。

どうして一年前なのかはわからなかったけれど、それはやっぱり成宮さんが女性関係を切ったことが関係してるのだろうか。いずれ勇気が持てたら、そしてそんな機会があったら聞いてみたいと思った。

「たぶん俺たちが結婚してるって公《おおやけ》にすれば、小宮もそんなに簡単に手出しはしてこないと思うよ」

小宮さんにまたなにかされないかと心配していたわたしに、成宮さんはゆうべそう言ってくれた。実際その日小宮さんは、わたしに仕事以外の用事で声をかけてくることはなかった。まあ、これだけ人の目もあるし、なによりわたしが事前に成宮さんに言われていたように、なるべくひとりにならずに注意していたせいもあるのだろう。

ただひとつ気にかかったのは、コーヒーでも淹《い》れてこようと給湯室に向かったとき、休憩スペースのほうから、

「確かに笠間さんが成宮さんと結婚したのは我慢できないけど……」

という声が聞こえてきたことだ。

どきりとしてそうっと覗いてみると、小宮さんがスマホを片手に誰かと話している。

「だからってまだ、そんな気にはなれない。もう少しあのふたりの様子を見て、出方を考えたいんだ。大体あんたは……」

そこからは小声になってしまって、聞き取れなかった。

小宮さんはわたしのことを、まだあきらめていないのだろうか。そんな気にはなれないとか出方を考えたいとか、なんのことだろう。

成宮さんに相談してみようかとも思ったけれど、そんなにおおげさに騒ぎ立てることでもなさそうだ。いやそうあってほしい――そう思ってやめておいた。成宮さんは、小宮さんが絡むと気分を害してしまうし。

「成宮もついに結婚か。どうだ、これを機にまた昇進する気はないか？」

社長は上機嫌で成宮さんにそんなことを言っていた。本当になにか仕事以外のきっかけがあって成宮さんを課長に昇進させたんだな、とわかる発言だ。成宮さんは困ったように苦笑して「けっこうです」と言っていた。

社長が成宮さんにそんなことを提案できるのは、二人が古くからの知り合いであり、うちの会社がアットホームを売りにするくらい小規模なこともあるのだろう。

ともあれ無事に成宮さんとわたしは一緒にお盆休みに入り、……そして。

「花純ちゃん、よかった。中でなにかあったのかと思ったよ」

ようやく海の家から出てきたわたしを見て、成宮さんがほっとしたように歩み寄ってくる。

お盆休みの初日。わたしたちはデパートに寄って、成宮さんの見立てで水着を買ったあと、彼の車で海まで来ていた。

最初に近くにある六道さん所有の別荘に寄って荷物を置いてきたのだけれど、その別荘はいわゆる高級別荘というやつだった。外装は北欧風の二階建てで、庭にはガーデンプールにバーベキューができる設備もある。中に入ればテレビシアターや和風ミニバーカウンターなども設《しつら》えられていて、リビングの広さに至っては五十畳以上とのことで驚いた。

部屋は洋室と和室がいくつかあり、それぞれにお風呂もついているらしい。大人数でも泊まれるように作られているそうだ。

洋風の一室に一緒に荷物を置いてきたから、わたしと成宮さんはきっと今夜、同じベッドで寝るのだろう。そう思うと、気分も高揚してしまう。

そうしてお互い海の家で水着に着替えてこよう、と打ち合わせたのが三十分ほど前。

わたしはとっくに着替え終わっていたのだけれど、水着姿を成宮さんに見られるのが恥ずかしくて、なかなか外に出ることができなかった。

だって、わたしはお世辞にもスタイルがいいとは言えない。それに、水着って当たり前だけど露出が多いわけで……。いろいろ、それはもういろいろ、恥ずかしい。

成宮さんに水着を見立ててもらっているときもくすぐったいような恥ずかしさがあったけれど、実際に着た姿を見せるのはもっと恥ずかしい。

「お……お待たせして、すみません。ちょっと、勇気が出なくて……」

成宮さんの前に立ってうつむきがちにそう言うと、成宮さんが、ふっと笑う気配がした。

「やっぱりその水着、花純ちゃんにすごく似合ってる」

「そう、ですか？」

「うん。俺の中での花純ちゃんは、可愛いピンクのイメージだから」

彼が見立ててくれた水着は、薄いピンク色の、小花柄のレースワンピース。チューブトップタイプで、胸元と腰部分のフリルが濃いめのピンク色でアクセントになっていて、わたしにはもったいないくらいに可愛らしい。

成宮さんの中のわたしって、可愛いピンク色のイメージなんだ。そういえば、成宮さんが買ってくれたわたし専用のマグカップも、薄いピンク色だったな。わたしもピンク色が好きだったから、同じふうに思ってくれたことがうれしい。

女性店員さんはビキニも何着かすすめてくれたけれど、成宮さんは「俺も見たいけど、他の男にも見せることになるから却下」と言っていた。

なんだか『新婚生活の仕切り直し』をしてからというもの、成宮さんは、あの初デートの日よりも優しくて、そんなふうに甘いリップサービスまでしてくれる。男の人に大事に扱ってもらえるなんて、いままでのわたしの人生にはなかったことだから、なおさらうれしい。

「すいてるところに行こうか。ちょっと泳ぐけど、いくつか穴場を知ってるからついておいで」

「あ、はい！」

そう返事をしたわたしは、貴重品と一緒に海の家に預けようとパーカーを脱いだ成宮さんを見て、ドキッとしてしまった。そうか。当然のことだけれど、成宮さんも水着、なんだ。

均整のとれたその身体をまともに見てしまったとたん、わたしの脳裏に、まるで条件反射のようにあの夜の成宮さんの姿が思い浮かんでしまったのだ。あの夜――そう、わたしが成宮さんに処女を捧げたときの。

「どうしたの？　もしかして、泳げない？」

固まってしまったわたしを不思議そうに振り返った成宮さんに、わたしは慌ててぶんぶんと頭を左右に振ってみせる。

「い、いえ、平気なので大丈夫だと思うです」

なんだか、恥ずかしすぎて言葉遣いまであやしい。

「顔、赤いけど気分でも悪いの？」

「や、いえ、全然大丈夫です！　行きましょう！」

わたしは成宮さんのほうを見ないように、率先して海の中に入る。

「こっちだよ」

続いて海に入った成宮さんがわたしをうながした。

足の着く場所は歩いて、深くなったらまた泳いで。それを何度か繰り返すうちに、だんだんと人が少なくなっていく。あちこち岩がごろごろしているところまで来ると、成宮さんは「このへんでいいかな」と浜辺に上がった。

そこから見る海は、太陽の光がきらきらと反射して、とってもきれい。さすが、成宮さんが穴場というだけのことはあるな、と妙な感心をしてしまう。

「ここから見る景色もいいけど、別荘から見る夕焼けもいいよ」

「ほんとですか？　楽しみです！」

わくわくして勢いよくそう言うと、成宮さんはまぶしいものでも見るように、目を細めてわたしを見つめる。その漆黒《しっこく》の瞳には、優しい色が浮かんでいて……なんだか、照れてしまう。

「……花純ちゃん、けっこう泳げるんだね」

「あ……はい、たぶん……人並みだと思います」

「じゃ、あの岩まで競争しようか」

言うが早いか成宮さんは、真っ先に海へと飛び込んでいく。

「あ、ずるいですよ成宮さん！」

「ははっ」

競争ならちゃんとしたスタートを切ってください、と言いながら彼を追いかけて泳ぐ。文句を言ってみたけれど、楽しい。気持ちが通じたようで、成宮さんも楽しそうに笑っている。

競争は、やっぱり成宮さんの勝ちだった。大きな岩にふたりして上がると、彼はわたしを見下ろしてくる。

「俺が勝ったから、ご褒美くれる？」

「勝ったって、ほとんどズルじゃないですか……っ」

「じゃあ、だめ？」

そんなふうに愛《いと》おしそうに微笑みながらそんなことを言うなんて……本当に、成宮さんはずるい。なんだか恥ずかしくなり、「いいですよ」と言わざるを得ない。

「じゃあ、……キス。してもいい？」

どくん、と心臓が飛び跳ねる。たちまち耳まで熱くなってしまい、どうしようかと口ごもっていると、成宮さんはその沈黙を別の意味に捉えたようだった。

「……冗談だよ。触らないから、安心して」

「あ、……そうじゃなくて……っ」

どこか淋しそうに身を引こうとする成宮さん。まずい、黙ってしまったことで、わたしがまだあのときのことを引きずっていると思われたに違いない。

慌てて訂正しようにも、どう言ったらいいのかわからない。だけど成宮さんの傷をえぐることだけはしたくない。その一心で口にしていた。

「キス、あの、大丈夫です」

「無理しなくていいんだよ」

優しく宥《なだ》めるように言う成宮さんに、わたしは食い下がる。

「無理じゃないです。無理だったら、ちゃんと言いますから……。成宮さんに触られても、大丈夫です」

成宮さんは少しだけわたしを見つめて――

「じゃあ、いい？」

「はい」

もう一度確認をとった成宮さんが「目を閉じて」とささやいてくる。改めてそんなふうに言われると、ドキドキして仕方がない。

言われたとおりに目を閉じると、ゆっくりと顔が近づいてくる気配がして、ぐっと身体に力を入れてしまう。けれど、いつまで経っても唇が落ちてこない。そっと薄目を開けてみると、成宮さんは吐息がかかるほど近い位置でわたしを見下ろしていて、わたしの心臓はまたはね上がる。

「こら、目を開けちゃだめ」

「は、はい」

慌てて目を閉じれば、成宮さんがくすくすと笑う気配がする。そして、その気配が顔の前からそっと逸れたかと思うと、突然耳に熱くやわらかいものが触れてくる。

「あ……っ！」

甘い声を上げ、ほぼ反射的に目を開けると、成宮さんの鎖骨がすぐ目の前にある。あの日の夜、彼がわたしの中に入ったときの光景もこんな感じだった。そんなことを思い出してしまって、さらに慌てていたら、そのままかぷりと耳を甘噛みされた。

「や……っ、キス、って……」

「唇にするとは言ってないよ？」

「そんなの、ずるい……っ……あんっ……！」

耳を舌でなぞられ、甘い痺《しび》れに肩が震えてしまう。ふ、っと耳元で成宮さんが笑った。

「花純ちゃんは耳よりも首のほうが感じるんだったね」

「な、そ、……っ」

「いまもほら、耳をこうしてるだけで首のここのところがヒクヒクしてる」

「ひゃんっ！」

耳の中に舌を入れられ、思わず目の前にあった成宮さんの肩にしがみついてしまう。

耳の中にも性感帯ってあるものなのだろうか。成宮さんが舌を動かすたび、くちゅくちゅと水音がして恥ずかしいのに、その間も背筋に淡い快感が走って、もどかしいような変な気分になってくる。というか、耳元でその低音ボイスに甘くささやかれたら、それだけでもうわたしはだめなのに。現にもう、足の間がぬるついているのを感じる。

最後にちゅっと耳たぶを吸ってから成宮さんは唇を離し、わたしの顔を覗き込んだ。その瞳は、悪戯《いたずら》っぽく輝いている。

「すげぇ感じてそう」

「っ……」

「首もしてほしい？」

そんなの、答えられるわけがない。というか、首のことを言っていたから、てっきりそこにもキスとかされると思っていたのに、肩透かしをくらった気分だ。

黙ったまま、また成宮さんの肩にしがみつくと、彼は困ったように微笑んだ。

「自分で言っといてなんだけど、あんまりそんなことされると、俺やばいんだよね」

「え……？」

「さすがにこの前まで処女だった子を、こんなところで抱きたくない」

「あ……」

そういう意味での「やばい」だったのか。恥ずかしくなって、慌てて成宮さんから離れる。

「……戻ろうか」

「……はい」

お互いどこかぎこちなく言い交わす。

でもそのぎこちなさを心地よく感じてしまうのは、……わたしだけ、なのかな。


そのあとスイカ割りイベントに参加したり、ビーチボールをしていた二組のカップルに成宮さんが声をかけて仲間に入れてもらったり。そのどれもが初めての経験であるわたしは、成宮さんのアクティブさに驚いてしまう。と同時に、そんな彼の一面がとても新鮮に思えて、ふわふわと胸のあたりがくすぐったい。

日が傾きかけたので別荘に戻り、軽くシャワーを浴びて髪を乾かしていると、ちょうど窓から夕焼けが見えて、わあ、とわたしは声を上げた。海に沈み始めた太陽も雲も、そして海までも、オレンジ色のような金色のような絶妙な色合いで輝いている。本当に見事な夕焼けだ。

同じ部屋で荷物の確認をしていた成宮さんも隣に来て、「きれいでしょ」と言う。わたしは静かに「はい」と答え、しばらくふたりで夕焼けを見つめていた。

「そろそろ屋台が出てると思うけど、夕ご飯どうする？」

海が今日最後の輝きを放つ様子に見入っていると、成宮さんが控えめな声色《こわいろ》でわたしを現実に引き戻す。そうだった、このあと花火大会に行くんだった。花火を見たいと言ったのはわたしなんだから、しっかりしないと。

「うーん……わたしは屋台に出ているものでお夕飯済ませちゃってもいいですけど、男の人ってそれだけじゃ絶対足りないですよね？」

「いや、それならそれで屋台でいろいろ食うから、平気だよ」

じゃあ夕ご飯は屋台で済ませるとして、と成宮さんは続けた。

「浴衣《ゆかた》に着替えようか」

「あ……はい」

花火大会にはぜひ浴衣で、浴衣は俺が用意するから——そうリクエストしたのは成宮さん。浴衣姿の花純ちゃんも見たいから、と。

着付けができないと伝えたら、「その点についてはできる人間がいるから大丈夫」ということだったけれど……これからその人のところに行くのかな？

てっきりそう考えていたわたしに、成宮さんは至って真面目な顔つきで言った。

「じゃ、脱いで」

「へっ？」

いきなりそんなことを言われて、思わず変な声を出してしまう。

「俺が着付けしてあげるから。服、全部脱いで。あ、下着はつけててもいいから。ブラは外したほうがいいと思うけどね」

「え、あの、もしかして着付けしてくれる人間って、成宮さんのことだったんですか？」

「うん」

「ええっ⁉」

そんなこと、聞いてないんですけどっ⁉

あわあわするわたしに、成宮さんは少し悪戯《いたずら》っぽく笑ってみせる。

「そんなに慌てなくたって、いまさらじゃん？　俺はもう花純ちゃんのすべてを見てるんだから」

「や、それは、あの……っ」

あのときのことを持ち出してくるなんて、意地が悪い。わたしが恥ずかしがるってわかってて言っているに違いない。

「大丈夫。裸の花純ちゃんもうまそうだけど、俺、どっちかっていったら浴衣を着た花純ちゃんといちゃつきながら脱がせたいほうだから」

それってフォローになっていない気がするんですがっ！

「浴衣を着せるまでは絶対手を出さないから安心して」

浴衣を着せるまでは、という部分が激しく心配だったけれど、結局押し切られて、わたしはおずおずと服を脱ぎ始める。成宮さんに見られている、と思うだけで、めちゃくちゃ恥ずかしい。下着姿になるまでもかなりの勇気がいったけど、どうしてもブラだけは外すことができない。そわそわしていると成宮さんの手が伸びてきて、あっという間に背中のホックを外され、腕からブラを引き抜かれてしまった。

「や、……」

わたしは急いで胸を隠す。こんなに明るいのに胸を見られるなんて、絶対いやだ。

「なるべく見ないようにするから、手、どかして？」

優しい声でそううながしてくる、成宮さん。

「あの、でも明るいし……わたし、胸小さいので万が一見られたら、恥ずかしくてどうにかなりそうです……」

正直にそう言うと、成宮さんはくすっと笑った。

「俺、どっちかっていったら小さい胸のほうが好きだけど？　それに、花純ちゃんの胸なら大きくても小さくてもどっちも好きだよ」

「でも、男の人って大きいほうが好きですよね？　いろいろ、できるみたいですし……」

経験不足ではあっても、友だちの話はいろいろ聞いているからそれくらいの知識はある。言葉は濁したけれど、成宮さんはわたしがなにを言いたいのか察してくれたみたいだった。

「ああ、でも小さくても女の子の胸ってやわらかいし、挟まなくても胸で触ってくれるだけでけっこう気持ちいいよ？　それに俺、花純ちゃんの胸を想像しただけで余裕で勃《た》つし」

「っ……！」

なんてことを、なんてことを言うのこの人はっ⁉

わたしにしてみたらとてつもなく衝撃的な発言だったけど、それでもいやな気分はしない。ドキドキして恥ずかしくて、小さい胸がコンプレックスだったわたしにとっては……正直うれしかった。

「極力、黙っててね。俺、理性総動員させて着付けするから」

「それくらいだったら、浴衣《ゆかた》なんて着なくてもいいと思うんですけど……」

「なに言ってんの？　花純ちゃんの浴衣姿、絶対萌《も》えるから俺見たい。水着姿もすごく可愛くてよかったけど、浴衣姿もそそるに決まってるし」

真顔で力説する成宮さんがなんだかおかしくて、わたしは笑ってしまった。それでいくぶん緊張はほぐれたのだけれど、やっぱり胸を隠し気味にしていたわたしに、成宮さんは器用な手つきで浴衣を着せ付けてくれた。

ちゃんと髪も上のほうで編み上げ、浴衣に合うようなかんざしもつける。顎《あご》の下くらいしかないわたしの髪をそんなふうにするのは難しいと思うのに。成宮さんって本当になんでもできるんだ、と尊敬してしまう。

成宮さんが用意してくれたわたしの浴衣は、白地にピンクの牡丹《ぼたん》と蝶の柄が入った、ほどよく華やかなもの。帯も少し濃いめのピンク色で、市松と縞《しま》の柄がすっきりと見える。帯の結び方も可愛らしく、飾り紐《ひも》でさらにお洒落《しゃれ》にコーディネートしてくれた。

「うん、可愛い。すげぇ似合ってる」

わたしの頭のてっぺんからつま先までを見て、成宮さんは満足そうに言った。

それから成宮さんも浴衣《ゆかた》に着替え、一緒にお祭り会場へと出かける。成宮さんの浴衣は濃紺に吉《よし》原《わら》繋ぎ文様で、帯は白。着慣れたふうに少し崩したその姿は、ドキッとするくらいに色っぽい。

会場に向かう間、だんだんと人が多くなってくると、ふと成宮さんが立ち止まる。

どうしたのかなと思っていたら、

「手、つないでもいい？　いや、混んでるから迷子防止にでもさ」

とお伺《うかが》いを立てられ、とたんにうれしくなる。

「そんなふうに聞かなくても、大丈夫ですよ。わたしもう、成宮さんに触られても大丈夫ですから。信じてください」

微笑みながらそう言うと、成宮さんも照れくさそうに微笑んでから、そっと大きな手でわたしの手を包み込んでくれた。その手のあたたかさに、どんどん気持ちが高まっていくのがわかる。

新婚旅行なのだから、今夜が初夜でもいい。いや、初夜にしたい。自分でも驚くほどの強い衝動を感じる。

原因は、他でもない、成宮さんだ。さっきは岩場で耳にあんなキスをしてきたし、その一方でわたしをとても大切に扱おうとしているのが伝わってくる。

水着姿や浴衣姿を見てそそられるのは、なにも成宮さんばかりじゃない。わたしのほうも成宮さんの水着姿や浴衣姿を見て、甘い気持ちで胸がいっぱいになってしまっていた。

会場近くの往来まで来ると、そこにはずらりと露店が立ち並び、人々はみんな笑顔でお祭りを楽しんでいた。どこからか、盆踊りの音楽も聞こえてくる。見上げれば、空には満天の星。花火大会日和《びより》だ。

――あの『星流し』の夜も、こんな満天の星空だったな。

映画『ラヴィアンローズ』でカレンとディオスが出逢ったのも、お祭りの夜だった。露店が並び、人々が踊りを楽しんでいた。

成宮さんは、わたしがあの映画をすごく気に入っているのを知っていたから、ここに連れてきてくれたのだろうか。こうしていれば、あの映画のような気分になれると考えて。だとしたら、とてもうれしい。

それから決めていたとおり、ふたりで次々に屋台を巡っては、いろんなものを食べ歩く。たこ焼きに焼きそば、りんご飴にチョコバナナ、そしてクレープ。……ちょっと、食べすぎたかもしれない。でもまだ食べたいものがいっぱいある。

「お祭りの屋台の食べ物って、どうしてこんなに魅力的で食欲をそそるんでしょうね」

「俺も小さいころから屋台の食べ物が好きだったなあ」

「あ、成宮さん、じゃがバターなんていつの間に……！　わたしも食べたいのに……！」

「花純ちゃんの分も買っておいてあるよ。でも花純ちゃん、もう苦しそうだからやめといたら？」

少しイジワルそうな微笑みを浮かべてそう言う成宮さん。確かにもう、これ以上入らないくらいにお腹がぱんぱんだ。

「……うう……我慢、します……」

「また次に来たときにでも、一緒に食べよう」

成宮さんは、そう言って笑ってくれた。また次があるんだ。結婚していればそれは当たり前のことなのに、その〝当たり前〟がうれしく感じられる。本当にもう、わたしと成宮さんは生涯一緒なんだ。そう思うと、胸がふくふくと幸せな気分になってくるから不思議だ。

人ごみから少し離れた、木々が生い茂った高台まで歩く。ここも花火がよく見える穴場なのだそうだ。

「成宮さん、浴衣《ゆかた》の着付けもできるなんてすごいですね」

改めてそう言うと、成宮さんは少しだけ遠くを見るような目をした。

「……前につき合ってた彼女のために、覚えたんだ」

つき合っていた、というその言葉に、胸がちくりと痛む。

いままで成宮さん、そんな話、したことなかったのに。なにか痛みをともなう思い出の蓋を、わたしが開けてしまったんだろうか。成宮さんのそんな顔、見たくなんかないのに。そんな顔、させるつもりなんかなかったのに。

つき合っていた彼女、とはっきりと言っているのだから、適当な、身体だけの関係ではなかったのだろう。靖恵ちゃんや他の女の子たちのときとは、違う。それを感じ取ってしまったせいか、胸の痛みが収まらない。

「あ、花火始まったよ」

気持ちを切り替えるように、成宮さんが夜空を指さす。華やかな音を立てて、花火が上がり始めた。

だけどわたしはそれどころではなくて。衝動に駆られるままに、成宮さんに抱きついていた。

「花純ちゃん……？」

「あの、……」

胸がいっぱいで、うまく言葉を口にできない。まごついている間に、成宮さんは切なげなため息をついた。

「……だめだよ、花純ちゃん。そんなことされたら俺、自制がきかなくなる」

「きかなくて、いいです」

「……意味、わかって言ってんの？　早く離れないと、俺、花純ちゃんのこと抱いちゃうよ」

「わ、わかってます、わかってて言ってます」

恥ずかしくて、恥ずかしすぎて、それでも震える声でわたしは続けた。

「わたし、もう成宮さんと一緒に人生を歩くって、決めたんです。だから新婚生活を仕切り直して、新婚旅行もしたかったんです。初夜も、したいって……今日成宮さんと過ごしてみて、そういう衝動に駆られてしまっているんです」

「……っ、花純ちゃん……っ」

成宮さんが、息を呑んでわたしを見下ろしている。わたしはそんな彼の顔をまっすぐに見上げて、恥ずかしさに負けそうになりながらも言った。

「わたし、……成宮さんのこと、好きになる努力、します。きっとわたし、成宮さんのこと、好きになってみせます。だから、あの……だから、……、成宮さんも、わたしのこと……好きになる努力、してもらえませんか……？」

ぐっ、と成宮さんがなにかをこらえるように喉を鳴らし、苦しそうに顔を歪めた。だけどすぐに淋しそうに微笑む。

「……そうだね。もしも万が一、花純ちゃんが俺のことを好きになってくれたら……そしたら、考えるよ」

その言葉にくじけそうになって、きゅっと唇を噛みしめる。

森村さんがエステサロンで言っていたように、成宮さんが過去のなにかで傷ついているのだとしたら。その過去が、彼にこんなことを言わせているのだとしたら——

それはわたしにとって本当に都合がいい考えだとは思うけど、もう、尻込みしてすれ違うのなんか、いやだ。

わたしにちゃんと成宮さんの奥さんが務まるのかは、まだわからない。世間一般で言う〝奥さん〟ならば、わたしと違ってきちんと旦那さまのことを愛しているはずだ。いまのわたしのこの衝動が本物の愛につながるかどうかはわからないし、それが不安でもあるけれど。

どんな理由であれ成宮さんがわたしを結婚相手に選んでくれた以上、わたし以外に成宮さんと愛を育《はぐく》んでいける女性はいない。

「……お願いです、成宮さん。……わたしと初夜、してください」

勇気を振り絞ってさらにそう言うと、成宮さんは、

「……もう、限界」

とかすれた声でつぶやき、わたしの身体を強く強く、抱きしめ返してきた。

花火の音を背景に、わたしたちは幾度も唇を重ねる。成宮さんの吐く息が少しだけ荒く感じられる。ああ、わたし相手に欲情してくれているんだ。そう思った瞬間、身体の芯がじゅんっと音を立てるかのように濡れて疼《うず》くのを感じる。

そんなわたしの首に顔をうずめようとしていた成宮さんは、ふとその動きを止める。

「……このアザ……ごめん」

この前成宮さんが噛んだアザは、もうだいぶよくなっていたけれど、花火の明かりで見えてしまったんだろう。

「大丈夫です。だから、……やめないで……」

顔を熱くしながら小さな声でそう言うと、成宮さんはもう一度、わたしを抱きしめる。

「あんま、煽《あお》んないで。マジでここでしたくなる」

そう言いながら身体を離した彼の顔も赤くなっているのが、そばに佇《たたず》む街灯の光でわかる。加えてその漆黒《しっこく》の瞳が濡れたような情欲の色に染まっているのも見て取れた。

成宮さんが、きゅっと手を握ってくる。

「俺の理性が残っているうちに、別荘に戻ろう。初夜は、……そこで」

どこか照れくさそうに微笑む成宮さんの心遣いに、胸がきゅんとしてしまう。こんなところで初夜なんて、と気遣ってくれたんだろう。

花火の音が鳴り響く中、手をつなぎ、足早に別荘へと帰る。

途中、成宮さんが「ちょっと待ってて」と言ってコンビニに寄ったけれど、露店の食べ物だけでは足りなくてなにかお腹に入れるものでも買ったのだろう。わたしはこんなにドキドキしているのにと、そんな余裕のある成宮さんのことが少し恨めしくなる。

別荘の部屋に入り、キスをされながらベッドに押し倒される。舌を絡ませ、ちゅっと舌先を吸われれば、それだけでもう甘い声が上がってしまう。

「花純ちゃんの唇、甘い」

「ン……っ」

ささやいた成宮さんは、また唇にキスを落とす。触れるだけかと思えば、予告なしに深く舌を絡めてきた。この前抱かれたときのキスよりも、もっと深い……貪《むさぼ》られるようなキス。呼吸困難になりそうになったわたしは、ようやく成宮さんの唇が離れた瞬間に大きく息を吸い込んだ。それを見た成宮さんが、くすっと笑う。

「キスのときは鼻で息をするんだよ」

友だちの体験談を聞いて知ってはいたけれど、いざ自分が体験してみると、羞恥心《しゅうちしん》と緊張でうまくできない。

「練習する？」

「や、いい、です……っ」

「俺のキス、嫌い？」

「な、そんなこと……っ」

「じゃあ、もう一回ね」

「……んんっ……！」

悪戯《いたずら》っぽく瞳をきらめかせながら、成宮さんはまた唇を重ねてくる。練習って言われても、わたしにそんな余裕なんかないことはわかっているはずなのに。

わたしの唇が甘いと言うけれど、成宮さんの唇だって、とっても甘い。唇だけじゃなくて、その熱い舌も。

一回と言ったくせに幾度もキスを繰り返しながら、成宮さんの長い指がわたしの首筋をつっとなぞる。とたん、ビリッとした甘い痺《しび》れが身体の芯まで響いた。

「や、成宮さん、っ」

「んー？」

楽しそうにわたしを見下ろしながら、彼は首筋をなぞり続ける。

「この筋、花純ちゃん弱いよね」

「ん……っ……いや……っ」

「もっと啼《な》いて。可愛い声、聞きたい」

「あ……やっ……！」

言いながら成宮さんは、指でなぞっていた部分に口づけた。焦《じ》らされていた分、身体は過剰に反応してビクンと海老《えび》反《ぞ》りになる。ささやかな胸を突き出したような形になったわたしに対し、成宮さんは待っていたとばかりにわたしの浴衣《ゆかた》の胸元に手を差し入れた。

「硬くなってる」

「ひぁ……っ！」

うれしそうにわたしの胸の先端を優しくつまみ上げる、成宮さん。

「全部脱がそうと思ってたけど、そんな余裕ないし、いまの花純ちゃんめちゃくちゃ可愛いから、このまましちゃうね」

「あ……っ！」

耳元で、あの低音ボイスが甘くささやく。

少しだけ帯を緩められ、胸元をぐっと左右に開かれた。小ぶりの乳房が浴衣《ゆかた》からこぼれ、恥ずかしいと思う間もなく、成宮さんの大きな手がそれを包み込む。円を描くように、形を確かめるように強く優しく揉みしだいたかと思えば、首筋から鎖骨へと降りてきていた唇が、先端にちゅっと口づけてきた。

「ひゃっ……！」

「ぷっくり膨れて硬くなった乳首、可愛いしうまそう。食べてもいい？」

「や……やだ……っ！」

どうしてそんなに恥ずかしいことばかり、言うの。

だけど、成宮さんにそう言われた瞬間、既に濡れていたわたしの秘部が、一気にまた潤《うるお》ったのがわかる。成宮さんはすべてお見通しと言いたげに、ニッとイジワルそうに口角を上げ、つんつんと舌先で乳首をつついた。

「やぁ……っ！」

続けて捏《こ》ねるように舐められ、ちゅっちゅっと音を立ててキスをされては吸い上げられ、甘噛みもされる。

「花純ちゃん、舌で転がすよりもこうして甘噛みされるほうが好きなんだね」

「あ、や……っ！」

またかぷっと甘く噛まれる。胸の先端を攻められているだけなのに、そこから子宮まで貫くような甘い刺激が走る。もう片方の乳房も指でさんざん捏ね回され、先端を嬲《なぶ》られているうちに、感じすぎて涙まで出てきてしまった。

「花純ちゃん、すげぇ色っぽい」

そうささやかれたわたしは、いまの自分のあられもない格好に改めて気づく。あまりに身をよじりすぎたのか、浴衣は前がすっかりはだけてしまい、太ももが丸見えになっている。

慌てて直そうとしたところを、膝小僧をつかまれて阻《はば》まれる。そしてそれをぐいと左右に広げられたかと思うと、成宮さんの身体がそこに割り込んできた。最初に身体を重ねたときのことを思い出して、ひくっと秘所が疼《うず》くのがわかる。

焦っている間にショーツを足から引き抜かれた。指で膣口を撫《な》でられると、充分に濡れていたそこがくちゅりといやらしい音を立てる。

「成宮、さん……っ」

「もう、欲しそうだね」

信じられないけれど、早く入れてほしいと強く願っている自分がいる。こういうのを淫乱っていうのかな、とつい心配になってしまうくらいに。

「俺も、早く入れたいけど……まだ、だめだよ」

「や……」

「花純ちゃん、これでまだ二度目でしょ？　ちゃんとほぐさないとね。……なんつって、焦《じ》らしてるときの花純ちゃんが可愛いから、俺が楽しいだけなんだけど」

悪戯《いたずら》っぽくそう言って、成宮さんは膣口を撫《な》でていたその指を、くちゅりと中に差し入れた。

「ふ、……あぁっ……！」

早くもなにか電流のような痺《しび》れが背筋を駆け上がってくる。わたしが成宮さんの肩をつかむと、彼はすべて心得たかのようにわたしの唇にキスを落とす。一方で差し込んだ指をゆっくりと出し入れしながら、親指で花芽をクッと押した。

「ひ、あ――っ！」

その瞬間、さっきの痺れが脳髄《のうずい》まで達して、目の前で火花が散る。そのとたん、わたしの中は成宮さんの指を物欲しそうにきゅうきゅうと締めつけた。

「なる、みや、さん……っ」

「まだ、だよ」

「っ……！　や……ぁ……っ！」

イッたばかりなのに、成宮さんは指の動きを止めようとない。それどころか指の数を二本、三本と増やして、中でばらばらと動かしてくる。この前は、こんなことしなかったのに。

「や、それ、……いやぁっ……！」

「花純ちゃん、可愛すぎ」

唇に、首筋にキスを落とす間も成宮さんは指を止めない。花芽のちょうど裏側あたりを擦《こす》り上げられたと思ったら、また強い快感が襲ってきて、わたしは腰をがくがくと震わせながら達してしまう。

「や、もう……っ」

息を切らせたわたしのまなじりを生理的な涙が伝うと、成宮さんはキスでそれを拭ってくれる。そのまま既にめちゃくちゃになっていたわたしの髪の毛を片手でほどき、ピンや髪ゴムやかんざしをベッドサイドに置いた。

「花純ちゃんのイッた顔見てるだけで、俺もイきそう」

「っ……、そんなの、うそ……」

だって成宮さんのほうが、絶対余裕がある。

「ほんとだよ。俺の、この前よりガチガチだもん。触ってみる？」

「っ……」

からかうようにそう言われると、ちょっぴり悔しい。成宮さん、わたしがそんなことできないって思ってるんだ。

手を伸ばしたのは、対抗心からだけではなかった。わたしで興奮してくれている成宮さんに、触れてみたいというのも本心だったから。

息を呑んだのは、わたしも成宮さんもほぼ同時だったと思う。彼は、まさか本当にわたしが自分の昂《たか》ぶりに触れてくるなんて思ってもみなかったんだろう。わたしもわたしで、浴衣《ゆかた》越しとはいえ初めて触った男の人の熱さと硬さに驚き、すぐに手を引っ込めてしまった。

だけど、成宮さんの今の反応がうれしくて、そっとまたその昂ぶりに触れる。

それは本当に大きくて熱くて、硬かった。

そろそろと上下に擦《こす》るように手を動かしてみると、昂ぶりはビクリと脈打つように動く。成宮さんも感じてくれているんだと思うと、きゅんと子宮のあたりが疼《うず》いた。

「っ、花純ちゃ、……っ」

慌てたような成宮さんの声がして、動かしていた手をつかまれる。

「ほんとに、やばいから。……ちょっとだけそのままでいて」

そう言って彼は、ベッドサイドに置いてあったコンビニの袋から箱を取り出した。そこで初めてわたしは、さっき成宮さんがコンビニで買ったものが、食べ物ではなかったことに気がついた。

「成宮さん、……どうして……？」

下着だけを脱ぎ捨て、自分の浴衣の前を開いた成宮さんは、おへそにつくほどに反り返った肉棒に避妊具をかぶせた。

「初夜、なのに……」

当然、そのまますするものだと思っていたのに。

「跡継ぎだって……」

言いかけたわたしの唇に、成宮さんはそっとキスを落とす。至近距離から優しく見下ろされ、心臓が高鳴った。

「初夜でも、いや、初夜だからこそ、まだ好きじゃない男と生《なま》でするのはいやでしょ？　花純ちゃんの気持ち、大事にしたいんだ」

その言葉に、この前靖恵ちゃんと話していたときに浮かんだ疑問のことを思い出す。わたしの処女をもらってくれた夜、なぜ成宮さんが避妊具を持っていたのか。

もしあのとき、成宮さんがいまと同じ気持ちでいてくれたのだとしたら——きっとそうだ。コンビニに寄ったとき、下着や生理用品と一緒に、避妊具も買ってくれたのだ。

謎がとけると同時に、じわじわとうれしさがこみ上げてくる。

そんなわたしを優しい瞳で見下ろしながら、それに、と彼は続けた。

「それに……跡継ぎ抜きにして、俺自身が花純ちゃんを抱きたいから」

その言葉の意味を考えるより早く、膣口に熱くて硬いものが押し当てられる。成宮さんを求めて、わたしの身体の芯がきゅうんと切なく疼いた。成宮さんは、わたしにもう一度触れるだけのキスをして、ゆっくりと腰を押し進めてきた。

「は、……あんっ……っ！」

「きつ……っ」

あの夜以来初めて与えられた痺《しび》れるような感覚に、わたしは成宮さんの腕をつかんで耐える。わたしの中が、成宮さんの形に押し広げられていく。

成宮さんはゆっくりと根元まで自身を入れると、切なげに息を吐き、愛《いと》おしそうに今度は深いキスをしてきた。

わたしの中に成宮さんが、みっちりと入っているのがわかる。動いていないのに、ドクンドクンと脈を打っているのが伝わってくる。

男の人、なんだ。

そんな当たり前のことに、わたしは初めて気がついた。

成宮さんは、男の人で……わたしの、わたしだけの旦那さま、なんだ。

わたしとの初夜を、そしてわたしの気持ちを、とても大事に考えてくれた。わたしのこと、大事にしてくれた。そう思うと、胸がきゅんとしてたまらなくなった。少し前まで小宮さんに感じていたものとも違う、甘酸っぱくて、息が苦しくなるほどの心の疼《うず》き。

もしかして、わたし……この人のことを、……成宮さんのことを、……好きになり始めたのかもしれない。ううん、もう好きになっているのかもしれない。

わたしに乱暴しようとしたあの夜、傷ついた彼の姿にほだされたのがきっかけだろうか。

——だとしても。わたしがこの人に惹かれていることは、もう疑いようもなかった。

好きになる努力をするって、さっき言ったばかりなのに。わたしは自分の気持ちに気づいていなかったんだ。わたし、もうこの人のこと……好きになってしまっていたんだ……

「余裕なのは、花純ちゃんのほうなんじゃないの？」

イジワルそうに口角を上げた彼の声に、はっと我に返ったのも束の間。

「ひぁっ！」

ぐっと最奥まで貫かれて、成宮さんの腕をつかむ手に力がこもる。

「他のことなんか、考えないで。いまは俺のことだけ考えていて——」

「あっ、あんっ……！」

がんがんと最初から激しく突き上げられる。まだ苦しさもあったけれど、快感のほうが圧倒的に強い。その熱くて大きなもので思うさま膣内を擦《こす》られ、弱い部分を集中して突き上げられる。言われなくても、成宮さんのことしか考えていないのに。それを伝える余裕すら、彼は与えてくれない。

「やぁっ……！　成宮、さんっ……！」

「花純ちゃん……は……っ……そんなに締めつけたら、俺もやばい……っ」

そう言いながらも、成宮さんの動きにはまだ余裕があるように感じられる。いったん膣の入り口まで引き抜いたかと思うと、がつんと奥を穿《うが》ってきた。

「あ、やぁっ！」

かと思えば、そのまま奥をつつくように動かされる。

「や、それだめぇっ……！」

「ん？　これ、いい？」

「だめ、だめ、です……っ！」

だめって言っているのに、成宮さんは動きを止めてくれない。結合部からぐちゃぐちゃと淫猥《いんわい》な音が聞こえてきて、それすらも快感を煽《あお》る。

「花純ちゃん、気持ちいい？」

「ん、あ、あん……っ！」

「気持ちいいなら、そう言って？」

そんなこと、恥ずかしくて言えるはずがない。

成宮さんは、いやいやをするようにかぶりを振るわたしの膝裏を抱え上げる。自然とわたしの腰が突き出される体勢になり、彼はがつがつと腰を叩きつけてきた。

「っ……いやぁっ！」

「ごめん、……恥ずかしがってる花純ちゃん見たら、我慢できなくて」

「いや、そんなに、あぁっ……！」

そんなに激しく、しないで。そう言いたいのに、強く揺さぶられてうまくいかない。

「花純ちゃんのここ、マジで気持ちいい……たまんない」

成宮さんの視線をたどって下を見てみれば、わたしの膣に成宮さんの昂《たか》ぶりが出入りするのが見えた。羞恥心《しゅうちしん》とそれを圧倒的に上回る快感が身体中を巡り始める。

「いや……っ……見ないで……っ」

「大丈夫だよ、花純ちゃんのここ、きれいだから」

「そういう、問題、じゃ、……っ」

成宮さんが、わたしを抱いてくれている。わたしの好きな、人が……わたしを……

「あ……あぁ――っ！」

そう思っただけで耐え切れなくなって、わたしは成宮さんのすっかり膨れ上がったものをぎゅうぎゅうに締めつけながら、さっきよりも強い絶頂を迎えてしまった。収縮するわたしの肉襞にうながされるように、成宮さんもひときわ強く、がつんと奥を穿《うが》つ。

「く、は……っ……」

成宮さんの昂ぶりが、中でビクビクと暴れ、薄い膜越しに熱い精液を吐き出したのが感じられた。成宮さんはわたしの締めつけを楽しむかのように二度、三度とゆっくり抜き差ししてから、ようやくズルリと自身を引き抜く。

そして、あまりの快感に意識が朦朧《もうろう》としているわたしの唇に、そっと優しいキスをくれた。

わたしはそのまま少しだけ、眠っていたようだ。

目を覚ますとあたりはまだ暗く、窓から月の光が射し込んできていた。遠くのほうから聞こえてくる潮騒《しおさい》の音が、耳に心地いい。

気がつけばわたしは、成宮さんに抱きしめられていて……その成宮さんもまた、いまは眠っているようだった。

寝顔まできれいだなんて、反則じゃないだろうか。睫毛《まつげ》が長いんだな、なんて思いながら、彼の浴衣《ゆかた》のはだけた姿にドキドキしてしまう。吸い寄せられるように、その鎖骨のあたりにちゅっと口づける。とたんに、ぎゅっと強く身体を抱きしめられた。

「誘ってんの？」

慌てて見上げると、成宮さんが悪戯《いたずら》っぽく微笑んでいる。いつから、起きていたんだろう。

「いまから二度目、する？　俺はいつでもいけるけど」

「や、あの……っ」

いままではそんなことを言われたら恥ずかしいだけだったけど、彼への気持ちを自覚した今は少し違う。相手が好きな人だと思うと異常なほどに心臓が早鐘を打ち、もうなんにも言えなくなってしまう。

成宮さんの手が、わたしの頬を包み込む。

「花純ちゃん、ほっぺた熱いよ？　どうしたの？」

「な、成宮さんが、恥ずかしい、こと、あの、……っ」

だめだ。とてもまともになんか話せない。靖恵ちゃんにも言ったように、好きな人相手にはどうしてもこうなってしまうのだ。

もごもごと口ごもっていると、成宮さんは不思議そうに顔を覗き込んでくる。だめ、成宮さん。顔、近すぎ……！

「マジでどうしたの？　俺、無理させすぎた？　気分でも悪い？」

「い、いえ、そう、いう……わけ、では……」

ああ本当にもう、自分のこんな性格が恨めしくなる。

「体調が悪いわけじゃ、ないんだね？」

「は、い」

こくこくとうなずくと、成宮さんはようやく安心したようだった。そして腕時計を見て、「ああ、そろそろだな」とひとりごちる。

「なにか、ある……ん、ですか？」

なんとかそう尋ねてみると、成宮さんは、

「忘れてるなら、そのぶん喜んでもらえるかなあ」

とニヤニヤする。

成宮さんは上半身だけを起こし、ベッドサイドに置いていた自分のスマホを取り上げると、親指で操作を始める。すると、なにか賑やかな音が聞こえてきた。

男の人がしっとりと穏やかな声で話し、そうかと思えば曲が流れる。どうやら成宮さんは、ラジオのアプリを立ち上げたらしい。いったいなにが始まるのだろうと、わたしも乱れた浴衣《ゆかた》の胸元をかき合わせながら、もそもそと身体を起こす。

この番組は、あんまりラジオを聴かないわたしでも知っていた。たまにリスナーからのリクエストで特定の相手にサプライズをしかけてくれることで有名で、前に靖恵ちゃんが興奮したように、

「この前あたし、誕生日プレゼントとしてミナトに好きな曲流してもらっちゃった！」

と言っていたから。崎原《さきはら》ミナト、というのがＤＪの名前で、時々テレビ番組にも出ているイケメンだった。

そのうちに時刻は零時になって……日付が替わったとたん、ミナトが「では、次はサプライズリクエストです」と告げる。

『S県にお住まいの成宮未希さんから、奥さまの成宮花純さんへ』

――え？

驚いて成宮さんを見上げると、彼は優しく微笑んでいた。その間にも、ミナトの声は続く。

『結婚してからいやな気持ちにしかさせていないかもしれないし、俺はこれからもそうすることしかできない男なのかもしれない。でも、詳しいことは言えないけれど、いまの俺の女は花純ちゃん、きみだけだから。それだけは、信じてください。花純ちゃん、誕生日おめでとう。きみの好きな曲を贈ります。――というわけで、なにかわけありの不器用そうな男、成宮未希さんからのリクエストで、奥さまの花純さんのためにこの曲を流します。ドビュッシーの、「月の光」』

ミナトの言葉のすぐあとに、ドビュッシーの『月の光』がスマホから流れ始める。

そうか、そういえば今日はわたしの誕生日だった。

確かにわたしはクラシックの中では、ドビュッシーの『月の光』が一番好きだ。だけど、どうしてそのことを成宮さんが知っているのだろう。靖恵ちゃんにだって、教えたことはないのに。

「ほんとに自分の誕生日、忘れてたの？」

どこか慈《いつく》しむように微笑みながら、わたしの頭を撫《な》でる成宮さん。

「……はい。わたしの誕生日って夏休み中だったから、あんまりお祝いしてもらえたことがなくて……それで、毎年自分でも忘れがちで……」

というか。

「これ、あの、……成宮さん、いつの間に……？」

「ミナトとは大学時代の同級生で、多少の無理がきくんだ。昨日のうちに、頼んでおいたんだよ」

そして成宮さんは、

「花純ちゃん。誕生日、おめでとう」

と、わたしの額にそっとキスをくれた。

どうしよう。胸がいっぱいで、なにを言ったらいいのかわからない。

ただお礼を言えばいいだけの話なのに、うれしすぎて、幸せすぎて、そんな簡単な言葉すら出てこない。

代わりにあふれ出したのは、涙だった。

「え、花純ちゃん？　どうしたの？　こういうの、いやだった？」

泣き出してしまったわたしを見て、焦る成宮さん。その手をきゅっと握り、わたしはかぶりを振る。

「……うれ、し……すぎ、て……」

「……え？」

「幸せ、です……わたし、すごく……あの、……こういうの、初めてで……うれ、しくて……」

ただでさえうまく話せないのに、涙が邪魔をしてさらに言葉がおかしくなっている。だけど成宮さんは、察してくれたようだった。

「泣くほど喜んでもらえて、俺もうれしいよ」

そして、わたしが握っていないほうの手で優しく頭を撫《な》でながら続ける。

「プレゼントは、花純ちゃんの好きなものをあげたいと思って、このサプライズ以外はまだ用意してないんだよね。花純ちゃん、なにかほしいもの、ある？」

「な、んでも、い……い、んですか……？」

「うん。俺があげられるものなら、なんでもあげる。なんでも言って？」

わたしは、成宮さんの手をさらに強く握りしめて言った。

「それ、なら……成宮さんを、ください……成宮さんが、ほしいん、です……心も、……身体、も……」

成宮さんの目が大きく見開かれ、わたしの頭を撫でていた手が止まった。

「……マジで誘ってんの？」

切なげに眉根を寄せる成宮さんに、わたしはなおも訴える。

「好き、……」

「……え？」

一度口に出してしまえば、あとは早かった。

「好き、なんです……成宮さんの、こと……好きに、なっちゃったん、です……。だか、ら……」

成宮さんは、これでもかというくらいに目を見開いて、まじまじとわたしを見下ろしている。

「花純ちゃん、酔ってる？」

的外れなその質問に、わたしはふるふるとかぶりを振る。だいたいお酒なんて、わたしも成宮さんも飲んでいない。それは成宮さんだって、わかっているはずだ。

「それなら、なんで？　……あ、そうか。これ俺の夢？」

「ちが……っ」

違います、と言おうとして、また涙に邪魔される。

このままじゃ、本当に気持ちを伝えられずに終わってしまいそうだ。そんな危機感を持ったわたしは、深呼吸を繰り返し、心と呼吸を一生懸命整える。

その間、自分の頬をつねって「いてっ」なんて言ったりしていた成宮さんは、やがてわたしを見下ろしながら言った。

「……マジで言ってんの？」

「……はい」

「だって花純ちゃん、ついさっき俺のこと好きになる努力してくれるって言ったばかりだよね？　そんなに早く俺のことなんか、好きになれないでしょ」

「……たぶん、わたし……きっともっと前に、成宮さんのこと、好きになってたんだと思います。結婚して、成宮さんのことを知り始めてから……だと、思うんですけど……」

だって、と成宮さんはなかなか信用してくれない。

「結婚してからって、まだ日が浅いよ？」

「そんなの、関係ないです……恋に落ちるのに、時間なんか関係ありません……っ」

それには成宮さんも思い当たる節《ふし》があったらしく、ようやく口をつぐんだ。

「結婚してからまだ一週間も経っていないのは事実ですけど、……それでも、成宮さんのことをたくさん知ることができました。成宮さんは、ほんとに優しい人なんだって……跡継ぎのための結婚だけど、わたしのことちゃんと考えてくれてるって……」

ああ、もどかしい。

焦《じ》れたわたしは、わたしの頭に置かれたままの成宮さんの手を取り、握っていたもう片方の手と一緒に両手で包み込む。どうにかして、この気持ちを伝えたくて。

「恋に落ちるのって、時間じゃなくてどれだけその人のことを考えているか、どれだけその人のことを大事に思い始めているか、……うまく言えませんけど、そういうことだと思うんです。わたし、この数日間、よくも悪くも、ずっと成宮さんのことばかり考えていました。その間に、この想いはもう育《はぐく》まれていたんだと思います。……わたし、……結局は恋愛って理屈じゃないんだって……そう、思ってます」

台詞《せりふ》の後半で、成宮さんはわたしの手を握り返していた。強く、強く。その瞳は、いままでになくいくらいにきらきらと輝いていた。

「それが本当だったら、俺もう間違いなく死ねる。それくらい、うれしい」

「嘘じゃないです。夢なんかでも、ありませんから」

そう言ったとたん、握られた手をぐいと引っ張られ、広い胸に抱きしめられる。

「もう一回、言って」

「え？」

「俺のこと、好きって。早く」

催促《さいそく》するその声には、喜びの色が滲《にじ》んでいた。それを感じ取って、わたしもうれしくなる。わたしの気持ち、ようやく伝わったんだ。そして成宮さんは、それを喜んでくれている。わたしの気持ち、受け止めてもらえたんだ。

けれど。

「成宮さんのこと、好きです。順番は違っちゃいましたけど、成宮さんの奥さんになれて、本当にうれしいです。わたし、きっと幸せになれます」

わたしがそう言ったとたん、成宮さんの身体がびくりと震えた。抱きしめてくれている彼の胸の鼓動が、不自然なほど速くなっている。

そしてそろそろと、わたしの身体を離した。

「成宮さん……？」

わたしの呼びかけにも、成宮さんは答えない。彼は、つい今しがた喜んでいたことが嘘だったかのように、苦しそうに顔を歪めている。それが彼の拒絶の表れのように感じられて、わたしはなにも言えなくなってしまう。

しばらくの間沈黙が落ち、『月の光』がとうに終わっていたことに気がついた成宮さんが、スマホを操作してラジオのアプリを閉じた。再び潮騒《しおさい》の音だけが、わたしたちふたりの間に流れる。

「……ごめん」

沈黙を破ったのは、成宮さんのほうだった。暗く、静かな声だった。自分を戒《いまし》めるかのような、そんな声。

「ごめん、やっぱり俺……最低だ」

「最低って……どうして、ですか……？」

「俺は、きっときみを不幸にしてしまう。花純ちゃんは俺と……結婚しちまったから」

まるでなにかを思い出したかのように言う、成宮さん。

そういえば彼は、ホテルで無理矢理わたしを抱こうとした夜、言っていたっけ。「俺と結婚する相手は、不幸になる」と。わたしはその言葉を聞いて、『ラヴィアンローズ』の呪われた王子ディオスと、成宮さんの姿を重ねたのだ。

奥さんになれてうれしい。きっと幸せになれる。わたしのその言葉で、なにか成宮さんの嫌な記憶が呼び起こされたのだろうか。

「それって、どういう……こと、ですか……？」

そろそろと尋ねてみても、成宮さんは答えない。その表情があまりに切なく苦しげで、胸がぎゅっと締めつけられる。気持ちを受け入れてもらえたと感じたのは、錯覚だったのだろうか。

「わたしなんかに好かれても、成宮さんにとっては迷惑以外のなにものでもないのはわかってます。成宮さんがわたしのことを好きになれなくて、それでわたしが不幸になるっていうのなら、……」

「違う」

それでわたしが不幸になるっていうのなら、それは違います。好きになってもらえなくてもわたしは充分に幸せです。

そう言おうとしたわたしの言葉を、成宮さんの声が鋭く遮《さえぎ》る。

「違うんだ、俺は……」

自分の中のなにかと闘《たたか》うように眉根を寄せていた成宮さんは、すがりつくような、潤《うる》んだ瞳でわたしを見下ろす。そしてその胸に再びわたしをかき抱《いだ》いた。さっきよりもずっとずっと、強い力で。

「俺だって、ずっと……花純ちゃん、きみのことが好きだった」

今度はわたしが目を瞠《みは》る番だった。成宮さん、いま……なんて、言った……？

「成宮、さん……」

恐る恐る、尋ねてみる。

「いまの、……わたしの、聞き違い、ですか……？」

「違うよ。本当に……俺は花純ちゃんのことが好きなんだ。もう、どうしようもないくらいに」

抱きしめられたままだから、成宮さんがどんな表情でそんなことを言っているのかはわからない。

けれど、彼が嘘を言っているのではないことは伝わってきた。

それに――成宮さんがわたしのことを好きだったというのなら、結婚してからいままでのことにも納得できる部分がいろいろとある。

わたしの夢を笑わず寄り添おうとしてくれたり、映画のシンデレラストーリーのようなことを体験させてくれたり。

いま思えば、小宮さんが絡むと怒ったのも嫉妬心からなのかもしれない。

わたしはいままで、女として、男の人から好きになってもらえたことがなかったから、まさか成宮さんが自分のことを好きになってくれるなんて思いもしなかった。もし少しでもその可能性を考えていれば、もっと早くに成宮さんの気持ちを知ることができただろう。いくら経験不足で自分にコンプレックスがあるからといって、わたしは鈍《にぶ》すぎだ。成宮さんは好きのサインをずっと送ってくれていたのに。

「……ずっと言うつもりなんか、なかったのに……まさか花純ちゃんが俺のことを好きになってくれるだなんて、思わなかったから……」

はあ、と成宮さんはため息をつく。

「どうして、言ってくれなかったんですか？　最初から好きって言ってくれていたら……」

「花純ちゃん俺のこと避けてたし、まともに告白しても絶対俺とつき合ったりしなかったでしょ。ましてや結婚なんて、考えもしなかったでしょ？　そんな状況で告白して、花純ちゃんに拒否されるのは恐かったし。……まあ、結局きみへの気持ちがうまくコントロールできなくて、きみからしてみたら訳のわからない言動ばかり取っていたような気もするけど」

わたしの言葉に反論する成宮さん。わたしは言葉に詰まる。

確かに結婚するまでは、わたしは成宮さんのことを軽く避けていたし、結婚でもしなくちゃこんなに深く彼について知ることはなかったと思う。きっと、ただの遊び人だと思い続けただろう。そう考えると、無理矢理にでも結婚生活から入った成宮さんの手段は有効なものだったのかもしれない。もちろん、あくまでも結果論だけれど。

「いつから、わたしのこと好きでいてくれたんですか？　結婚相手を不幸にするって……どういう意味、ですか？」

するとと成宮さんは、ようやくわたしの身体を離して暗い面持ちで目を伏せる。そして、わたしと目を合わさないまま言った。

「それ言っちまうと、ほんとに俺、ドン引きされると思う」

「ここまできてドン引きなんてしません。……成宮さんが抱えているもの、全部吐き出してください」

たぶんエステサロンで森村さんが言っていた、彼の過去の傷のことだろうなと見当をつけたわたしは、できるだけ優しくうながしてみる。

無理強いはしたくない。でも、成宮さんはずっと言わないつもりだった自分の気持ちを告白してくれたのだ。それは、わたしに心を開きかけているからじゃないだろうか。もしかしたら彼自身は気づいていないのかもしれないけれど。

なんにせよ、今が彼の過去の傷を受け止めるチャンスだ——そう思った。

「わたしは頼りないかもしれないですけど、成宮さんを好きなことは確かです。わたしを、信じてください」

迷っていた成宮さんはわたしが力強くそう言うと、ようやく決意したように目を上げて、わたしと視線を合わせた。そうしてゆっくりと口を開く。

「……きっかけは、一年前の今日だった」

「……去年の、わたしの誕生日ですか？」

「うん。花純ちゃん、その日、別の奴とお見合いしてたでしょ」

思わぬことを言い当てられて、わたしは驚いた。

確かにわたしは一年前の今日、お母さんが持ってきたお見合い話のお相手と会っていた。

それまでにもいくつかお見合い話はあったけれど、まだ結婚なんてしたくない、という理由で断っていた。だけど業《ごう》を煮やしたお母さんが、「会うだけ会ってきなさい、そしたらしばらくはお見合いの話をしないであげるから」と条件をつけてきたため、わたしは渋々お見合いをしたのだ。

今回の成宮さんとのお見合いのように結婚が確定していたものではなかったから、誰かに処女をもらってもらおうとは、もちろん思わなかったのだけれど。

でも、どうして成宮さんがそのときのことを知っているのだろう。

「その日、取引先の都合でどうしてもすぐに会わなければならないっていうんで、俺は小宮とKホテルのロビーに行ったんだ」

そのころ、一介の営業だった成宮さんは小宮さんとよくコンビを組んでいたから、その点はわたしも不思議には思わない。

問題は、Kホテルのロビーというところ。そこはまさに、去年わたしがお見合い相手と会った場所だったのだ。

「取引先とはそこの喫茶店で待ち合わせてたんだけど、先に小宮が気づいたんだよ。『隣のテーブルのカップル、女の子のほうは笠間さんですね』ってさ」

成宮さんはその言葉を聞いて、初めてわたしに気づいたのだという。

当時成宮さんはわたしのことを、同じ会社の女性社員としてしか見ていなかった。ただ、男に関してはえらく免疫のない子だな、ぐらいは思っていたそうで、だからその喫茶店で珍しく男の人と一緒にいるわたしの姿が、とても印象的だったようだ。

「花純ちゃんはそのときもやっぱり緊張しまくってて、びくびくしてて。かすかに聞こえてきたんだけど、相手の男が『好きなクラシック曲はなんですか』って聞いたら、花純ちゃん、『ドビュッシーの「月の光」です』ってガチガチになりながら言っていた」

ああ、それで成宮さん、わたしの好きなクラシック曲が『月の光』だってことを知っていたんだ。

「だけど、相手の男が喫茶店の壁にかかっている絵に気づいて指差したとたん、きみの瞳が輝いたんだ。それからとても楽しそうに話し始めた」

それならわたしも覚えている。その壁にかかっていたのは、ミライの絵だったから。

本当は喫茶店の席に着いてすぐに気づいたのだけれど、お見合いの場で自分からそんな話を切り出してもいいものか不安で。でもお見合い相手のほうがそれを話題にしたとたん、心に活力が湧くのを感じたのだ。そしてわたしはミライについて、水を得た魚のように語りまくった。

結局そのお見合いは、相手のほうから断ってきて、だめになったのだけれど。

「ちょうどそのとき反対側の隣のテーブルに、にぎやかなおばさんたちが来たから、花純ちゃんがなにを話しているのかまではわからなかったんだけどさ。小宮が、そんなふうに変わった花純ちゃんを見て、『笠間さんって、あんな表情もするんですね。可愛いな』って言ったんだよ。確かにそのときの花純ちゃんは俺も可愛いなって思った。それに……花純ちゃんがそうなったきっかけがミライの絵だったっていうことも気にかかってた」

その日、成宮さんは無事取引を終えて会社に戻り、社内で社長とふたりきりになってからこう言ったらしい。

『ちょっとだけ、可愛いなって思える女の子ができました』

いままで成宮さんは、軽いつき合いをする女の子はたくさんいても、特定の女の子のことをそんなふうに言うことはなかったそうだ。

社長はものすごく喜んで、「お前もようやく立ち直ったな。いい機会だし、昇進しないか」と持ちかけたのだという。

そこからのやり取りは、わたしが靖恵ちゃんから聞いたとおりらしい。靖恵ちゃんが言っていた、社長が成宮さんを昇進させるきっかけとなった〝とあること〟というのは、それだったのだ。

どうして成宮さんがそんなことを社長に言ったのかと考えると、社長も森村さんと同じように、成宮さんの過去の傷を知っているのかもしれない、と推測できる。もしかしたら社長は、単に共同経営者として狙っていただけでなく、昇進させることで成宮さんを力づけようとしたのかもしれない。

けれどあくまでもそれはわたしの憶測にすぎない。過去になにがあったかは、成宮さんが話してくれるのを待つしかない。

成宮さんの話は続く。

「そのうち小宮も花純ちゃんを狙い始めていることを知って……花純ちゃんから目が離せなくなったのは、そのせいもあるかもしれない。それに、社長から『なにかのきっかけにもなるかもしれないから、今日から女性関係を整理してみないか？』って言われて、つき合ってた女の子たちとも全部手を切ったんだ。まあ、そのころはためしにっていう気持ちのほうが強かったんだけど」

その想いが決定的になったのは、そのあとのこと。去年の九月初め、成宮さんの課長昇進を祝って行われた飲み会の席でのことだったという。

「そのときに俺は一度、花純ちゃんに助けられてるんだよ」

「え？」

「居酒屋のトイレの前で。覚えてない？」

そのキーワードを出されて、「あ」とわたしは声を上げた。

「あれは、わたしも覚えてますけど……まさか、あんなことで……？」

「あんなことって言っても、俺にとっては大きなことだったんだよ」

成宮さんは、そう言うけれど。わたしにとっては本当に〝あんなこと〟だったのだ。

その飲み会は大きな居酒屋を会場にして、社員全員参加で行われていた。

開始して一時間ほど過ぎたころには、みんなとても盛り上がっていて、まだほろ酔いの人、もう泥酔《でいすい》の人と様々。そんなころ、お酒が飲めずひとりオレンジジュースを飲んでいたわたしは、ちょっとトイレに行こうと席を立った。

ところが驚いたことに、その居酒屋のトイレの前で、知らない女の人が男の人を床に押し倒して跨《またが》っていて。一瞬、どうしようと慌てたけれど、すぐに男の人のほうが成宮さんだと気づいた。そして彼がいつもの余裕のある表情ではなく、ひどく青ざめていることにも。

『ねえ、いいでしょ？』

喧噪《けんそう》の中、女の人が色っぽく成宮さんに迫っている。けれど遊び人のはずの成宮さんは、彼女に笑いかけるでもなく、ただただ黙って顔の色を失くしているだけで。

経験不足のわたしにすら、成宮さんが嫌がっていることはわかった。だってこんなとき、女性の扱いに慣れている成宮さんだったら、微笑んでうまくかわすと思ったから。

成宮さん、この女の人のことが苦手なんだ。直感で、そう思った。

『あの、……成宮さん嫌がってますよ』

わたしは相手が男の人でなければ、まだ気持ちを強く持てる。するとわたしに邪魔された女の人は、わたしを見上げてあからさまに顔をしかめた。

『わたしはこの人に用があるの。部外者は黙っててくれない？』

『わたしは、成宮さんの仕事仲間です。部外者ではありません。それに、今日は成宮さんの大事なお祝いの席なんです。あなたがどなたかは知りませんが、成宮さんが嫌がっている以上、仕事仲間として、あなたの邪魔をする権利も義務もあると思います。すぐに成宮さんを解放してくださいでないと、お店の人を呼びますよ』

本当は少しだけ恐かった。その女の人は美人なだけあって眼光鋭くわたしを睨む姿にも迫力があったし、わたし自身誰かに対してこんなふうに強く出たこともあまりなかった。

けれどわたしの最後の言葉がきいたのか、女の人は舌打ちをしただけで、成宮さんの上からどいてくれた。

それでも成宮さんはまだ固まったまま。わたしはそんな彼の手を取って言った。

『いきましょう、成宮さん。主賓がいないと、意味がありませんから』

わたしのその言葉で成宮さんは、ようやくわたしの手をつかみ直して起き上がる。そしてふたりで立ち去ろうとしたところへ、女の人が捨て台詞《ぜりふ》のように言った。

『これで終わりだとは、思わないでちょうだいね、未希？　わたしは何度でも、あなたの前に現れるわよ』

そんな脅しのようなことを言う彼女に対して、なぜ成宮さんがなにも言わずにその場をあとにしたのか少し不思議だった。成宮さんだったら、そういうこともやっぱりうまく流してしまえると思うのに。

だけど飲み会の席に戻った成宮さんは、まもなく元の彼らしい態度に戻ったから、わたしも深くは考えないことにした。彼には彼なりの事情があるんだろうし、今後わたしと彼が親しく関わり合うようなこともないだろう、そう思ったから。

「彼女は、俺が絵を描くのをやめた原因となった女性で——いわば、ミライを〝殺した〟女だ」

成宮さんは伏し目がちに言う。

「ミライを殺した女を、ミライの絵を見て喜んでいた女の子が、撃退してくれた。これはもう、運命だと思った」

それから成宮さんは、本気でわたしのことを好きになってしまったのだという。それこそ、なにもかも手につかなくなりそうなほどに。

そんな中、六道さんに跡継ぎの話を出され、あのお見合いの計画が頭に浮かんだのだと彼は告白した。

「俺と結婚する相手は、不幸になる。そう言ったのは彼女だ。その言葉がずっと頭から離れなかった。でも、それでも花純ちゃん、どうしてもきみを手に入れたかった。俺だけのものにしたかった。全部俺のエゴだとわかっていても、結婚相手は花純ちゃん、きみ以外には考えられなかったんだよ」

成宮さんはもう一度、充電でもするかのように強くわたしを抱きしめて、わたしの髪を手櫛《てぐし》で梳《す》いた。

成宮さんの話を聞いていて、初めてわかったことがもうひとつある。

「成宮さんは、やっぱり……本当の本当に、ミライだったんですね」

そっとつぶやくと、成宮さんの苦笑が頭上から降ってくる。

「うん。だからまあ、春日百合子は俺の母親。春日百合子っていうのは雅号《がごう》で本名は成宮百合子。一応これは、ここだけの話にしといてね」

成宮さんは切なそうに微笑みながら、少し身体を離して自分の唇に人差し指を置く。

成宮さんは、自分の正体をばらしてまで、わたしへの気持ちが本物なのだと伝えてくれた。わたしはそれほどまでに成宮さんに信頼されているのだとうれしくなる。

「きみが、俺《ミライ》が描いた絵を苦労して手に入れて、ずっと支えてもらっていたと目を輝かせて語ってくれたとき、俺がどれだけうれしかったかわかる？」

愛《いと》おしそうにささやきながら、またぎゅっと強くわたしを抱きしめる成宮さん。

「あのとき、いったい俺はこの子に何度救われるんだろうと思っていたんだ。本当の本当に俺がミライだと知ったら、花純ちゃん、きみは少しでも喜んでくれるだろうか。俺自身のことは好きになってもらえなくても、自分が好きな絵を描くミライの奥さんになったんだって知ったら……わずかでも喜んでくれるだろうか……って」

わたしは成宮さんの甘い香りに包まれながら、ゆっくりといままでのことを思い返す。

いつだってわたしを支えてくれた、ミライ。いつでもわたしを勇気づけてくれた、ミライ。

「確かにわたしはミライの絵が好きですけど……、でも、ミライの奥さんなんだってわかっても、わたしはそのことでうれしいんじゃないんです」

この気持ち、伝わるだろうか。伝わってほしい。そんな想いを込めながら、わたしも強く成宮さんの身体を抱きしめ返す。

「いまは、わたしの好きな人が……成宮さんが、本気でわたしのことを好きになってくれた。そのことが、なによりうれしいんです」

ぐっと、成宮さんの喉がなにかをこらえるように鳴るのが聞こえた。

「花純ちゃん……」

そうしてわたしの名前を呼んでから、彼はゆっくりと、過去のことを話し始めた。

それはミライとともに殺された、成宮さんの心についての話だった。

5　成宮未希の過去

俺はものごころつく前から絵を描くのが好きだった。

周囲のおとなたちは春日百合子の息子である俺の絵を片っ端から誉めちぎって、俺はその評価を真正面から信じ切って、うれしくなって……次から次へと絵を描いた。

母さんのすすめで、ミライの雅号《がごう》で本格的に絵を描き始めたのは、中学に入ったころのことだった。容姿と本名は、私生活にまで干渉されると面倒だっていう理由から、隠すことにしたんだけどね。

絵はよく売れたよ。小さいころに描いていた絵までも画商たちに高い値で買い取られていたけれど、そのころには俺は、それが親の七光りのような気がして、どこか虚《むな》しく思い始めていた。

絵を描くことは変わらず好きだったから描き続けたものの、それも『ミライが描いた』というだけで売れていく。

歳を重ねるごとに、自分がなんのために絵を描いているのかわからなくなっていって……二十四歳のころには、軽いスランプに陥《おちい》っていた。

ちょうどそのころ、画商でもあり、『絵占い』をする珍しい占い師がいるという噂を聞いて、俺はその占い師に会いに行った。占ってもらうためだけにしばらくぶりに絵を描いて、まだどこにも発表されていないその絵を匿名《とくめい》で見てもらったんだ。

その占い師はちょっときつめの美人で、名前は三科千寿《みしなちず》といった。

彼女は俺の絵をじっくりと見てから、こう言ってくれた。

「この絵は、個性の輝く素敵な絵ね。未来を切り開く力がある絵だわ」

匿名で持ち込んだその絵を、彼女は手放しで誉めてくれた。

春日百合子の息子だということも、ミライだということも知らない人間に、そんなふうに絵を誉めてもらうことなんか初めてだった俺は、いともあっさり彼女に恋をした。すぐに自分の正体を明かして、千寿とつき合うようになり、俺は彼女のためだけに絵を描くようになった。

絵を描くたび、無償で彼女に捧げた。彼女の誕生日には、彼女の絵を描いて渡し、プロポーズまでして婚約した。

俺の絵を、千寿がどうしていたかは知らない。知る必要も感じなかった。俺はただ千寿を好きになっただけだったから。彼女に捧げた絵を彼女がどうしていようが、どうでもよかった。

「あなたに自分の絵を描いてもらったら幸せになれるって、そう噂を流しておいたわ。そのほうがあなたの絵の価値があがるでしょ？」

ああ、彼女は本当に俺のことを一番に考えてくれてるんだ。俺の味方は彼女しかいないんだ。彼女しか見えていなかった俺は、馬鹿みたいにそんなふうに思っていた。

プロポーズを受けてもらったその日に、俺は初めて『Lily-white』に千寿を連れて行った。俺があそこに女性を連れて行ったのなんて初めてだったから、志穂たちスタッフにそれはもう祝福された。それまでにもつき合った女の子は何人かいたけれど、そこに連れていきたいくらいに愛した人はいなかったから。

そうしていつの間にか日々は過ぎて、俺は二十五歳になって。

千寿とは彼女の要望で、指定された時間に彼女の家で会うようにしていた。だけどその日、俺は千寿に、前に彼女が欲しがっていた指輪がようやく手に入ったことを報告したくて、いつもより早めに彼女の家に行った。

合鍵は渡されていなかったけれど、彼女の大きな家の裏口、そこだけはいつも鍵がかけられていないことを俺は知っていた。悪戯心《いたずらごころ》も手伝って、俺はインターフォンを鳴らすことなく、その裏口から家の中へと忍び込んだ。

いつも千寿と会っている部屋の前まで行くと、少し扉が開いていて……それを開けようとしたとたん、知らない男の声が聞こえてきて、俺ははっと息を呑んだ。

「じゃあおまえは最初から、その男がミライだって知ってて占ったのか」

「ええ、まあね。これでも一応画商だもの、ミライの絵は見ただけでわかるわ。ミライがスランプ気味だったのは噂で知っていたし、適当に誉めてあげればきっとわたしに懐《なつ》いてくれるって思ったから。元から占いの結果なんて、適当に言っているだけだったしね。でもミライはちょろかったわ、あっさりわたしに恋してくれて」

ふふ、と嘲《あざけ》るような笑いが室内から漏れてきた。

「ミライは描いた絵をただでわたしにくれるしね、その絵を売ってもなんにも言わないし。『千寿の好きにしていいよ』って、もうわたしの虜《とりこ》よ。わたしはミライのご機嫌を取っているだけで、いまはこんなに大金持ち。ミライにはわたしとつき合っていることを極力話さないよう言い含めているから、春日百合子にわたしのことがばれる心配もないし。こんないい金づる、なかなかいないわ」

「おまえ、ミライに本気になってはいないよな？」

男の声に、「まさか」と千寿が鼻で笑う気配がする。

「ミライはセックスもうまいし見た目も抜群にいいけど、正直言って彼の愛は重いのよ。ほとんど家に帰ってこないでわたしに干渉もしないあなたのほうが、わたしにとっては全然いいわ。彼の前では彼に合わせているけど、それもけっこう疲れるのよ？　第一わたしはあなたと結婚してるんだしね。まあ、ばれたらばれたでそのときよ。いえ、さんざん稼がせてもらったから、そろそろ用済みね」

「悪い女だな。まあ俺はおまえがどんな形で稼ごうが、金さえ手に入りゃ文句は言わないし、協力もするけどな」

実際いまもミライが来る時間は外に出るようにしてるんだし、と男は続ける。

「そうね、それについてはあなたにも感謝しなくちゃ。……そろそろミライが来る時間かしらね」

その言葉に、俺ははっと我に返った。

千寿の本性は、彼女しか見えなくなっていた俺にとってすごくショックなものだった。でもそれ以上に、彼女に対して憎しみが湧いてきた。たぶん、可愛さ余って憎さ百倍ってやつだろうな。

だけど、俺が勢いよく扉を開け放っても、千寿も彼女の旦那もそれほど驚いたそぶりは見せなかった。

「あら、ミライ。もう来てたの」

あっけらかんと、そう言ったくらいだ。

俺は裏切られたショックと、憎しみや悔しさで、うまく言葉が出てこなかった。だけど、これだけはと思って吐き捨てるように宣言したんだ。

「俺は将来、千寿に負けないいくらい良い女と幸せな結婚をしてみせる。あとで千寿が、地団太踏《じだんだ》んで悔しがるくらいに、幸せな家庭を築いてみせる」

だけど千寿のほうが、悪魔のように一枚上手《うわて》で。俺を嘲《あざけ》るように、妖艶な笑みを浮かべて言ったんだ。

「なに言ってるの？　あなた、自分の絵を見ていて気づかない？　あなたの絵は人を不幸にする、最低の絵ばかりよ。あなた自身だってなんの魅力もない。取り柄といったら、見た目とセックスだけよ。あなたと結婚する人は、不幸になるわ。絶対よ」

愛していた女に、好きで描いた絵のことまでそんなふうに言われて、俺はさらにショックを受けた。彼女の言葉はあまりにも衝撃的で――まるで呪いのように俺の心を縛ったんだ。

居竦《いすく》んでしまった俺が、そこからどんなふうにして家に帰ってきたのかは覚えていない。

それ以来俺は絵を描くのをやめ、それまで描いた絵も自分で持っていたものは落書きも含めてすべて破棄した。ミライはその日、俺の中で死んだんだ。

本来ならば画商である以上、千寿は俺の母さんに睨まれればまずいわけだけど、俺が性格上、千寿とのことを母さんにも誰にも言わないことを彼女は確信していたんだと思う。実際俺は自分のことで母さんに迷惑をかけるのもいやだったし、千寿とつき合っていることもできるだけごまかしていた。

千寿の裏切りを知ったときも、できれば誰にも言いたくなかった。ましてや母さんに言ってどうにかしてもらうだなんて……そんな迷惑かけられるわけがない。

何日も外に出ないで、なにも食べない状態が続いて……その異変に最初に気づいてくれたのは、荒瀬さんだった。そう、『ミライデザイン』の社長の荒瀬さんだよ。

母さんは急に絵を描かなくなった俺のことを気にかけてくれていたみたいだけど、俺はひたすら母さんの前では普通に振る舞っていた。仕事が忙しい人だからね。

父さんもそのころは特に忙しい時期だったし、そもそも母さんと離婚して以来、俺とはほとんど連絡を取っていなかった。父さんと連絡を取り始めたのは、わりと最近なんだ。

荒瀬さんは高校時代の俺の先輩で、大学も一緒だった。志穂とも面識があって、志穂の旦那も入れて四人でご飯を食べに行ったり、飲みに行ったりすることも多かった。

俺は彼らにも千寿のことを話したりはしなかったけど、志穂はエステサロンに千寿を連れていったこともあったから彼女の存在自体は知っていたし、彼女と何かあったことにも気づいていた。荒瀬さんも、薄々勘付いてはいるみたいだった。

そのうち志穂が俺のところにやってきて、それで俺は千寿との間にあったことをすべて話した。

ひとりで抱え込むのには、つらい、つらすぎる闇《やみ》だった。

志穂は千寿に対してものすごい剣幕で怒ってくれた。だけど下手に報復なんかしたらミライの名前に傷がつく、ここは放置するのがいい、もう千寿には関わらないほうがいい、忘れるのが一番だ——そう言ってくれた。

志穂はそれから、千寿の存在を伏せつつうまく荒瀬さんに説明してくれたみたいで、次は荒瀬さんが俺を訪ねてきた。

「成宮。俺の会社で働かないか？　ほら、会社立ち上げるときに俺、会社の名前をおまえの雅号《がごう》からもらってもいいかって聞いたよな？　あの会社だよ」

そう言って誘ってくれた。

そして俺は、ミライデザインの社員になった。

不特定多数の女の子と適当なつき合いをするようになったのは、そのころからだ。「幸せな結婚をする」と誓ったはいいものの、結局は千寿に言われた〝結婚相手が不幸になる〟という呪縛にとらわれて、たくさんの女の子と軽いつき合いばかりを繰り返した。それは千寿へのあてつけでもあったけどね。もちろんそんなことをしたって、千寿がそのことを知ることはないんだけど、俺の心はそんな理屈が通らないくらい病《や》んでしまっていた。

千寿みたいな女ばかりじゃない——それはわかっていたし、女の子を傷つけるのは不本意でもあったから、最初からそういうつき合いだって割り切った女の子しか相手にしなかった。

だけどどの女の子とつき合っても、俺の心が満たされることはなかった。当たり前だよね。俺とその女の子たちの間には本物の愛なんてものは存在しなかったし、女の子たちが好きなのは、あくまで俺の見た目とセックスだけだろうなって気がしてたしね。

だけど、女の子のぬくもりはそこそこに心地よくて、彼女たちとつき合っている間はよく眠ることができたんだ。俺、そのころ軽い不眠症でもあったからね。その女の子たちに、一時《いっとき》癒されていたのも事実かな。入社してしばらくしたら、少なくとも表面上は元の自分らしく振る舞うことができるようになっていたから。

……まあそのうちに花純ちゃんに出逢って、約十年ぶりに本気で恋をしたわけなんだけど……

千寿のことがあってから、俺は恋愛に向いていない人間だってわかったんだよね。

こんな見た目とセックスだけの男、女性から、ましてや花純ちゃんみたいに心のきれいな子から愛されることなんかないだろう。そんな花純ちゃんに想いを告げて拒絶されるのは恐い……って。だからずっと、花純ちゃんの前では、自分の気持ちを自制するようにしてたんだ。まあ、いざ花純ちゃんと結婚して直に接してみたら、ぜんぜん自制がきかなくなったんだけどね。そのせいで、ずいぶんきみを翻弄《ほんろう》してしまった。

優しくしてみたり、からかってみたり、果てはレイプまがいまでしたり……そんな俺のことをきみは赦《ゆる》してくれて、結婚生活の仕切り直しまで提案してくれた。そのことでますます俺の中できみへの想いは増して……俺のすることにきみが喜んでくれることも、すごくうれしくて……ほんとについさっきまで、呪いのことも忘れていた。

だけど、……そうなんだ。

――俺は、結婚相手を不幸にする。

俺が片想いしてきみを奪ったぶんには、罪悪感こそあれ、自分の欲望を押し通すことができた。たとえ、きみを不幸にするとわかっていても。

だけど花純ちゃん、きみはなにも知らずに、不幸になる結婚の継続を望んで、あまつさえ俺のことを好きだとまで言ってくれた。

きみはあんまりに……俺の想像以上に、まっすぐすぎた。あまりにもまっすぐに俺にこたえてくれて……。それで俺は、いかに自分が最低なのかっていうことを思い知らされた。

もうこれ以上、自分の気持ちと過去を隠しておくことはできない。いや、こんなふうに思うことすら許されないってわかってはいるけれど……

こんな俺でも、花純ちゃん。

きみは、それでも好きだって……そう思ってくれる……？

6　幸せな日常と、突然消えた彼

去年の九月、あの居酒屋で成宮さんを押し倒していたのは、やっぱり千寿さんだったらしい。なんでも、千寿さんはあれから何があったものか、旦那さんと離婚して、成宮さんのことをまるでストーカーのように調べていたという。それであの居酒屋に成宮さんがいるのを知って、自分も追って入ったのだそうだ。

そして成宮さんが席を外すのを待って、成宮さんに迫ったらしい。

『ねえミライ、またわたしのために絵を描いてちょうだい。そしたらわたし、あなたと結婚してあげてもいいわ。あなたと結婚する相手は不幸になる――わたしはそう言ったけど、わたし自ら不幸になってでも、あなたと結婚してあげようっていうのよ？　悪い話じゃないでしょう？　現にいま、あなたはこうしてわたしから逃げられもしないじゃない。あなたはわたしから、逃れられない運命なのよ』

ねえいいでしょ、とささやく千寿さんを、成宮さんはつき放すことができなかった。

それどころか千寿さんの姿を見た瞬間、千寿さんに裏切られ、呪いの言葉をかけられたあの日のように身体が居竦《いすく》んでしまって、指一本動かせなかったのだそうだ。

「……千寿、あのとき俺に言ってたでしょ。『わたしはあなたの前に、何度でも現れる』って。俺、もしまた千寿に会ったら、自分がどんな行動に出るかわからない。もしかしたら身体が竦むだけじゃなくて、千寿のことを殺してしまうかもしれない」

成宮さんは、苦しそうに続ける。

「だからもし、もう一度千寿が俺の前に現れるようなことがあったら、花純ちゃんは俺から離れたほうがいいと思う。俺、犯罪者になるかもしれないし、犯罪者の妻になるのは花純ちゃんだって嫌でしょ？」

とてもとても淋しそうな表情をする、成宮さん。

「……あの……」

しばらくの沈黙ののち、わたしは思い切って口を開いた。

「いろいろ突っ込みたいところはあるんですけど……それに、千寿さんに対しては、本当に……わたしも怒りしか湧いてこないんですけど……その前に、もっと大事なことがあると思うんです」

「……もっと大事なこと？」

「はい」

成宮さんが不思議そうな顔をしたので、わたしはぎゅっと彼の手を握った。

「わたしと成宮さんが、両想いになったっていうことです。いま一番大切なのは、そのことだと思います。少なくともわたしにとっては、ですけど」

なんとかこの気持ちをできる限り正確に伝えたくて、わたしは言葉を探しながら続ける。

「わたしにとっては、成宮さんが好きだっていう今の気持ちが大事です。その、……セックス、や……見た目だけの男だなんて思っていません。わたしは成宮さんの、優しいところが好きです。わたしが子どもみたいな夢を語っても、笑わないで叶えようとしてくれた。乱暴しようとしたあとだって、わたしのことを気遣って、ずっと優しくしてくれました。コントロールできなくなっちゃうくらい好きになってくれただなんて、もうそれだけでうれしくて幸せで、おなかいっぱいなくらいです」

それに、とわたしは続ける。

「成宮さんと結婚して、わたしはいま幸せです。たとえこれからどんなことがあったって、それが成宮さんの人生にかかわることだったら、喜んで巻き込まれます。うれしいときも哀《かな》しいときも、苦しいときも寄り添っていく、それが夫婦だと思っていますから。わたしはきっと、もっと成宮さんのことを幸せにしてみせます。いままで自分に自信がありませんでしたけど、わたしを変えてくれたのは成宮さんです。こんなコンプレックスだらけのわたしを、成宮さんは受け止めてくれました。わたしの夢に寄り添ってもくれました。だからわたしも成宮さんのことを、幸せにしたいんです。成宮さんは、最低なんかじゃないです。結果論かもしれませんけど、そんなにまでして結婚したいと思ってもらえたことで、わたしはいま、幸せになれました。成宮さんの言う〝欲望〟も、むしろうれしいです。こんな俺でも、って成宮さん、言いましたけど……わたしは成宮さんのことが、好きです。成宮さんの過去を聞かされたって、それは変わりません」

成宮さんはくしゃりと、まるで泣き出しそうな顔になった。

「俺、……だめだ。これ以上花純ちゃんに言葉をかけられたら、きっと泣く」

「泣いたって、いいんですよ」

「好きな女の子の前で泣くなんて、俺が嫌だ。男として、恥ずかしい」

「わたしは、そうは思いません。そんな姿を見せてくれるくらいわたしに心を開いているんだって、うれしくなります」

そしてわたしは手を伸ばし、成宮さんの頭をそっと撫《な》でた。時折彼が、わたしにそうしてくれるように。

「わたし、そんな心の傷も含めて、成宮さんのことが大好きです」

「……っ……花純ちゃん、……きみは本当に……何度、俺のことを救ってくれるの？」

そう小さく震える声で言って、成宮さんはわたしを抱きしめる。

そうして少しだけ泣き、また身体を離したときには、彼はもう優しい微笑みを浮かべていた。

「本当は、花純ちゃんの気持ちもわかったし、誕生日プレゼントにはリクエストどおり俺をあげたいんだけど……俺、自分の心にけじめをつけたいんだ」

「けじめ……ですか？」

「うん。……俺がもう一度絵を描けるようになるまで、俺に抱かれるの、待ってくれないかな。俺、必ず千寿の呪いに勝って、花純ちゃんと本当に向き合うから」

――それは、成宮さんにとってものすごく勇気のいる決意だったに違いない。

そう思うと同時に、彼がそれくらいわたしのことを大事にしてくれているんだ、とわかってうれしくなる。わたしは微笑み返して、うなずいた。

「もちろんです。いつまでも、待ちます。でも、ゆっくりでいいんですよ。わたし、成宮さんのためだったら、それこそおばあちゃんになるまで待てる自信、ありますから」

するとと成宮さんは、

「それだと、跡継ぎ問題がクリアできなくて、父さんが泣きそうだな」

と言って、楽しそうに笑った。


プチ新婚旅行の残りの日程は、結局、わたしと成宮さんがほぼいちゃつくだけで終わった。

もちろん成宮さんは最後までしなかったのだけど、抱きしめてキス、まではしょっちゅうしてきて、わたしはもう、いろいろな意味で大変な思いをした。だけど成宮さんがあまりに楽しそうに笑っているし、わたしもそんな彼の愛情表現がうれしかったから、拒《こば》むことはなかった。

やがて新婚旅行が終わり、日常が戻ってくる。

両想いになった甘い雰囲気というものは、自然とあふれ出てしまうものなのだろうか。

「最近は特にラブラブね。あまーい新婚生活がそうさせるのかなぁ？」

と頻繁に靖恵ちゃんに冷やかされる。きっと社員のみんなもそう思っているんだろう。

小宮さんはちょくちょくわたしとふたりきりになろうとアプローチしてきたりもするけれど、そのたびにどこからか成宮さんが駆けつけてきて、小宮さんを追い払ってしまう。

「俺、花純ちゃんに関しては嫉妬深いんだから、マジ勘弁して」

不機嫌そうにそう言って抱きしめてくる彼のことが、愛《いと》おしくて仕方がない。

秋になると、成宮さんのお母さんである春日百合子に会いに行ったりもした。

春日百合子……お義母《かあ》さんは、絵を描き始めるとそればかりに集中してしまうタイプらしく、ようやく仕事に一段落ついたからと言って時間を設けてくれたのがその時期だったのだ。

わたしは相手があの『春日百合子』だということと、なによりも〝成宮さんのお母さん〟だということでものすごく緊張していたのだけれど、いざ会ってみると彼女はとても穏やかな優しい人で、彼女の希望で三人で一緒に料理を作って食べたりもした。

「わたしは未希が小さなころからよく仕事部屋にこもっていたから、未希には淋しい思いばかりさせていたわ。だからどうか花純さんは未希とあたたかな家庭を作ってちょうだいね。未希のこと、よろしくお願いします」

別れ際、お義母さんにそう頭を下げられたので、わたしも慌てて頭を下げ、「こちらこそよろしくお願いします」と応えた。

「ミライっていう雅号《がごう》は、俺の名前の由来からとったんだよ」

その夜、お義母さんの家——成宮さんの実家から持ってきたアルバムを一緒に見ながら、彼がわたしに教えてくれた。

アルバムには、成宮さんが赤ちゃんのときからの写真が、順番に貼られている。そのどれもが可愛らしくて、わたしは知らず口元をほころばせていた。

もしかしたらわたしと成宮さんとの子どもも、こんなふうに可愛らしいのかな、なんて妄想して、ひとりで恥ずかしがったりもした。

「俺が産まれたとき、父さんは『希《のぞみ》』、母さんは『未来《みらい》』っていう名前がいいってどっちもなかなか譲らなかったらしくてさ。結局どっちの字も入れて、『未来の希望』っていうことで意味もいいからこれでいこうってことになったんだって」

「とっても素敵な名前だと思います」

本心からそう言うと、成宮さんはくすぐったそうに微笑んで「ありがとう」と言った。

「花純ちゃんの名前は？　どんな由来なの？」

「わたしの名前は……すごく単純ですよ。お母さんが花が好きで、花のように純粋に生きてほしいって……そんな願いを込めてつけてくれたみたいです。あのお母さんにしては、わたしも意外だと思うんですけど」

「そう？　俺、なんかわかる気がするな。花純ちゃんってすごく気持ちがロマンチックで女の子らしいし、お義母《かあ》さんも実はそうなんじゃないかな。花純ちゃんはお義母さんの血を、ばっちり受け継いだんだよ、きっと」

そう言われてみればそうかもしれない、とわたしは妙に納得していた。お母さんは昔から〝結婚というものがどれほどいいものか〟をわたしに語っていた。「男の人に愛されるのが女の幸せなのよ」とも。お母さんも昔はどちらかと言えば自分に自信のない女の子だったらしいけど、お父さんとお見合い結婚してから、がらりと人生が変わったのだそう。

最初はお母さんに押しつけられたお見合い結婚を嫌がっていたけれど、いまはそのことに感謝したいくらいだ。

だっていまは成宮さんのことが、こんなに好き。成宮さんのいない人生なんて、考えられないくらいだから。

そして成宮さんも、わたしのことを好きでいてくれる。あんなお見合いを仕組むくらいに、ずっとわたしを好きでいてくれていた。

男の人と両想いになるなんて、初めての経験だ。それがこんなにも幸せなことだなんて、想像もしていなかった。成宮さんがわたしに「好きだよ」とささやいてくれるたび、この世界に生きていることを無条件で許されている気がした。

成宮さんもそう思ってくれたらいい――そう願いながら、わたしもいつも「好きです」とささやき返した。

一緒にご飯を作って、一緒にＤＶＤを見て感想を言い合い、夜は同じベッドで眠りにつく。

休日になると成宮さんはデートにも誘ってくれて、そんなときは必ず手を恋人つなぎにして一緒に歩いた。

時々成宮さんがスケッチブックを前にして険しい表情をしていることもあったけれど、そんなときはそっと隣に寄り添って、

「焦らないでも、大丈夫ですよ。ミライはまだ、あなたの中で眠っているだけです。そのときがきたらきっと自然に目を覚まして、息を吹き返します。そのときを、待ちましょう」

と言葉をかけた。すると成宮さんはほっとしたような表情を浮かべて、今度は悪戯《いたずら》っぽくこう言うのだった。

「俺が早く花純ちゃんを抱きたいから、焦ってんのかも」

と。

そんな日常が続いて、わたしはとてもとても幸せで……こんな日々がずっと続きますように、と、誰にともなく、そう祈るようになっていた。

幸せな日々は一日、また一日と過ぎていき、あっという間に季節は冬になり、そして……クリスマスイブの日。

成宮さんは唐突に、わたしの前から姿を消した。

7　つきつけられた条件

イブのその日、わたしと成宮さんは翌日のクリスマスまで一緒に有給休暇を取って、家で寛《くつろ》いでいた。

夜になったらどこかデートに出かけよう、クリスマスイルミネーションでも見に行こう、そう約束して、昼間から夜にかけてはふたりでクリスマスをテーマにした映画のＤＶＤをいくつかレンタルして見た。そのあと成宮さんは、

「ちょっと買い物してくる。すぐ戻るから」

と言って、マンションを出た。

わたしは彼の帰りを待つ間、ソファでちょっぴりうとうとして……やがてカタン、という音で目を覚ます。

いまのって、玄関の音が閉まった音だろうか。成宮さんが帰ってきたのかな。

そう思って身体を起こしてみたけれど、家の中はしんとしていて人の気配はない。

時計を見ると、午後八時を過ぎている。成宮さんが出かけていってから三時間ほどが過ぎていた。

わたし、けっこう眠っていたんだ。

成宮さん、すぐに戻るって言っていたのに……なにか、あったんだろうか。

妙な胸騒ぎを覚えて立ち上がったわたしは、ダイニングテーブルの上に茶封筒が置かれていることに気がついた。それを手に取り、中身を取り出して見たわたしは、思わず息を呑む。

中に入っていたのは離婚届。しかも成宮さんが書き込むべき欄はすべて埋められており、捺印もしてあった。

どうして急に、離婚届なんか。さっきまで、本当についさっきまで、そんな気配、微塵《みじん》も感じなかったのに。

――成宮さんが、なんの考えもなしにこんなことするはずはない。成宮さんは、そんな人じゃない。

混乱に陥《おちい》りそうになっていたわたしは、そう自分を叱咤《しった》してスマホを取り出し、成宮さんに電話をかける。だけど、二度、三度とかけても、留守番電話サービスにすらつながらない。

――なにか、あったんだ。それも、成宮さんが外に出たわずかな時間に。

とりあえず、成宮さんを捜しに行こう。わたしはそう決めて、外出着に着替える。

玄関に向かったところで、壁に寄りかかっている大きな四角い袋に気がついた。これは成宮さんの買ってきたものだろうか。

袋の中身を見たわたしは、胸がきゅっと締めつけられるのを感じた。

そこにあったのは、まだなにも描かれていない、まっさらな水彩紙だったのだ。

彼がスケッチブックを前に葛藤していたことは今までに何度もあったけれど、本番用の水彩紙を買うまでには至らなかった。

成宮さん、ようやく本格的に絵を描こうとするくらい、傷が癒《い》えていたんだ。なのに、どうして離婚届も一緒に置いていったんだろう。どうしてわたしにひと言も言わずに、出て行ってしまったんだろう。

ぐるぐると考えていたわたしは、ふと、あることを思い出す。

――もしまた千寿に会ったら、俺、自分がどんな行動に出るかわからない。もしかしたら身体が竦《すく》むだけじゃなくて、千寿のことを殺してしまうかもしれない。

お盆休みの新婚旅行のあの日、彼はそんなふうに言っていた。

――だからもしもう一度千寿が俺の前に現れるようなことがあったら、花純ちゃんは俺から離れたほうがいいと思う。俺、犯罪者になるかもしれないし――……

彼はそうも言っていた。

もしかしたら成宮さん、出かけた先で千寿さんと再会したんじゃないだろうか。

去年の居酒屋のときも千寿さんはストーカーまがいのことをして成宮さんのことを調べ上げたという話だったし、「そろそろ彼も油断してるころだろう」なんて考えて、また彼の前に姿を現したということも考えられる。

わたしは千寿さんについてよく知らないけれど、成宮さんの話を聞いて、そして居酒屋で少しではあるけれど実際に会ったときのことを考えると、そういうことをするぐらい身勝手で我儘《わがまま》な人間だということは予想がつく。

そして成宮さんは、千寿さんと再会して、また居竦《いすく》んでしまったのかもしれない。彼のことだからまたいろいろと考えて負の感情に苛《さいな》まれ、彼女の言うとおりにしようとしたのかもしれない。その前に自分が犯罪者になるような行動に走ったときのことを考えて、急きょ離婚届を用意して、家に置いていったんじゃないだろうか。

そのことに思い至ってしまえば、もうそうとしか考えられない。

とにかく本当に早く、成宮さんを捜し出さないと。

そう思ったとき、わたしのスマホが着信を告げた。もしやと思ったわたしは相手も確かめずに、急いで電話に出た。

「成宮さん⁉」

そうであってほしいと願って、電話の向こうに呼びかけたのだけれど、相手は予想外の人物だった。

『成宮さんが、いなくなったんだろう?』

その声は、小宮さんのものだった。

時刻は定時を過ぎていたから、仕事を終えた小宮さんがプライベートな電話をかけてきてもおかしくはない。わたしの連絡先だって、ずっと前に聞かれたときにあっさり教えてしまっていた。

だけど、わからないのは――

「どうして小宮さんが、そのことを知っているんですか?」

すると小宮さんは、淡々とした口調で告げた。

『俺が成宮さんを連れ去った三科千寿――いや、いまは離婚しているから旧姓の杉山《すぎやま》千寿か。彼女の、従弟《いとこ》だからだ』

それは、あまりに意外な告白だった。

物も言えないわたしに、小宮さんは続ける。

『まあ従弟といっても、いままでほとんど連絡も取り合っていなかったんだがな。一年くらい前か、旦那と離婚した彼女が、俺が成宮さんと同じ会社にいることを知って、協力してくれと言ってきたんだ』

最初のうちは小宮さんも、千寿さんのことがあまり好きではなかったため、断っていた。

けれど夏にわたしと成宮さんが結婚したことを知り、どうしてもわたしを奪いたがっていたところに、機を見計らったようにもう一度、千寿さんから連絡があったのだそうだ。

「わたしはミライを手に入れる。あなたは花純さんを手に入れる。ミライと花純さんが離婚すれば、士郎、あなたとわたしの利害は一致するでしょう？　だから、協力してちょうだい？」

——時期はクリスマスがいいわ。イブにもう一度元婚約者同士が再会だなんて、素敵じゃない。

千寿さんは小宮さんに、そう持ちかけたのだという。彼がわたしを好きだということは、一年前に相談を持ちかけられたときにうっかり話してしまったそうだ。

そういえば、思い当たることがある。

わたしが成宮さんと結婚したと会社で発表した日、小宮さんが休憩スペースで、わたしの名前を出して誰かと電話で話をしていた。もしかしたらそのときの相手が、千寿さんだったのかもしれない。

『俺は、成宮さんがいまどこにいるのかを知っている。笠間さんは、それを知りたいだろう？』

「知っているんですか⁉　知りたいです、当たり前です！　教えてください！」

意気込んで答えると、小宮さんはわたしに指示をしてきた。

『いま、きみたちのマンションの下に車を停めている。そこまで来てくれ。成宮さんと千寿の居場所は、車の中で教える』

「わかりました！」

わたしは急いで電話を切ると、玄関へと向かう。そして靴を履く直前になってふと、もしかしたらとても危険なことをしようとしているのかもしれない、と躊躇《ちゅうちょ》する。

だけど成宮さんのことを考えれば考えるほど、いてもたってもいられない。

わたしは心の中にあったわずかなためらいを振り切るようにして靴を履き、部屋を出た。

エレベーターを降りてマンションを出ると、はたしてそこには一台の黒い車が停まっていて、すぐそばには黒いコートを着た小宮さんが待っていた。

わたしの姿を認めると、車に乗るようながす小宮さん。

すぐに成宮さんのところに連れて行ってもらえると思い、そのまま車の助手席に座ったわたしは、やっぱりいくぶん慌てていたのかもしれない。

運転席に乗り込んだ小宮さんは唐突に言った。

「成宮さんがいまいる場所にきみを連れて行くには、条件がある」

「条件？」

焦るわたしが問い返すと、小宮さんはじっとわたしを見下ろした。

「成宮さんと別れて、俺と結婚すること。いまここで、俺に抱かれること。この二点だ」

「……っ！」

小宮さんはまだ、わたしのことをあきらめていなかったのか。いや、そんなことはどうでもいい。この一刻を争う事態に、そんな条件を押しつけてきた小宮さんのことを恨めしく思った。

「どうする？　このまま成宮さんを見殺しにするか？」

「……その口ぶりだと、千寿さんが過去に成宮さんになにをしたのかも、聞いているんですね」

「まあな。協力するにあたって、大体のことは聞いた」

「それなのに、千寿さんに協力しているんですか？　どうしてそんな、成宮さんを苦しめるようなこと……！」

「俺は目的のためなら、手段は選ばないタイプなんだ」

小宮さんの切れ長の瞳は、どこまでも冷ややかだ。

「成宮さんに先を越されたぶん、取り戻さないといけない」

「どうしてそこまで、わたしに執着するんですか……！　小宮さんだったら、他にいくらでも好きになってくれる女の子がいると思います」

「笠間さんは、俺が先に目をつけたんだ」

淡々としていた小宮さんの声に、わずかではあるけれど悔しさが混じる。

「成宮さんが笠間さんを自分のものにする権利なんかない。成宮さんと結婚するまでは、きみは少なからず俺に好意を寄せてくれていたはずだろう？」

「痛っ……！」

ぐいと腕をつかまれ、顔を近づけられる。

「早くしないと、成宮さんの心の傷がもっと深くなるかもしれない。それでもいいのか？」

そんなことは、わかっている。早くしないと、早く助けにいかないと。もしかしたら取り返しのつかないことになってしまうかもしれない。離婚届を用意したということは、成宮さん自身がそれを予測しているということだ。

もちろん優しい成宮さんのことだから、最後までそんな衝動と闘《たたか》うだろうが、千寿さんの前では、彼は本当の彼ではいられなくなってしまうかもしれない。

成宮さん、千寿さんとふたりきりでいて大丈夫なんだろうか。いや、ミライを殺した人と一緒にいて平静でいられるだなんて、とても思えない。

わたしは彼との日常が、この幸せな日々が、ずっと続いてほしいと願っていた。

だけど——願っているだけじゃ、だめなんだ。ただ祈るだけじゃ、だめなんだ。

以前成宮さんと一緒に見た、カレンとディオスの映画、『ラヴィアンローズ』。

死んでも生まれ変わって、もう一度愛し合う——それだけ強い運命で結ばれたふたり。

わたしにとってのディオスは、成宮さんだ。わたしの王子様は、成宮さんしかいない。

絵本の王子様は、お姫様を助けにきてくれる。そして、生涯命を懸《か》けて守ってくれる。だけど、その逆だってあってもいいはずだ。

もちろんわたしはお姫様に値《あたい》するような可愛らしい女の子では、ないけれど。

それでも、自分の王子様は、自分が好きになった人のことは、守ってあげたい。わたしが、幸せにしてあげたい。

運命は、自分で切り開くんだ。好きな人がいるから、大切な人がいてくれるから、人はそれができる。わたしにだって、きっとできる。だって、わたしの運命の人は成宮さんだから。

成宮さんがこの世に生きている限り、ううん、たとえ死に別れたとしても、わたしの運命の人は成宮さん以外にいないから。

これは間違いなくわたしにとって、最後の恋。もうこの先、成宮さん以外の人を好きになることはないだろう。

成宮さんとともに日々を過ごすうちに、わたしはそう実感していた。

――助けにいかなくちゃ。わたしが、助けにいかなくちゃ。

腹をくくったわたしは、小宮さんを睨みつけるように見上げた。

「わかりました。その条件、のみます」

「本当に？　いまここで俺に抱かれるんだな？」

「はい」

「成宮さんとも離婚して、俺と結婚するんだな？」

「はい」

「わかった。じゃあ、早めに済ませてしまおうか」

小宮さんの顔がさらにわたしに近づいてくる。そこでわたしは「ただ」と言い添えた。小宮さんの動きが、ぴたりと止まる。

「いまここで抱かれようが、成宮さんと離婚して小宮さんと結婚することになろうが、わたしの心はもう変わりません。わたしはこれからもずっと、成宮さんのことを好きなままです。それだけは、言っておきます」

どんなことがあろうとも、たとえ戸籍上は成宮さんと離れてしまおうとも、わたしの心は、わたしの心だけは、成宮さんの伴侶《はんりょ》のままだ。成宮さんがなにをしようが、周りがどんなことをしようが、それは変わらない。

わたしがそう続けると、小宮さんはしばらくの間わたしを見下ろして――そして、小さくため息をついた。

「俺が知っている笠間さんは、そんなに強くはなかった。きみをそんなふうに変えたのは、成宮さんなんだろうな」

「そうだと思います。それに、昔から言うじゃないですか。女の子は恋をすると、強くなるんですよ」

小宮さんは苦笑して、つかんでいた腕を離してくれる。

「その強さに免じて、今回は引き下がることにする」

「え……」

「シートベルトを締めたほうがいい。飛ばすぞ」

成宮さんのところに、連れて行ってくれるんだ。

「ありがとうございます！」

わたしが急いでシートベルトをしてお礼を言うと、小宮さんは、

「勘違いをするな。引き下がるのは今回だけなんだからな」

と言って、エンジンをかけた。

8　運命の人

花純ちゃんと両想いになって、花純ちゃんに自分の過去や気持ちを告白してから、俺の日常はまさにばら色そのものになった。

La Vie en rose（ラ・ヴィ・アン・ローズ）――ばら色の人生。そんなものが本当にあるのだとしたら、いまの俺が生きている、この一日一日のことを言うんだろうな――そう思うくらいに。

『ばら色の人生』という言葉を知ったのは、俺がまだ小さかったころ。父さんと母さんが離婚する前のことだ。

俺は、父さんが買ってくれた塗り絵をしていた。絵を描くのも好きだったけど、こうしてただ無心に色を塗る作業も好きだった。

その中に、たくさんの花の絵があった。まだ幼かった俺には知らない花のほうが多くて、俺は自分の好きなようにその花々に色をつけていった。

最後の花には、赤に白を重ねて塗った。試しにそうしてみたらとてもきれいな色になったので、俺はその色がすごく気に入った。それを見て、父さんが言ったのだ。

「未希はもうちゃんと、薔薇《ばら》の色を知っているんだな」

「ばら？　この花、ばらっていうの？」

「そうだよ。薔薇には白や黄色もあるが、大体皆がイメージするのは赤っぽい色だ。未希の塗った色は、『ばら色の人生』を象徴するような色だな」

「ばら色の人生?」

父さんの言葉は難しくて、俺は首を傾げた。すると父さんは教えてくれた。

「フランスという国に、『La Vie en rose(ラ・ヴィ・アン・ローズ)』という言葉があってね。日本語だと、『ばら色の人生』という意味なんだ。『ばら色』は幸福や喜び、希望に満ちた状態を指すこともあるんだよ。この薔薇《ばら》をばら色に塗った未希は、きっとそんな人生を送ることができる」

それでも意味がわからない幼い俺の頭を、父さんは優しく微笑みながら撫《な》でてくれた。

「この先どんなことがあっても、おまえは幸せになれるということだよ」

それは魔法の言葉のように、俺の心を浮き立たせ、あたたかくした。

やがて両親が離婚し、俺は思春期を迎え、絵のことで深刻に悩むようになった。と同時に、昔父さんが教えてくれた『ばら色の人生』というものに憧れるようにもなっていた。

エディット・ピアフという歌手が昔『ばら色の人生』という歌を歌っていたことを知ったのは、俺があの薔薇の塗り絵を塗ってから、だいぶ経ってのことだ。彼女の歌う歌詞は、愛する人とともに過ごす日々の喜びや幸せを表したもので、それを聞いて、俺の『ばら色の人生』への憧れはますます強くなった。

いつか俺も、こんなに激しい愛を知りたい。死ぬほどの幸せを感じられる、それほどに誰かを愛してみたい。そんなふうに愛した人とともに、あたたかな家庭を築きたい。

俺がそう焦がれるようになったのは、両親の離婚を経験していたせいもあったのだと思う。一生をともにしようと誓った人を、俺は手放したりなんかしない。本気で誰かを愛したら、その愛を貫いて、絶対に幸せになってみせる。そんな意地のようなものもあったのかもしれない。

だから千寿とのことは俺にとって、本当にダメージの大きい事件だった。『ばら色の人生』をともに歩むどころか、呪いまでかけられて、あろうことか俺はその呪いに見事にとらわれてしまったのだから。

けれどその事件があったからこそ、いまのこの幸せがあるのだと思う。

花純ちゃんこそが、俺の運命の人なんだ。だっていまの俺の人生は、一日一日が幸福や喜び、希望に満ちあふれている。それは言わずもがな、花純ちゃんがそばにいてくれるからだ。

花純ちゃんとのお見合い結婚を計画し、そして結婚生活を始めた当初は、まさかこんな展開になるだなんて想像もしていなかった。花純ちゃんが俺を好きになってくれたことも、俺の過去を受け止めてくれたことも、すべてが予想外だった。

花純ちゃんを好きになって、よかった。

花純ちゃんに出逢うことができて、よかった。

花純ちゃんとともに一日をはじめ、一日を終えるたび、そう実感する。

そのたびに自分の中の花純ちゃんへの想いが大きくなっていることに気がつくんだ。

俺はいったいどれくらい花純ちゃんのことを好きになり続けるんだろう。この気持ちはどこまで膨らんでいくんだろう。花純ちゃんと結婚するずっと前から、花純ちゃんへの気持ちはこれ以上ないほどに大きなものだと思っていたのに。

俺の花純ちゃんへの愛情は、途切れることも尽きることもない。それどころか、愛情とは上限のないものなんだと気づかされる。

そして花純ちゃんを好きになっていくと同時に、俺の中のミライもまた、少しずつ息を吹き返していくのを感じていた。

それは本当に少しずつだけれど、確かな予感で。

俺が本物のミライだと打ち明けてから、俺は花純ちゃんに、ひとつお願いをした。

「きみが昔買ってくれたっていうミライの絵を、飾ってくれないかな？」

花純ちゃんが、俺のどんな絵を大事にしてくれていたのか、興味があった。それに、そうしてミライの絵を飾ることで、俺の中のミライの目覚めも早くなるかもしれない――そう思ったから。

俺のプレッシャーになるかもしれない、と花純ちゃんは迷っていたけれど、俺は「花純ちゃんがそばにいてくれれば大丈夫だから」と重ねて頼んだ。

そうしてリビングに飾られたミライの絵は、満天の星空に向かって、星をつかみ取ろうと手を伸ばしている小さな女の子の後ろ姿だった。

これを描いたときのことは覚えている。どんな絵であっても、一枚一枚、描いたそのときのことを俺は鮮明に思い出せる。この絵も、例外ではなかった。

俺は満天の星を、〝幸せ〟に見立てたのだ。少年ではなく少女にしたのは、自分の中に照れがあったから。幸せをつかみ取ろうとする少年の絵なんて、俺自身の願望の表れと思われるかもしれない。確かにそれは事実なのだけれど、そんな願望を世間に知られるのは恥ずかしいし、かっこ悪いと思っていた。だから他の俺の絵も、男よりも女を描いたもののほうが多い。絵は少なからず描いた者の願望が出るから。

自分は絶対に幸せになれる。ばら色の人生を、幸せを、いつかきっとつかみとってみせる。そんな思いで、俺はこの絵を描いた。

絵のタイトルはそのまま、『幸せを求めて』。

花純ちゃんと一緒にこの絵を見ていると、本当に自分は幸せをつかみ取れたのだと実感できた。

花純ちゃんと一緒に過ごす、初めてのクリスマスイブの日。

なんとなく、ああ、いまなら描けるかもしれない。いまなら、落書き程度かもしれないけれど、絵を描くことができるかもしれない――そう思った。

俺の中で死んでいたはずのミライ、いや眠っていたミライが、大きく伸びをして起き上がろうとしている――そんなふうに感じられた。

いまが、チャンスかもしれない。

そう思った俺は、「すぐ戻るから」と花純ちゃんに言い置いて、街へと出かけた。

ミライとして活動していたときの行きつけの画材屋で買ったのは、水彩紙と絵の具。しばらくぶりにそれを手にすれば、俺の中のミライが大きく息づくのを感じた。

絵を描きたい。この幸せな気持ちを、思うさま紙にぶつけたい。そんな気持ちになったのは、どれくらいぶりだろう。

ミライの雅号《がごう》で絵を描くずっと前は、そんな気持ちで描いていた。それこそ、ものごころつく前には。こんな気持ちは、もしかしたらそのとき以来かもしれない。

わくわくした気持ちで帰途につくと、マンションの前で待ち受けている男が街灯の明かりで見えた。

「――小宮？」

それは確かに小宮だった。

残業がなければ仕事を終えていておかしくない時間だったし、こいつとは上司部下の間柄だから、このマンションに引っ越したことくらいは話したことがある。

だから緊急の用事か何かで小宮が訪ねてくるという可能性はないわけでもない。

だけど花純ちゃんとのことがあったから、俺はすぐに警戒心を抱いた。

「なんの用？　まさか、まだ花純ちゃんのことをあきらめてないとか言わないよね？」

「残念ながら、用があるのはあなたにです」

意外なことに小宮はそう言って、

「まあ、笠間さんにも関係のあることではありますけどね。とても重要な話なので、少しだけお時間をいただけませんか」

と、傍らに停めていた黒い車に近寄り、その後部座席の扉を開けて俺をうながした。

花純ちゃんが関係している、と聞いて、さらに俺の警戒心が強まる。

「俺、花純ちゃんを待たせてるんだよね。だから、早く帰らないと」

「いまお時間をいただければ、笠間さんには手を出さないであげてもいいですよ」

「……なに考えてんの？」

「知りたければ、乗ってください」

花純ちゃんをだしにされたら、俺は弱い。そうでなくともこいつは以前、花純ちゃんに無理矢理キスをしているのだ。そのせいで、こいつが次はどんな手に出てくるのかと不安に駆られたこともあった。ずっと花純ちゃんのそばにいられたらいいけど、会社ではそうもいかない。もしかしたら今後、また俺の隙をついて花純ちゃんに手を出すかもわからないのに。

俺がここで言うとおりにして、小宮が本当に花純ちゃんのことをあきらめてくれるなら——そう思ったのが間違いだった。間違いというか、甘かったというか。

こんな不安に駆られるなら、これからずっと花純ちゃんをどこかに閉じ込めてしまおうか、なんてことを考えながら、うながされるままに車の後部座席に乗り込む。

小宮が扉を閉めたのとほぼ同時に、俺は先に後部座席に座っていた人間の存在に気がついた。

「花純さんのことになると、弱いって……本当ね。あなた昔は、わたしにも甘かったものね。好きな人が最大の弱点だなんて、いまどき珍しいわよ？　未希。いいえ、——ミライ」

それは、俺が最も会いたくなかった女——三科千寿、いや……杉山千寿だった。

すぐに車を降りないと。そう思うのに、千寿を前にして俺の身体は、以前と同じように動けなくなってしまった。それどころか物も言えず顔から血の気が引いていく。そんな俺に千寿は嫌味なほど甘い声で語りかける。

「士郎はね、わたしの従弟《いとこ》なの。なかなか協力してくれなかったけど、あなたが花純さんと結婚したのがよっぽど許せなかったのね。やっとわたしと取引をしてくれたわ」

士郎というのが小宮の名前だということに、遅ればせながら思い至る。

まさか、小宮が千寿の身内だなんて思ってもいなかった。もし知っていたら、もっと警戒したのに。そう思っても、もう遅い。

「士郎にはもう、わたしたちの過去のすべてを話してあるから、いないものと思って大丈夫よ。安心してちょうだい」

千寿の言葉のとおり、小宮は運転席に座ったままなにも言わない。そのときになって初めて俺は、彼女たちの罠にはめられたのだと気がついた。

小宮が花純ちゃんのことを口にしたのは、俺を車に乗せるための方便だったんだ。千寿と会ってしまえば、俺が動けなくなると聞いていたんだろう。

「ねえミライ、わたしたちもう一度やり直しましょう？　わたしにはミライの絵が必要なのよ。ミライの絵を高値で売る才能があるのは、花純さんじゃなくてわたしなのよ？　花純さんに、それができる？　――心配しなくても、あなたがわたしの申し出を受け入れれば、花純さんには手出しをしないでいてあげるわ。そのかわり、断ったら……花純さん、どうなるかわからないわよ」

はっとする俺に、してやったりといったふうに千寿が口の端を上げる。

「わたしの知り合いの男たちに、花純さんを襲わせようかとも思ったけれど……それは士郎に止められたの。花純さんは俺が手に入れたいから、傷物にはしないでくれって」

「やめ、ろ」

声を出せたのは、奇跡だと思った。

花純ちゃんの名前を出されて、俺の身体に少しだけ力が戻ったんだ。

「花純ちゃんには、手を……出すな」

「それはあなた次第よ？　ミライ」

くすりと千寿は、悪魔のような笑みを浮かべる。

「わたしのためにまた絵を描いてくれるのなら、花純さんには手を出さないでいてあげる。ああでも、彼女とは離婚してちょうだいね？　花純さんとあなたを離婚させて、自分が花純さんと結婚する。それが士郎がわたしに協力してくれるための条件だから。それができないなら、ちょっとくらい傷がついていてもかまわないわよね？　士郎」

もしも千寿が花純ちゃんに対してなにか仕組んだら——そう考えただけでおかしくなりそうだ。

たぶん俺が生きている限り、千寿は俺につきまとい続けるだろう。そうしたら、俺の妻である花純ちゃんにも害は及ぶ。そんなのは、耐えられない。花純ちゃんを不幸になんか、したくない。

四ヶ月前まで、花純ちゃんは俺の前ではいつも、どこか緊張した、硬い表情をしていた。だけど、やっと花みたいに笑ってくれるようになったんだ。気持ちが通じた日から、俺にそんな笑顔を向けてくれるようになったんだ。ああ、花純ちゃんはいまとても幸せなんだ——俺にすらそうわかるくらいに。

その笑顔を、千寿に踏みにじられてたまるか。俺なんかのために、あの笑顔を奪われるわけにはいかない。

この負のループは、俺か千寿、どちらかがこの世から消えなければ断ち切ることができない。俺がこの手で、終わらせなければいけないんだ。

そして、それに花純ちゃんを巻き込むわけにはいかない。絶対に、いかないんだ。

「……離婚、届を……」

やっとの思いで俺は、震える声でそう口にする。

「千寿の、言うとおりに……する。だから……離婚届、を……」

「ものわかりがいいのね。離婚届だったら、士郎がもう用意しているわ」

千寿がそう言うと、小宮が鞄《かばん》から茶封筒を取り出し、俺に渡す。俺は震える手で、中身を取り出して確認した。離婚届、と書かれたその紙を見て、不覚にも涙が出そうになる。

「記入、と……判、してくる……」

「すぐに戻ってきてね？　もし変な真似したら、花純さんの今後の人生がめちゃくちゃになると思ってくれていいわよ」

「っ……」

「そんな顔しなくても、すぐにわたしがあなたと結婚してあげる。あなたはあんなにわたしのことを愛してくれたでしょう？　きっとまたすぐにわたしへの愛も復活するわ。わたしとあなたは、切っても切り離せない運命なのよ」

それ以上聞きたくなくて、身体を動かせるうちにと気持ちを奮い立たせ、俺は車から降りた。

がくがくと震えの残る足をなんとか動かしてマンションの中に入り、自分の部屋へと戻る。

花純ちゃんになんて説明しよう、と思っていたけれど、幸いというべきか、彼女はうとうとしていて俺が帰ってきたことに気づく様子はなかった。そのあどけない寝顔を見ているだけで、愛《いと》おしさで胸がいっぱいになる。泣きたくなってしまうほどに。

……千寿がこの世に生きている限り、俺にも花純ちゃんにも、もう幸せはやってこないだろう。手を出さないとは言っていたけど、そんなのわかるもんか。そんな焦燥感と絶望感が俺を襲い始める。

――そんなのは、だめだ。たとえ俺が自分の人生を犠牲にしたとしても、花純ちゃんの笑顔だけは俺が守る。花純ちゃんの人生だけは、めちゃくちゃになんかさせない。

離婚届にサインをして押印し、茶封筒に入れる。

――ごめんね、花純ちゃん。せっかく俺のことを好きになってくれたのに、俺はこの手できみを幸せにすることができそうもない。もしかしたらこのまま千寿のことを、本当に殺してしまうかもしれない。

千寿は俺が言うことを聞かなくなれば、俺の弱点である花純ちゃんにも手を出そうとするだろう。そう考えただけで、千寿への殺意は膨らんでいく。それをセーブする自信が、俺にはなかった。

小宮が本当に花純ちゃんと結婚することになっても、悪い意味で俺にはもう千寿がいる。俺は今後、花純ちゃんと小宮のことに口を出すことはできない。

せめて花純ちゃんのこれからの人生が、少しでもばら色になってくれればいい。

花純ちゃんと過ごしていたときの俺の人生が、そうだったように。

俺が車に戻ると、小宮の運転でとあるマンションに行き、千寿はそのうちの一部屋に俺を招き入れた。

マンション自体、昔ながらといった少し古ぼけたものだったが、部屋もあまりいいものとは言えない。千寿は金使いが荒かったから、俺の絵で稼いだ金もいまはさほど残っていないのだろう。それか、千寿と同じく、あの金の亡者だった元旦那に持っていかれたのかもしれない。

けれどそんなこと、どうだっていい。千寿のことなんか、もうこれ以上考えたくもない。

「じゃあ、さっそく新しい絵を描いてもらおうかしら。ずっと表舞台から姿を消していたミライの新しい絵が世に出たら、さぞかしいい値で売れるでしょうね。いまから楽しみだわ」

千寿に腕を取られるままに、俺はまだ自由に動かない足をロボットのようにぎしぎしと動かしてリビングに入る。

椅子に座らせられると、その前には、一枚の水彩紙が用意されていた。

「なにを描いてもいいわ。ミライの絵だということに変わりはないもの。邪魔しないように、わたしは寝室に行っているから、できたら知らせてちょうだいね」

言うだけ言って千寿は寝室へと去って行き、扉を閉める。リビングには俺だけが取り残された。

この場にいなくても、隣の部屋に千寿がいると思うだけで、うまく身体が動かせない。なによりも、ついさっきまで俺の中で起き上がろうとしていたミライが、こそりとも動こうとしない。

絵を描かないと、千寿がどんな手に出るかわからない。花純ちゃんにも手を出すかもしれない。

そうなったら、意味がないのに。

焦れば焦るほど、指が動かない。それどころか俺の中で、どんどんミライの気配が消えていっている気がする。

どれくらいの時間が経過したのだろうか。焦燥感で頭が麻痺《まひ》して時間の感覚すらない。

ふと寝室の扉が開いて、千寿が顔を覗かせた。

「ごめんなさい、喉が渇いちゃって。——まだ、なにも描いてないの？」

俺の目の前にあるまっさらなキャンバスを見て、千寿は意外そうに眉を上げる。それもそうだろう、俺は描き始めたら速い。千寿もそれは知っているはずだから。

「この期《ご》に及んで、描く気が起きないの？　花純さんが、どうなってもいいのね？」

千寿の表情が険しくなったのを見て、俺は「違う」と鋭く否定した。

「十年前のあの日から……あなたに裏切られたあの日から、俺は……絵が描けなくなったんだ。だからミライとしての活動も、やめたんだ」

それを聞いた千寿は、少しの間なにか考えて——そして座っている俺に歩み寄って膝をつくと、俺のズボンのベルトに手をかけた。

「……っ、なにを、……」

慌てて払いのけようとしたけれど、その手を千寿の手につかまれる。

俺のほうが力は強いはずだけれど、千寿に触られたとたんに、ぞわり、と形容できない悪寒《おかん》が襲ってきた。身体も再びがたがたと震えてくる。

「きっといまのあなたには、愛が足りないのよ。それで絵が描けないんだわ。だから、わたしが愛を与えてあげる。あなたとセックスしてあげる。そしたらまた、描けるようになるわ」

「やめ……っ」

「どうして抵抗しようとするの？　あなた、わたしとセックスするの好きだったじゃない。あんなにわたしのこと、愛してくれたじゃない。あなたはこれからずっと、わたしと愛を育《はぐく》んでいくのよ？　抵抗することなんか、なんにもないはずだわ」

千寿の手から逃れようとした俺は、ガタンと椅子から床へと倒れ込んでしまう。すると、チャンスとばかりに、千寿が俺の上にまたがってきた。去年の九月の、居酒屋のときのように。

千寿の顔が、ゆっくりと近づいてくる。

こんな女に、キスのひとつすらされたくない。セックスなんか、もっての他だ。

俺はもう、キスもそれ以上のことも、花純ちゃん以外の女とはしたくないんだ。

「あきらめなさい」

俺の首から鎖骨へと手を滑らせながら、千寿がささやく。

「あなたはもう、わたしから逃れられないのよ」

それを聞いた俺の頭の中で、なにかが――たぶん理性の糸が、ぷつりと切れるのを感じた。

――もう、無理だ。限界だ。

俺の手がゆっくりと上がり、千寿の首へと伸びていく。

「あら、やっとその気になったの？」

そう勘違いした千寿の首に、俺は――そっと手をかけた。

9　きみとばら色の人生を

小宮さんはあるマンションの前までわたしを連れてきて、そこでおろしてくれた。

「部屋は五〇二だ」

短く告げた小宮さんに、

「ありがとうございます」

と頭を下げてから、わたしはマンションの中に入る。小宮さんには失礼かもしれないけれど、いまはなにを置いても成宮さんだ。いまでなくともわたしにとっては、いつ、どんなときでも成宮さん、なのだけれど。

そこは昔ながらのマンションといった感じで、エントランスにはインターフォンもない。だから面倒な手続きがなくとも部外者が部屋の前まで入っていけてしまう。だけどこのまま五〇二号室まで行っても、千寿さんが簡単に扉を開けてくれるとは思えない。

ちょっと卑怯な手だけれど、そうも言っていられない。成宮さんを早く助けないと。わたしの頭の中は、そのことでいっぱいだった。

「五〇二号室に住んでいる三科……いえ、杉山千寿という女性に、わたしの夫が拉致《らち》されたようなんです。警察沙汰にはしたくありませんし、一刻を争う事態かもしれませんので、一緒に来て扉を開けてくださいませんか」

管理人室に行って、出てきたおばあちゃん管理人に早口でそう告げると、人のよさそうなおばあちゃんは驚いた様子を見せた。

けれど、やはりというか、すぐにはうなずいてくれない。

「開けてあげたいけど、いまはこんなご時世だしねえ……ほらプライバシーとか……」

とモゴモゴ言って困ったようにわたしを見上げる。

どうしよう。他の言い訳のほうがよかったのだろうか。なにかいい案はないかと考えを巡らせていると、背後から小宮さんの声がした。

「考えている暇なんて、あるのか？」

驚いて振り向くと、わたしのあとをついてきたらしい小宮さんが、わたしからおばあちゃん管理人へとその鋭い視線を移すところだった。

「おい、あんた。拉致されたからには、この人の旦那がどんな末路をたどるかもわからない。もしかしたらここでこうしてまごついている間にも、死体になっているかもな。そうなったらあんた、責任取れるのか？」

いつもより低い声の小宮さんの脅しは、このおばあちゃん管理人には充分効いたみたいだった。

「つ、ついておいで」

おばあちゃん管理人は鍵束を持ち、震える声で歩き出す。わたしは小宮さんにもう一度、「ありがとうございます」とお礼を言った。

「俺ができるのは、ここまでだ」

小宮さんはそう言って、また真顔で念を押す。

「俺はあきらめたわけじゃないからな」

わたしはもう一度深く頭を下げると、急いでおばあちゃん管理人のあとを追う。五〇二号室の前に来ると、おばあちゃん管理人は扉の鍵を開けてくれた。

身分を証明するものなんてなにも提示していないのに、ここまでしてくれる管理人さんと出逢えたのも、きっと天がわたしに味方をしているからだ、と勇気づけられる。もちろん、小宮さんの脅しもかなり大きかったと思うけれど。

扉が開くと同時に、わたしと管理人さんは部屋の中へと踏み込んだ。

はたしてリビングでは、千寿さんが成宮さんを押し倒していて、成宮さんがそんな彼女の首に手をかけようとしているところだった。

成宮さんはわたしの姿を認めると、一瞬驚いたように目を瞠《みは》り、続いて泣き出しそうに顔を歪めた。いままで彼を束縛していた緊張や恐怖といった糸が切れた——そんなふうに。

——間に合った……！

わたしは物も言わずに成宮さんに駆け寄り、千寿さんの身体に自分の身体をぶつけるようにしてどかすと、そのまま成宮さんの身体を抱きしめる。

「……ちょっと！　いきなり入ってきて、なにするのよ！　わたしとミライは、いまとてもいいところだったのよ？」

苛立ったように、千寿さんが肩に手をかけてくる。

わたしはその手を振り払い、キッと彼女を睨みつけた。

「冗談じゃありません。いいところだったなんて、とんでもないです。成宮さんが傷ついていることにも、心底あなたから離れたいと思っていることにも、どうして気づけないんですか？　成宮さん、こんなに青ざめて……震えているじゃないですか」

すると千寿さんは、目を眇《すが》めてわたしを見下ろす。

「ふーん……いいのね？　そんな態度に出て。わたしとミライの仲を邪魔したあなたのこと、もう容赦なんかしないわよ？」

けれどわたしは怯《ひる》まなかった。成宮さんをこんな目に遭《あ》わせた千寿さんのことが、許せない反面、気の毒だとも思った。

「小宮さんにここに連れてきてもらう間、成宮さんのお母さんである春日百合子さんと、お父さんである六道さんに連絡を取りました」

千寿さんの目が、大きく見開かれる。今の言葉は成宮さんにとっても意外だったようで、戸惑ったようにわたしを見つめてくる。まだ、彼の震えは完全には収まっていない。わたしはそんな成宮さんを見つめて語りかける。

「成宮さんにひと言も相談しないでそうしたのは申し訳ないことだと思っています。でももう、ここまで事態が悪化してしまったら、もう成宮さんだけの問題じゃありません。いくつになったって、親は親、子は子です。子どもが苦しんでいることに気づけなかった親は、あとでそのことを知ったらとても哀《かな》しむと思うんです。少なくともわたしが親という立場だったら、そう思います。もし成宮さんが千寿さんのことを手にかけたりなんかしたら、成宮さんのご両親である春日百合子さんも六道さんも、きっととても苦しみます。それに、千寿さん。あなたのような危険な画商がいたのでは、同じ業界の人たちも迷惑すると思ったんです。今後いつ、第二、第三の犠牲者が出るとも限りません。それもあって、成宮さんとあなたとの間にあったことを、わたしが聞いた限りのことではありますが、すべておふたりに報告させていただきました」

「な、……ちょっと待ちなさい。春日百合子はともかくとして、……六道ってあの六道？　ミライは六道の血縁でもあったの……？　そんなの、聞いてないわ！」

六道さんの名刺は、お見合いのときに渡されてから、ずっとお財布の中に入れてあった。小宮さんの車の中でお義母《かあ》さんに連絡を入れたあと、わたしはすぐに六道さんにも電話をしたのだ。

幸い電話はすぐにつながった。わたしが手短に事情を話すと、六道さんは電話の向こうで重いため息をついた。

『私も、どうして未希が絵を描かなくなったのか、気にかけてはいたんですがね。そこは百合子がフォローしてくれているものだと決めつけていました。息子がそんな目に遭《あ》っていたことに気づけなかったなんて、親として失格です。跡継ぎのことを押しつけるだけ押しつけておいて、私はなんて都合のいい父親なんでしょう』

六道さんは後悔するようにそう言ったあと、こう付け足した。

『ここだけの話ですが、六道は少しばかり裏の世界にも顔がきくんです。杉山千寿はあなたの話を聞く限りでは性質《たち》の悪い女のようですし、未希をはじめ、誰にも手出しをできなくなるよう早急に手配します。だから、もう安心してください。未希にも、そう伝えてください。なんでもっと早く言わなかったんだ、とも』

わたしがその言葉を伝えると、千寿さんは真っ青になった。そしてへたりと床に座り込み、今度は千寿さんがかたかたと震え始める。彼女がこれだけ怯えるということは、裏の世界の『六道』は少しどころか相当に恐い存在なのだろう。そして千寿さんは、それをよく知るぐらいに裏の世界にも関わってきたということで。

「春日百合子さんも、そんな画商がいると迷惑以外のなにものでもないから、こちらのほうでも二度と活動ができないよう手配する、と言っていました。同じく、早く言ってくれたらよかったのにと、成宮さんにも伝言です」

「……っ」

成宮さんは、大きく深呼吸をした。少しだけ、きれいなその顔に赤みがさしてきた気がする。

「……この歳になって、親に恋愛の尻拭いなんて、そんな迷惑はかけられない。そう思ってずっと言わないでいたんだ。自分で解決できないなんて、マジで俺、情けない……」

まだ震えを残した成宮さんが、小さくそう言う。

「いくつになったって、自分の力だけでは解決できないことなんて、たくさんあります。だって人は誰だって、完璧じゃないんですから。だから人は誰かと支え合いながら生きていくんです。ひとりで抱えきれなくなったら、親にだって誰だって、支えてもらっていいんです。成宮さんは、ひとりじゃないんですから。それに、いままでたくさん、ひとりで頑張ってきたんですから」

そう言ってますます強く成宮さんを抱きしめながら、わたしはもう一度、千寿さんのほうを振り返る。

彼女の社会的な人生はもう終わったとは思うけれど、それでもまだ言っておきたいことはあった。成宮さんのことを大切に思う、ひとりの人間として。そして、いま成宮さんのことを愛している、ひとりの女として。

「千寿さん。あなたに対してはもちろん怒りを感じていますけど、それ以上に気の毒に思います。心のままに人を愛することもできず、自分の利益しか頭にない。そのためには人を傷つけることも厭《いと》わない、傷つけても平気でいられる……そんな人には絶対、人は寄ってきません。人は人に集《つど》うんです。あたたかい人のところには、あたたかい人が集まってくるんです。あなたはそれを知らないから、人の心のあたたかさを知らないから、そんなふうに人を傷つけることしかできないんです。だから、わたしはあなたのことが気の毒だと思います」

わたしはさらに続ける。どうしてもこれだけは、言っておきたかった。

「今後、あなたが何度わたしと成宮さんの前に現れようとも、わたしは一向に構いません。どんな手に出たって、わたしは成宮さんから離れません。わたしが不幸になる原因《こと》は、ただひとつ。成宮さんと、離れることですから」

千寿さんの返事を待たずに、わたしは自分の腕の中にいる成宮さんを見つめる。

「成宮さんの、うそつき。もう二度と他の女の人のところにいかないって、言ったじゃないですか」

「っ、……花純ちゃん……」

「わたしは、成宮さんから離れません。たとえなにかの間違いで離婚したとしても、成宮さんを追いかけます。ストーカーだと言われたって、あなたを独りになんか、絶対しない。そして、生まれ変わっても成宮さんとまた愛し合います。それに成宮さん、根性でわたしより一秒でも長く生きるって、そう言ってくれましたよね？」

成宮さんの瞳が、濡れたような光を灯してわたしを見つめ返す。

「成宮さん、……成宮未希さん。わたしはあなたを、愛しています。一生涯、あなたと添い遂げることを誓います」

わたしがそう言ったとたん、彼は泣き出しそうな表情をして、強く強く、わたしを抱きしめ返してきた。

どれくらいそうしていたのか。成宮さんはそっとわたしの身体を離して立ち上がる。

もう彼は震えても青ざめてもいない。千寿さんを見下ろす瞳には哀れみの色すらあった。

「千寿。俺も花純ちゃんと同じ気持ちだよ。……もう俺は、あなたがいつ俺の前に現れようと動じない。その自信が、ようやく持てた。俺にはもう、本当の運命の人が、伴侶《はんりょ》がいてくれるから。彼女のためにも、彼女との間に作る未来の家族のためにも、俺はもう、あなたがなにをしようが、自分の人生を狂わせたりはしない」

成宮さんは、きっぱりとそう言った。それは彼が、長く抱えていた過去の闇《やみ》から抜け出すことができた瞬間だった。

千寿さんは魂《たましい》の抜けたようなうつろな瞳をしたまま、なにも答えようとはしなかった。

その後わたしと成宮さんは、なにが起こったかわからないままの管理人さんにお礼だけ言って、タクシーを使って無事に家まで帰ることができた。

自分でも思っていた以上に緊張していたらしく、リビングのソファに腰を下ろしたとたん、どっと身体の力が抜ける。

それは成宮さんも同じようで、しばらくふたりで身体を休めながら、今日成宮さんがいなくなった経緯、わたしが千寿さんのマンションを突き止めた経緯などを、ぽつりぽつりと交互に話した。

「千寿のマンションに花純ちゃんが踏み込んできてくれたのを見たとき、夢じゃないかと思った。だって俺はもう、二度ときみに会うことはできないと思っていたから。あのときの花純ちゃんの姿は、俺にとって、女神かと思うほどまばゆかった」

わたしの姿を見た瞬間、成宮さんは自分の中にあった恐怖やら殺意やらといった昏《くら》い感情のなにもかもが、まるで浄化されるかのように吹き飛んでいくのを感じたそうだ。

「きみは俺にとって間違いなく、生涯の伴侶《はんりょ》。運命の人だよ」

改めてそう優しく微笑まれて、うれしさと恥ずかしさがないまぜになったわたしは思わずうつむく。

話がひと区切りつくと、成宮さんはコーヒーを淹《い》れてくれて、ふたりで一緒に飲んだ。

その間ひと言も言葉は交わさなかったけれど、お互いを包む空気はとてもあたたかなもので……それはきっと成宮さんも感じてくれていたと思う。

コーヒーを飲み終えると、成宮さんはしばらくの間、じっと絵を見つめていた。わたしが持ってきた、あの満天の星と少女の絵――『幸せを求めて』だ。

そして成宮さんは、「よし」と気を取り直したように立ち上がった。

「ちょっとリビング、借り切ってもいいかな？　たぶん、大丈夫だと思うんだ。ああ、借り切るっていってもお腹が空いたり喉が渇いたり、あと淋しくなったりしたら、いつでも声をかけてくれていいからね」

それって、もしかして。

ピンときたわたしは、ただ「はい」と静かに返事をして、そのままリビングをあとにした。

寝室に入ってベッドの上に寝転ぶと、口元がほころんでくる。

今日あんなことがあったあとでも成宮さんが絵を描く気持ちになってくれたことがものすごくうれしい。もし、結局描けなかったとしても、それはそれでいい。描こうという気持ちになったことが、一番大事なのだから。

ただ、わたしにはひとつ考えがあって、午前零時になる前には成宮さんに声をかけようと決めていた。成宮さんのことを世界で一番大切に思っているわたしにとって、〝それ〟はとても大切なことだったから。

それから二時間ほどが過ぎたころだろうか。

「花純ちゃん……花純ちゃん」

「ん……」

そっと身体を揺り動かされ、わたしはまだ重たい目を開いた。いつの間にか眠ってしまっていたのは、やっぱり慣れないことをして、予想以上に疲れていたからなのだろう。

成宮さんがとても穏やかな笑みを浮かべて、わたしを見下ろしている。

「描けたよ」

そのひと言で、まだとろとろとしていた頭が一気に目覚めた。がばっと起き上がったわたしは、つい成宮さんの腕をぎゅっとつかんでしまう。

「ほ、ほんとですか」

「うん。自分でもまだ夢みたいだけど、ほんと。俺、元から描き始めたら速いほうだったし、そんなに凝《こ》った絵でもないから。でも、愛情だけはいままで描いたどの絵よりも込めたよ」

そう言う成宮さんと一緒に、わたしはリビングへと向かう。

テーブルの上には一枚の水彩紙があって、そこに描かれた絵を見た瞬間、わたしは感激のあまり涙が出そうになってしまった。

だって、そこに描かれていたのは他でもない、わたしの姿だったから。

濃いめのピンク色を基調とした花をいっぱいに詰め込んだ花かごを持ち、薄いピンク色の可愛らしいワンピースを着たわたしが、笑顔で花畑の中に立っている。空には満天の星が宝石をちりばめたように描かれていて、そのどれもがなぜだか薄いピンク色をしていた。満天の星の下は、ばら色の濃淡で染まっている。

「ばら色ってね、幸せの色なんだよ」

言葉をなくしているわたしの隣で、成宮さんが穏やかな笑顔で教えてくれる。

「これが、俺のいまの幸せ。ようやく手に入れた」

そのひと言で、この絵にたくさんのばら色が使われている理由《わけ》を理解した。

特に、満天の星の下のばら色の濃淡。成宮さんは天上の幸せをつかんで、地上をばら色にしちゃったんだ。

わたしには、そんなふうに感じられた。

本当に、愛情が目一杯こめられた、いや、むしろ愛情しか感じられない絵だった。

ミライが息を吹き返して、一番最初の絵がこれだなんて。

しかも彼はさらに、その想いを伝えてくれた。

「タイトルはね、『きみとばら色の人生を』。……どうかな？」

と。

もうなんて言ったらいいのかわからないくらいに、うれしくてたまらない。こんなの、反則だ。

たまらずにぽろぽろと涙を流し始めたわたしを見て、成宮さんはそっと背中をさすってくれる。

「気を悪くした？」

「まさか、……そんなはず、ありません」

うれしいんです、とわたしは泣きながら告げる。

「うれしすぎて、幸せすぎて……わたし、本当に幸せです。わたし、これからもきっと幸せになれます。大好きなミライに、大好きな旦那さまにこんなに素敵に描いてもらったんですから……」

成宮さんはうれしそうに、身体をかがめてわたしの額にキスを落とす。

「もしもまた絵を描けるときがきたら、そのときは、花純ちゃんを描こうって決めてたんだ。花純ちゃんは何度も俺を救ってくれて、俺のことを好きになってくれた。なによりも、俺がこの世で一番大好きな人だから。花純ちゃん。間違いなくこれは、俺の最後の恋だよ。たとえ生まれ変わっても、きっとまためぐり合って愛し合う。そんな運命だと願いたいくらいに」

あのカレンとディオスみたいにね、と成宮さんは優しく言う。

「わたしも……成宮さんが、最後の恋の相手です。ずっとずっと、大好きです……」

それから成宮さんは、わたしが泣きやむまでずっと背中をさすってくれていた。

〝そのこと〟を思い出さなかったら、わたしはきっと、もっと泣き続けていたかもしれない。

だけど、ふと視界に入った掛時計の針がもうすぐ午前零時を指そうとしていることに気がつき、「あっ！」と声を上げた。危ない、もう少しでこんなに大切な機会を逃してしまうところだった。

「どうしたの？」

不思議そうにそう尋ねる成宮さんに、「ちょっと待っててください」と言い置き、涙を手の甲で拭いつつ、キッチンに向かう。

わたしが慌てて冷蔵庫からそれを取り出したのとほぼ同時に、時計の針が午前零時を指した。

よかった、間に合った。

心の中でほっと息をついてから、わたしはそれをダイニングテーブルの上に置く。

「成宮さん。お誕生日、おめでとうございます」

「……へ？」

恐らく想像もしていなかったのだろう。成宮さんは、まさに鳩《はと》が豆鉄砲を食らったような顔をしている。わたしがダイニングテーブルの上に置いたのは、ふたりでも食べ切れるくらいの、小さなバースデーケーキだった。

「俺、今日が誕生日だって花純ちゃんに教えたっけ？」

いいえ、とわたしはかぶりを振る。

「挨拶に行ったとき、お義母《かあ》さんにこっそり教えてもらったんです。だって、成宮さんには何度聞いてもはぐらかされちゃいますし」

これまでにも何度か、成宮さん本人に、誕生日はいつですかと聞いたことがあった。けれどそのたびに、成宮さんは気恥ずかしそうに「そのうち、教えるよ」と言うだけで。そうこうしているうちに誕生日が過ぎてしまうんじゃないかと、わたしは焦っていた。だって、好きな人の誕生日はとても大事なものだと思うから。

だから成宮さんが実家でお風呂に入っている間に、お義母さんに聞いてみたのだ。お義母さんは快く教えてくれた。

「未希の誕生日は、十二月二十五日。クリスマスよ。あの子、やっぱりあなたにも教えていなかったのね」

あの子、変なところで遠慮する癖があって、なかなか自分の誕生日を人に言わないのよ。お祝いされることに、慣れていないのね。あの子がそんなふうに変な遠慮をするようになったのは、やっぱり小さなころから母親のわたしが忙しくしているのを見ていたからだと思うわ。

お義母《かあ》さんは、そうも言っていた。

「……なんか、くすぐったいな。こういうの、慣れてないからさ」

照れくさそうにそう苦笑しながらも、成宮さんは「ありがとう」と言ってくれた。

そして、もうこんな時間だし、食べるのは朝になってからでもいいですよ、と言ったにもかかわらず、

「せっかくだからいま食べる」

と言ってダイニングテーブルの椅子に座った。

「このケーキ、もしかして花純ちゃんの手作り？」

「あ、はい……一応……。お菓子作りはあまりしたことがないので、味のほうには自信がないんですけど」

——成宮さんの誕生日だから、全力でお祝いしたくて。

そうつけ加えると、

「ほんと、花純ちゃんって俺のツボを押すのがうまいよね。誘ってるの？　って思うくらい」

とからかうように言われ、わたしの顔は熱くなった。

幸いわたしが作ったバースデーケーキは成宮さんの口にも合ったようで、

「いままで食べたどんなケーキよりも、おいしいよ」

とリップサービスまでしてくれる。

それから、残りはまた明日、というか今日食べてくださいと言って残りのケーキを元通り箱に入れ、冷蔵庫にしまった。

「それで、誕生日プレゼントなんですけど……」

そう切り出すと、成宮さんは少し驚いたようだった。

「え？　いまのケーキが誕生日プレゼントなんじゃないの？」

「いいえ、メインのプレゼントは別にあります。それで、あの……わたしの誕生日のとき、成宮さんは『プレゼントはなんでも好きなものを言って』って言ってくれましたよね。わたしはそれがすごくうれしかったんです。だからわたしも成宮さんに同じことをしたいんです。成宮さん、なんでも欲しいものを言ってください。わたしがあげられるものでしたら、なんでもいいですから」

するとと成宮さんは、即座に答えた。

「じゃあ、花純ちゃんがいい。花純ちゃんが欲しい。心も、身体も」

――花純ちゃんが自分の誕生日プレゼントに、俺の心と身体が欲しいと言ってくれたように、俺も花純ちゃんの心と身体が誕生日プレゼントとして欲しいんだ。

彼は恥ずかしげもなく、優しく微笑みながらそんなうれしいことを言ってくれる。それは本当に予想外で、わたしは恥ずかしさでどうしようもなくなったけれども、あえて「でも」と言った。

「それはもちろんあげますけど……その、他にもなにか残るものをあげたいんです。ついさっき、成宮さんの中でミライがよみがえったお祝いも兼ねて……昨日と今日は、それくらい、特別な日だと思います。ミライとともに成宮さんの心もよみがえった日って、わたしはそう感じているので……だからこそプレゼントも特別ななにかをあげたいと思うんです」

成宮さんはわたしのその言葉を聞いて、うれしそうに微笑む。本当に心の底から、幸せそうに。

「そうだなあ。じゃあ、もうひとつ、いい？」

「はい。なんですか？」

「俺の絵を、花純ちゃんが描いてくれる？　俺、それをプレゼントとして欲しい」

この人はいったいなにを言い出すのか。思いもかけなかったリクエストに、わたしは焦りを隠せない。

「成宮さんは、わたしがどれくらい絵が下手かわかってないからそんなことが言えるんですっ……」

せめてもの抵抗にそう言ってみる。けれど、

「俺は花純ちゃんの絵がほしいんだ。好きな人に絵を描いてもらえる幸せなんて、俺にとっては花純ちゃんからしかもらえないよ」

と、そんな殺し文句を言われて、うなずかざるを得なくなったのだった。

絵は致命的に下手でも、それでも描くのが好きだからと、いつもスケッチブックは手元に置いていた。成宮さんのところに引っ越してきたときも、使いかけのそれを持ってきていたから、紙については問題ないのだけれど。

「……ちゃんとした画材を買ってきますから、後日でもいいですか？」

そろそろと尋ねてみると、

「誕生日プレゼントなんでしょ？　だったら、今日中がいい。スケッチブックでいいよ、ラフ程度で」

と、にこにこと言い切られてしまった。

観念したわたしは成宮さんと一緒にリビングに移動し、ローテーブルを挟んでソファに座る。そして楽しそうに文庫本を読んでいる成宮さんをスケッチした。

勤めているところはデザイン会社でも、自分に絵の才能がないのは充分にわかっている。だから営業事務を任されたのだし、自分もそれで満足していた。いまでは絵は趣味だと割り切り、あいた時間で軽くスケッチをする程度だったのだ。

だけど、ここ最近はそれもしていなかった。成宮さんで心がいっぱいだったから、というのもあるかもしれない。その上、誰かをモデルに絵を描くなんて、それこそ学生時代の美術の時間以来だったから、それはもう緊張しまくった。なによりも相手が大好きな成宮さんだから、下手は下手なりにうまく描きたい、そう願ってスケッチをした――のに。

わたしの手が止まったのを、成宮さんは敏感に見て取ったらしい。

「あ、終わった？」

「い、一応……」

「見せて」

いままさに宝箱を開けようとしている少年のように目を輝かせる成宮さんを見ていると、本当に申し訳なくなる。ごめんなさい、そんなにわくわくするようなものでも、期待してもらえるようなものでもないんです……！

心の中でそう平謝りしながら、描き上げたスケッチをそっと成宮さんに見せた。

「これが花純ちゃんの絵か……」

成宮さんはスケッチブックを受け取って、しみじみと感慨深げにつぶやく。その目元が和《なご》んでいるのを見て、どうやら気分を害してはいないようだとほっとする。

「俺、すごく可愛く描いてもらえてるね。花純ちゃんの絵って、こんなにあたたかな気持ちになれる絵なんだ」

「可愛くっていうか、なんていうか……小さな子どもが描いたみたいにひどい絵だと思うんですけど……」

「いや、俺、花純ちゃんの絵すごく好き。絵はね、上手い下手じゃないんだよ。どれだけ心がこめられているかなんだ。花純ちゃんの絵からは、俺のことが好きだっていう気持ちがあふれてきてるもん。それに俺、人の絵を描くことはたくさんあったけど、自分の絵を描かれたことってなかったからさ。なおさらうれしい。花純ちゃん、マジでありがとう」

確かに心だけは、愛情だけは、たっぷりとこめた。それが成宮さんに伝わっただけでも、ものすごくうれしい。

「それにさ、俺の周りに描いてくれてるこの花、めちゃくちゃうまくない？　俺を描いてくれた絵と比較にならないくらいのうまさなんだけど。正直この花だけ見たら、プロ顔負けだと思うよ」

「あ……それは」

わたしは確かに絵が下手なのだけれど、なぜか花の絵だけはうまく描くことができる。自分の名前の由来になったものだから、それだけたくさん描いてきたのもあるだろうけれど。

そのことは小さなころから友達や学校の先生にも指摘されて誉められていたので、なおさら花の絵ばかり描くようになったのだ。成宮さんの言うプロ顔負け、というのはリップサービスがすぎると思うけれど。

わたしはそんなふうに説明したものの、成宮さんは心底感動してくれたようだ。

「いや、でもほんとにこの花のうまさは意外なくらいだよ。ただ写実的なだけじゃなくて、やわらかくて繊細でやっぱりあったかくて……あとなんていうのかな、うまそう」

——花純ちゃんの描く花って、おいしそうだね。

確かにそれは、いままでにも数え切れないくらい言われてきたことだった。自分ではそんなこと意識して描いてはいないのだけれど、わたしの描く花は本当においしそうで、まるでできたてのお菓子みたいにいい香りまでしてくる気がする、というのがみんなの評価だ。

「いいな、こういう絵が描けるのって才能だと思う」

「い、いや、そんなに誉められてもなんにも出ませんから……っ」

「なに？　花純ちゃん、照れてんの？　めちゃくちゃ可愛いんだけど」

くすくす笑う成宮さんに悶絶《もんぜつ》しそうになるわたし。

「ほんとに、ありがとう。一生の、宝物にする」

成宮さんは、優しい笑顔でそう言ってくれた。

今日の日を、俺は一生忘れることはないよ、と。

事実わたしが描いたその絵は、わたしと成宮さんが歳を重ねて、ふたりの間に生まれた子どもたち全員が巣立っていき、その子どもたちがそれぞれに家庭を持ち……そうしてふたりが老いたあとも、ずっと大事に額縁に入れられていたのだけれど、それはまた、別のお話。

クリスマスのその日、お互いシャワーを浴びてお湯を張ったバスタブにゆっくりと浸《つ》かり、ある程度疲れを取ってから、寝室のベッドの上で向かい合って座る。

「花純ちゃん、疲れてない？　少し仮眠取ってからにする？」

「わたしは、大丈夫です。成宮さんのほうこそ、疲れていませんか？　いまからで、本当に大丈夫ですか？」

「俺は平気。つか、いまから花純ちゃんがもらえるんだって思うだけで、元気が出てくるし」

そんなふうに言ってくれる成宮さんの言葉が、わたしには恥ずかしくて……でも、とてもうれしくて。

「じゃあ、誕生日のプレゼント交換……しようか」

わたしの誕生日には、成宮さんの心と身体を。

成宮さんの誕生日には、わたしの心と身体を。

お互いにそう求めたから、プレゼント交換というわけだ。

「あの」

わたしはうなずく前に、決めていたことを口にした。

「今日は、その……成宮さんのこと、全部受け止めたいんです。跡継ぎとか、そういうことは関係なしに……成宮さんのすべてを、受け止めたいんです。だめ、ですか？」

それがなにを意味しているのかを、成宮さんは正確に読み取ってくれたのだろう。

成宮さんは優しく微笑んで、わたしを抱きしめてくれた。ふわりと、バニラの香りが鼻孔《びこう》をくすぐる。成宮さんのその香りを嗅《か》いでいるだけで、わたしは恍惚《こうこつ》となるほど幸せな気分になる。

「俺も、今日は花純ちゃんのすべてを感じたい。花純ちゃん……俺の全部を、もらってくれる……？」

「はい。成宮さんも……わたしのすべてを、もらってください……」

そっと抱きしめ返すと、わたしの身体に回された腕に力がこめられた。

身体を離し、少しの間見つめ合う。それだけでお互いの愛情が伝わってくる気がして、恥ずかしいけれどすごく幸せな気持ちになる。

わたしと成宮さんが身体を重ねるのは、これで三度目だ。

だけど、お互いに好きだという気持ちを伝えてからは、これが初めて。だからなのか、ものすごく緊張する。心臓の鼓動もこれでもかというほどに速い。

それを感じ取ったのか、成宮さんは、ふっと笑って悪戯《いたずら》っぽく瞳をきらめかせた。

「優しいのと激しいのと、どっちがいい？」

「な、……っ」

この期《ご》に及んでどうしてそんな恥ずかしいことを聞いてくるんだろう。

一気に顔に熱が集まったわたしを見て、成宮さんはくすくす笑う。

「だってさ。花純ちゃん、初めてのときよりも緊張してんだもん」

「だって、なんだか……いまが本当の〝初めて〟って気がして……」

セックスって、本来気持ちが通じ合ってからするものだと思う。もちろん例外もたくさんあるだろうけれど、基本はそのはずだ。

わたしと成宮さんの場合は、二回とも気持ちが通い合っていないセックスだった。一度目はわたしが成宮さんを好きではなかったし、二度目は互いの気持ちは知らないままで。

だから本当に気持ちが通い合って改めて肌を重ねようとしている、といういまの状況は、とても特別なものに感じられるのだ。緊張も高まってしまうというもの。

モゴモゴとそれを伝えると、成宮さんのわたしを見つめる瞳の色が、さらに優しくなる。彼はわたしの手を取って、自分の胸へと導いた。

「俺もすげぇ緊張してるよ。ほら」

「あ……」

確かに、スウェット越しに触れた成宮さんの厚い胸は、ドクドクと心臓の音が聞こえてきそうなほどに脈打っていた。

「俺、マジで花純ちゃんのことこれ以上にないくらいに好きだから。花純ちゃんに好きだって初めて告白したときよりももっと、花純ちゃんのこと好きになってるから。それだけ大好きな女の子を抱くのって、さすがに緊張する」

「成宮さんでも、ですか」

「うん」

成宮さんの手がわたしの頬に触れる。大きなその手は、とてもとても熱かった。

「極力優しくしたいけど……花純ちゃんのこと好きすぎて、加減できないかも」

「それでも、いいです。成宮さんの好きなように、してください。わたし、どんなことをされたって、もう成宮さんのことを嫌いになんてなれませんから」

本心を言うと、成宮さんはわたしの額に自分の額をコツンと当てた。

「さっそく煽《あお》ってんの、わかってる？」

「え……」

「……好きだよ、花純ちゃん」

掠《かす》れた声で成宮さんはそう言い、そっと額にキスをくれる。

ああ、本当にいつもの成宮さんだ。本当に彼はもう、千寿さんのことを乗り越えたんだ。過去の傷を、乗り越えることができたんだ。そう感じ取ることができて、うれしさが胸にこみ上げてくる。

額の次は、頬に。次は、鼻の頭に。少し上がって、反射的に閉じたわたしの瞼《まぶた》に。そして最後は――唇に。触れるだけのキスを、そうして幾度も繰り返す。深いキスなんて今日はまだ一度もされていないのに、身体中をじわじわと熱が駆け巡り始め、身体の芯も疼《うず》いてくる。

キスだけで、それもただ触れるだけのキスで、もうこんなふうになるなんて。それだけわたしの心と身体が、成宮さんのことを求めているんだ。成宮さんの心と身体、彼のすべてをわたしのすべてが求めている。

やがて成宮さんの顔がわたしの首筋にうずめられ、その部分で一番感じる筋をゆっくりと舌でなぞりあげられる。するとわたしの身体はおかしいくらいにビクンと跳ねた。

「あっ……！」

「……花純ちゃん、前のときより敏感だね」

「やっ、ぁ……っ」

そのまま唇と舌で首筋やうなじを愛撫《あいぶ》しながら、成宮さんはわたしの身体に触れ始めた。腰骨から脇腹、おへそのあたりをくすぐったかと思えば、また腰骨へ。肝心なところはどこも触れられていないのに、自分でも不思議なくらいに強い快感を覚えてしまう。

気持ちが通じ合うと、こんなにも感じるものなんだ。こんな些細《ささい》なことにすら、身体が反応してしまうものなんだ。

セックスって、身体を重ねるだけのものじゃないんだ。心まで触れ合い、抱き合うものなんだ。わたしは初めて、そのことを知った。想い合うことの幸せを、想いを伝え合いながら触れ合うことの幸せを、成宮さんが教えてくれたのだ。

甘い吐息と声を漏らすわたしの身体に触れながら、成宮さんは徐々にわたしのパジャマをはぎ取って行く。ショーツだけの姿にされたわたしはそのとき、電気がそのままになっていることに気がついて、慌てて身体を隠そうとした。

だけどすぐに成宮さんに両手をつかまれ、そのまま押し倒されてしまう。

「だめ。隠さないで」

「やっ……」

それでも、とわたしは成宮さんの身体の下でなんとか反転し、うつぶせになった。

「成宮さん、電気っ……」

これまでの二回の行為のときだって、電気はつけないでいてくれた。廊下から射し込む明かりや月明かりはあったけれど、それでもこんなにすべてを晒け出してしまうほどの明るさではなかった。

「身体に自信、ないから……見られるの、恥ずかしい、から……」

必死にそう訴えるのに、成宮さんは応じてくれなかった。

「身体がどうでも、花純ちゃん相手だから俺は抱きたいんだし。それに、俺は花純ちゃんの顔も身体も、すべて見たいんだ」

「で、も……あ……っ！」

まだ言い募《つの》ろうとするわたしの背中に、熱いなにかが触れる。同時に身体に走った甘い痺《しび》れにわたしは声を上げてしまった。ゆっくり、ゆっくりと背中を這うもの。それが成宮さんの舌と唇だということに気がついた瞬間、また恥ずかしさと快感がやってくる。

背中も感じる場所だなんて、知らなかった。いままで二度抱かれているけれど、それでもまだわたしの知らないことがあるんだ。成宮さんからしてみたら、きっとわたしは未経験者と言ってもいいくらいなんだろう。

「んっ……んっ……は、あっ……」

「……可愛い声」

背中一面にキスを落とされ、そればかりを意識していたわたしは、すっかり油断していたらしい。あっという間に最後の一枚だったショーツに手がかけられ、足から引き抜かれてしまったのだ。

「やっ……あ、っ……！」

背後から手が回ってきたかと思うと、その手はわたしの乳房を包み込み、愛撫《あいぶ》を加えてくる。円を描くように揉まれたかと思えば、先端を指でぐっと押し潰される。そのまままくりくりと指先で弄《もてあそ》ばれると、もう子宮が疼《うず》いてたまらなくなった。

自分でも、いままでにないくらいに秘部から蜜があふれ、それが太ももを伝っていくのがわかる。まだろくな愛撫すらされていないのに膣がひくついて、成宮さんのあの確かな質量が欲しくて仕方がない。

成宮さんにもそれは伝わっているはずなのに、彼は愛撫の手を止めない。

背後から胸を揉みしだきながら、もう片方の手で太ももを撫《な》でる。足の付け根と太ももの間を焦《じ》らすようにゆっくりと往復されると、力が適度に抜けてわたしの足の間には隙間ができてしまう。

それを見計らったように、彼の指が膣口を撫でてきた。

「ひゃんっ！」

それだけでびりびりと電流のようなものが頭のほうまで伝わってくる。さらに指を差し込まれ、くちゅくちゅと音を立てながら抽挿《ちゅうそう》を始めた。

「んっう、やぁ……っ！」

二本、三本と指が増やされるけれど、わたしのそこは余裕を持って成宮さんの指を呑み込んでいる。

「仰向けになって」

優しくうながされ、わたしはもうほとんどあきらめの境地で、身体を反転させた。すぐに成宮さんは自分も裸になって覆いかぶさってくる。

「あ、あっ……！」

今度は舌で乳首をころころと転がされ、舐め回された。そうして攻められながら、秘所に指を出し入れされる。

「花純ちゃんが大好きなこと、してあげる」

「ふ、え……？」

一瞬なんのことかわからなかったけれど、成宮さんは悪戯《いたずら》っぽく微笑んでいる。

そしてわたしの胸に唇を寄せ、二、三度乳首を軽く吸ったかと思うと、かぷっと甘噛みをしてきた。

「ひゃ、あ……っ！」

軽く歯を立てられたところが、とんでもないくらいに気持ちいい。もう、本当に欲しくてたまらなくて、生理的な涙まであふれてきた。

そんな涙を唇で拭い取ってくれたあと、成宮さんは改めてわたしの身体を見下ろしてくる。

「きれいで……可愛いよ、花純ちゃん」

「やだ……見ない、で……」

「可愛すぎるから、無理」

「っ……！」

てっきり愛撫《あいぶ》はもう終わりかと思っていたのに。優しく、でも容赦のない強さで、ぐいと足を左右に押し広げられる。かと思うと、成宮さんの頭がそこに沈み込んだ。

「あ――っ！」

膣口を舐め始めた成宮さんの頭を、思わずつかんでしまう。だけど成宮さんは、そんなことではやめてくれない。

丁寧に割れ目を舌で上下になぞり、まんべんなくキスをする。いままで花芽を愛されたことはあったけれど、膣口にキスをされたり舐められたりするのは初めてだった。そのことから成宮さんの気持ちが伝わってくるようで、心と身体がぶるりと芯から震えた。

――成宮さん、本当にわたしのことを好きでいてくれているんだ。愛して、くれているんだ……

成宮さんは入り口を舐め終わると、さらに膣の中にまで舌を入れ、ぐにぐにと動かしてくる。指とも昂《たか》ぶりとも違う熱いその感触が、わたしの全身からどんどん力を奪い去っていく。もう感じすぎて、自分がどんな声を上げているのかすらわからない。

続いて花芽の皮を熱い舌で剥《む》かれ、そこも甘噛みされてしまう。そして最後にじゅるりと唇を使って吸い上げられれば、いままで懸命にこらえていた努力もむなしく、とうとうわたしは絶頂を迎えてしまった。

「花純ちゃん、今日すごいね。マジで感じてくれてる」

「成宮さんが、すごい、んです……」

いつも、先にイくのはわたし。そのことが、少しだけ悔しい。成宮さんとは圧倒的な経験の差があるのだから仕方がないとは思うのだけれど――

それでも、その差が開くことはもうない。だってこの先わたしたちは、抱くのも抱かれるのも、お互いだけだから。だから悔しいけれど、同時にうれしくもある。

「うん。俺も今日はやばいかも。こんなに痛いくらいに勃《た》ってんの、初めてかもしれない」

そう言いながら成宮さんは身体を起こし、硬くなった自分のものに手を添えた。

自然とわたしもそこに目を向けてしまったのだけれど……

「それ、……前より大きく、ないですか」

思い切ってそう尋ねてみる。すると成宮さんはあっさりと肯定した。

「たぶんね。俺も自分のがこんなにでかくなってんの、初めて見るし。それだけ花純ちゃんが好きってことだと思うよ」

「や、でも……それ、入らないんじゃ……」

ただでさえ人より大きいと聞いているのに、入るんだろうか。

「大丈夫だって。花純ちゃんもいつもより濡れてくれてるし。でも痛かったら言ってね？」

「あ、……っ」

成宮さんはそれを、今日はゴムをつけないままわたしの膣口に押し当てて、上下に擦《こす》り始める。まるで、わたしの愛液を自分のものにたっぷりと塗り込めるかのように。それだけでもう、わたしの入り口はヒクヒクと疼《うず》いて仕方がない。そうでなくともさっきから、焦《じ》らされまくっているというのに。

「成宮さん、もう……っ」

わたしの言いたいことが絶対わかっていると思うのに、成宮さんは肉食獣のような笑みを浮かべたまま、その動きを止めない。

「そうじゃないでしょ？」

「お願い、成宮さん……っ」

泣きそうになりつつそうねだってみても、まだ彼は入れてくれない。

「成宮さん、……っ」

「いい加減、そろそろ名前で呼んでくんない？　——花純」

悪戯《いたずら》っぽく、でも愛《いと》おしげに微笑みながらの彼の言葉に、わたしはすがりつくようにして応えた。

「未希、さん……おねがい、……あっ！」

わたしが彼のことをそう呼んだ瞬間、成宮さんは自分の昂《たか》ぶりをぐっと膣に押しつけてきた。

いつもより大きく感じるその先端部分を膣内に感じたそのとたん、わたしは成宮さんの腕をつかみ、大きく身体を痙攣《けいれん》させる。

二度目の、絶頂。こんなにまで感じているなんて……自分でも、信じられない。

「はっ……花純ちゃん、マジで感じすぎ……まだ先っぽしか入ってないよ？」

からかうようにそう言う成宮さんの息も、既に荒くなり始めている。

「だって、……成宮さん、の……きもち、よく、て……」

わたしがそんなことを口にできたのは、絶対に頭が朦朧《もうろう》としていたせいだと思う。普通の状態だったら、恥ずかしすぎて絶対に言えない。

わたしのその言葉に、成宮さんの箍《たが》も外れたようだ。彼はごくりと喉仏を上下させたかと思うと、次の瞬間、一息にわたしの中を貫いてきた。

「ひぁんっ！」

「花純ちゃん……っ」

本当に、大きくて太い。それに、避妊具を着けていないせいだろう、前の二回よりもリアルな感触がある。いつもよりはるかに質量を持ったそれを、わたしの膣がぎゅうぎゅうと締めつけていくのがわかる。

「や、おっきい……っ」

わたしがそう言ったとたん、わたしの中の成宮さんの昂ぶりはさらに大きく硬く反り返った。

「どこまで俺のこと煽《あお》るの？」

「煽って、なんか……あんっ……！」

「花純ちゃんの中、すげぇ狭いけど痛い？」

最初は気持ち緩やかに腰を動かしていた成宮さんが、わたしに確認してくる。

「う、うん……いたく、ない……」

「気持ちいい？」

「そ、んなの……んぁっ！」

痛がっていないのがわかったからか、成宮さんはいつもより膨れ上がった昂《たか》ぶりを激しくわたしの内壁に擦《こす》りつけ、奥を突き上げてくる。

「ちゃんと教えて。俺の、気持ちいい？　俺にこうされて、うれしい？」

「やっ……そんな、の……」

答えられない――そう言おうとすると、成宮さんは腰を動かしながらわたしの身体を抱きしめてくる。そして耳元に、甘い低音ボイスでささやいてきた。

「教えて――花純」

「あ、あんっ……！」

それだけでもう腰が砕けそうになって、理性なんてものも吹き飛んでしまう。

「花純？」

「きもち、い……っ……うれしい、……っ……」

もう一度ねだるように尋ねられ、必死になって素直にそう答えてしまう。

すると成宮さんがわたしの唇にキスをしてきた。今日初めての、深いキス。

一番感じる舌先から根元まで絡められ、なぞられ、吸い上げられ、上も下も激しく攻め立てられて、どうにかなってしまいそう。なのに成宮さんは、深く突き立てた肉棒を、そのままごりごりと押しつけるように動かしてくる。

「いや、それいやぁっ……！」

「可愛い、花純……」

その動きだけでもたまらないのに、成宮さんは指を使って花芽の皮を剥《む》き、器用な手つきで擦り上げてくる。そしてまた深く唇を貪《むさぼ》られれば、もう限界だった。

「あ……あぁ――っ!!」

三度目の絶頂に達しながら、わたしは無我夢中で成宮さんの身体にしがみついた。

それでも成宮さんの動きは止まなくて。そんなふうに中を激しく擦られ、イったばかりのわたしはあまりの快感につらくなる。声も出せないで腰をがくがくと震わせていると、ようやく成宮さんは「花純」と切羽詰まったように呼びかけてきた。

「愛してる……」

「わたしも、……愛、してます……っ」

わたしがそう言った瞬間、

「く、っ……！」

と成宮さんは喉の奥でこらえるような声を出し、わたしの身体を抱きしめたまま、いっそう強く最奥をがつんと突き上げた。

中で彼の昂ぶりが大きく膨れ上がったかと思うと、ドクドクと遠慮なしに熱い精液が注ぎこまれる。

わたしの中も、それを迎え入れようとしてか、何度も収縮した。

最後の一滴まで注ぎ込むかのように、成宮さんは何度か緩やかに腰を動かしてから、切なげな、でも満足そうなため息をつき、熱に潤《うる》んだ瞳でわたしを見下ろした。

ああ、わたし……いま、本当の意味で成宮さんとひとつになれた気がする。好きな人と身体を重ねると、こんなにも、身も心も満たされるんだと、それこそ身をもって教えられた。

成宮さんにも、わたしのその気持ちが伝わったのかもしれない。

「可愛い花純……俺の、俺だけの花純。……世界で一番、愛してる」

もう一度、優しく微笑みながらそう言って、彼はわたしの唇に触れるだけのキスをした。

「わたしも……未希さん、……愛してます……」

わたしも改めてもう一度ささやき返す。

「未希さん……生まれてきてくれて、ありがとう……」

ぼんやりとした思考の中、それでもなんとかそう伝えると、成宮さんは身体をひとつにしたまま、微笑んでわたしの身体をぎゅっと抱きしめた。

「花純ちゃんも。生まれてきてくれて、俺と出逢ってくれて……本当に、ありがとう」

想いが通じ合い、ミライも復活したいま、わたしと成宮さんを阻《はば》むものはなにもない。

だからだろうか、これ以上ないくらいに成宮さんのことが愛《いと》おしい。もっともっと、つながりたい。その肌のぬくもりが、わたしのぬくもりと溶け合うくらいに。

その気持ちは、成宮さんも同じだったらしい。

「花純ちゃん……」

「ん……っ」

成宮さんのキスが、唇に降ってくる。

一度唇を触れ合わせてから、彼は熱っぽい瞳でわたしを見下ろしてきた。

もしかしたらわたしも、同じような顔をしていたのかもしれない。胸の中にまだ熱がくすぶっているのが、自分でもわかる。

「ん……」

また、成宮さんがキスをしてくる。

今度は一度だけじゃ済まなくて、ちゅっちゅっと音を立てながら、わたしの唇を味わうように舐めたり吸ったり……だんだんとそのキスは激しいものになっていく。

そうするうちにわたしの中に入ったままだった成宮さんの分身が、再び熱と硬さを取り戻し、大きく膨らんでいくのが感じられた。

成宮さんも、まだ物足りないんだ。

そのことがうれしくて、わたしは初めて自分の意志で、成宮さんの背中に手を回す。それが呼び水になったように、成宮さんは唇だけでなく、首や鎖骨にもキスの雨を降らせてきた。

「ん、は……っ……あ……っ」

成宮さんの熱い手が、わたしの胸を包み込む。もどかしそうに揉みしだかれると、わたしの気持ちもどんどん高揚していく。

胸の先端を指でこりこりと捏《こ》ねられ、首筋を強く吸い上げられる。その甘い痺《しび》れに耐えかねて声を上げると、火がついたように成宮さんの愛撫《あいぶ》も激しいものになる。

二本の指で乳首を嬲《なぶ》られながら、鎖骨から耳の裏までを舌でなぞり上げられる。なにか魔法でもかけられているんじゃないか。そう思うくらい、痺《しび》れるような強い快感が背筋を走り抜ける。

たまらないほどの快楽を教えられて成宮さんの身体にしがみつくわたしの声は、おかしなくらいに甘かった。

「やあっ……あっ……」

「だめだ、……ごめん……止まらない……っ」

「な、るみやさん……っ……んぁっ！」

キスと胸への愛撫を続けながら、成宮さんの片手が、わたしの片足を持ち上げる。その足をわたしの胸にくっつけるように折り曲げると、彼はぐっと強く腰を押しつけてきた。

「あ、あ……っ！」

いままでで一番深く、彼の肉杭が入ってくるのがわかる。少し苦しい感じはするけれど、それ以上の快感がぴりぴりと痺れを伴《ともな》って全身に訪れる。

「これ、苦しい……？」

成宮さんは、余裕がなさそうに呼吸を荒くしているけれど、それでも優しくそう尋ねてくれる。

そんな彼がより愛《いと》おしくなって、わたしはふるふるとかぶりを振った。

「少し、だけ……。きもちいいほうが、大きい、です……」

素直にそう言ったことが、彼のスイッチを入れてしまったらしい。

「ごめん、痛かったり苦しかったりしたら、言って……動く、よ……っ……」

「あ、んぁ――っ！」

腰を動かし始めた成宮さんの屹立《きつりつ》が、奥のほうを容赦なく攻めてくる。

けれど彼はわたしが少しでも苦しそうな声を上げると、動きを緩やかなものに変えてくれた。

わたしと深いキスを交わしながら腰を打ちつけていた成宮さんは、いったんその動きを止め、わたしの両手を取り、自分の首の後ろへと回させる。

「しっかりしがみついてて」

なにをされるのかと思ったら、腰の後ろに手を回され、ぐっと身体を起こされた。向かい合うような形で、成宮さんの膝の上にわたしがまたがっている恰好になる。

「な、るみやさん、……っ……これ……っ……」

その体位に変わったとたん、わたしの中の成宮さんの昂《たか》ぶりがさらに奥に押し込まれたように感じられる。苦しい、でも……きもちいい。

「このほうが、花純ちゃんの奥まで届くでしょ？　……ほら」

「ん、あっ――！」

ぐ、と腰を突き上げられ、その快感に、意識がどこかに持っていかれそうになる。

わたしの弱い部分に成宮さんの屹立が当たり、絶妙な角度で擦《こす》られる。

「だめ、……っ……そこ、だめ……っ！」

「いい、の間違いでしょ？　もっと擦って、いっぱい突いてあげる……っ」

「いやぁっ——！　あっ、あんっ……！」

弱いところばかり、それも奥深くを大きく熱いもので激しく突かれ、あまりの快感に抵抗もできない。成宮さんはそんなわたしの腰を片手で固定し、腰を突き上げながらもう片方の手でわたしの乳房をつかみ、先端をちゅっと吸い上げる。

「ひぃ、あ——っ！」

もう少しでイッてしまいそうになるくらいに、気持ちがいい。成宮さんに容赦のない動きで突かれながら、わたしの中はひくひくと震えた。

「こうして突き上げると、花純ちゃんの胸が揺れて……すごく可愛い……。花純ちゃん、ちゃんと感じて？　花純ちゃんのここで、俺がどんなふうに動いているのか……」

言いながら成宮さんは、幾度も乳首を吸い上げながら、いっそう腰の突き上げを激しくする。結合部からはぐちゅぐちゅと恥ずかしい水音がしているのに、成宮さんはかまわず、角度を変え、ときにはねっとりと回すようにしてわたしの内壁をまんべんなく擦《こす》る。そんな動きをされたのは初めてで、羞恥《しゅうち》と快感でどうにかなってしまいそう。

「い、や……っ……はずか、し……っ……」

「なにも恥ずかしくないよ。俺は花純ちゃんの中に、ちゃんと自分を刻みたいんだ。……もっと感じて……花純ちゃん……」

「ん、ん……っ！」

乳首にあった形の良い唇が、わたしの唇をふさぐ。ちろちろと器用に舌を絡められ、舌の裏側を丁寧になぞられる。その動きにわたしまで恍惚としてきて、自然と自分の舌や腰も動いてしまう。

「花純ちゃんの肌も中も、すごく熱くて……きもちいい……っ」

「わ、たし……も……っ……」

揺さぶられる快感の中、なんとかそう伝える。すると成宮さんはまたわたしをそっとベッドに仰向けに横たえる。そしてなにを思ったのかふっと笑い、急にずるりと屹立《きつりつ》を引き抜いてしまった。

こぽりと、わたしの愛液と成宮さんがさっき出したばかりの白濁が混ざり合ったものが、お尻を伝うのがわかる。

「エロい眺め」

身体を起こし、楽しそうにそう言って、成宮さんはちゅっとわたしの内腿にキスをくれる。それだけでもいまのわたしには刺激が強すぎて、思わず甘い声を上げてしまう。だけど成宮さんは、わたしの膣口を艶《つや》っぽい瞳で見下ろしているだけだ。

「花純ちゃんのここ、ひくついてる」

「や……見ない、で……っ」

「無理」

「ふぁ……っ！」

成宮さんの指が、花芽をそっと擦り上げる。敏感になったわたしの身体は、それだけでびくんと跳ねた。

「や、どうして……やめちゃった、んですか……？」

ものすごく恥ずかしかったけれど、聞かずにはいられない。

せっかくつながっていたのに、ひとつになっていたのに、どうして……？

すると成宮さんは、ニッとイジワルそうな笑みを見せた。

「花純ちゃんのおねだりが、聞きたくなっちゃったから」

「おねだり、って……」

「ねえ、花純ちゃん。続き、したい？」

それは、したいに決まっている。返事をするように、膣口がまたひくんと震えるのがわかった。

成宮さんも、それを見て取ったらしい。愛《いと》おしそうに目を細め、花芽から膣口へねっとりと指を這わせる。

「したいなら、俺のこと……欲しいって、その可愛い口で言って？」

「そ、んなこと……っ」

「言えない？　言えないなら、朝までずっとこのままだよ？」

そんなの、拷問だ。

いつもだったら恥ずかしくて、絶対に言えなかっただろう。

けれど今日は、わたしと成宮さんにとって特別な日。さっき身体を重ねて愛を確かめ合ったことで、ますます成宮さんへの愛が強くなっている。気持ちだって、まだ高揚したままだ。

だから、それを口にするのにもあまり抵抗はなかった。

「成宮さんが、欲しい……大好きで、愛してます……」

指を這わされているせいで、快感に声が掠《かす》れてしまう。それでもなんとかそう告げると、成宮さんも切なげに微笑んだ。そしてもう一度、わたしの身体に覆いかぶさってくる。

「俺も……花純ちゃんが、欲しい。俺のほうがずっといっぱい、花純ちゃんのことが欲しい……愛してる……っ」

「あぁ——っ！」

わたしと成宮さんの体液で濡れそぼっていたそこに、成宮さんが一息に突き入れてくる。

それこそずぷりと音が聞こえてくるくらいに。

続いて、さっきよりも激しい水音がズチュズチュとわたしの耳に届いてきていた。

「花純ちゃん、ここまで深く入れるとまだ少し苦しそうだから……ここ、擦《こす》りながら突いてあげる……っ」

そう言って奥のほうを熱く硬いもので突きながら、成宮さんは指で花芽を優しく撫《な》で回し、上下に擦り始める。

「や、だめ……っ！　やぁ……っ！」

「だめじゃ、ないでしょ……っ？　花純ちゃん、こうされながら突かれるの、好きだよね……っ？」

その上、時折つままれて左右に転がされたりすると、わずかにあった苦しさもどこかへ消えていってしまう。あるのはただ、全身を襲う激しい快感のみだ。

「花純ちゃん……好き、だよ……っ……ほんとに、……世界中の誰よりも……っ……」

情熱的にささやき、いっそう激しく腰を打ちつけながら、成宮さんは幾度もわたしにキスをした。

「はぁ、あっ、あんっ……！」

わたしも好き、と返そうとしたのに、口から出るのは自分でもびっくりするくらいに甘い喘《あえ》ぎ声ばかりで。言葉にできない代わりに、わたしもぎゅっと成宮さんの身体を抱きしめた。

「あぁ――っ!!」

成宮さん、と呼ぼうとしたのに、わたしはいままで一番大きな快感の波に襲われ――その瞬間、意識が真っ白になった。

「やばいくらい可愛い……ほんとに、大好きだ……」

どこか遠くのほうで、この世で一番愛しい人の、そんな優しい声が聞こえた気がした。


再びわたしが意識を取り戻したときには、成宮さんはまだ起きていて、わたしの髪を手櫛《てぐし》で梳《す》いてくれていた。

電気は消されていて、窓の外が街明かりかなにかでぼんやりと明るく見える。

「気がついた？」

やわらかく問われ、わたしは「はい」と小さくうなずく。まだ、身体の奥のほうにじんじんとした甘く心地良い痺《しび》れが残っている。

「ごめんなさい、わたし……意識、なくなっちゃって……」

申し訳ない気持ちでいっぱいのわたしに向かって、成宮さんはふっと笑う。

「いいんだよ。それだけ俺のこと感じて気持ちよくなってくれた証拠だから。それに俺も花純ちゃんとほとんど一緒にイッちゃったし」

それを聞いて、ほっとした。

「わたしだけ、じゃなくて……安心、しました」

素直にそう言って、わたしは成宮さんの裸の胸に触れるだけのキスをする。成宮さんの肌は、やっぱり甘い香りがした。

成宮さんはくすぐったそうに笑って、わたしの髪を撫《な》でていた手を止め、頬にキスをしてくれる。

「雪、降ってるみたいだよ」

「え、ほんとですか？」

「うん。さっきちょっとだけ窓開けてみた。けっこう積もってるから、俺たちが抱き合い始めたころには、たぶんもう降ってたんだと思う」

そうか。それで窓の外が明るいんだ。いわゆる、雪明かりというやつだろう。

「ホワイトクリスマス、ですね」

うきうきしながらそう言うと、

「神様からのプレゼントみたいだね」

と成宮さんも微笑みながら、返してくれる。

「俺、『ばら色の人生』っていうのに憧れてたんだよね。いまの俺はもう、それを満喫しちゃってる感じ。俺が花純ちゃんの夢を笑わなかったのも、俺自身がそんな乙女チックな夢を持ってたからかも」

はあ、と彼は幸せそうにため息をつく。

「まあ、だからあのデートのとき、俺、ほんとにあの映画……『ラヴィアンローズ』が見たかったんだよね。タイトルに惹かれたってだけなのに、内容にもがっつりはまっちゃったけど」

そして彼は、改めてわたしの身体をきゅっと抱きしめる。わたしの鼻孔《びこう》を、バニラの香りがそっとくすぐった。成宮さんの、香り。わたしだけの、幸せの香り。

「大好きな花純ちゃんがそばにいて、あったかな家庭が築けたら。俺、花純ちゃんと出逢ってから、何度そう夢見たかわからない」

成宮さんがそんな夢を持っていたことを少し意外に思ったけれど、彼の生い立ちや過去を思い返してみれば納得がいく。そしてその夢を打ち明けてくれたことがうれしくて、とても優しい気持ちになった。

「一緒にあたたかな家庭、築きましょう。きっと築けます。夢は、持ち続けていれば、思い続けていれば、いつか必ず叶うんですから」

微笑みながらそう言えば、成宮さんも優しく微笑みを返してくれる。いまのわたしはこれ以上にないくらいに、ふくふくと幸せだ。

わたしたちの結婚式は、六月と決めている。ジューンブライドだからという理由でその月を提案したのは、他でもない成宮さんだ。「花純ちゃんは絶対幸せにならなくちゃだめだから」と。

結婚式を挙げたら、次は新婚旅行が待っている。その次には、甘い甘い、本当の意味での新婚生活が。

この人と出逢うことができて、本当によかった。いま心から、そう思う。そう思える。

器用なはずなのにどこか不器用なこの人が、わたしは恋しくて愛しくてたまらない。

ばら色の人生。

きっとそれは、現実にある。生きている限り、それは誰にでも訪れる可能性がある。わたしはそう思う。

わたしと成宮さんはこれから生涯、ともにばら色の人生を築き、ともに歩んでいく。

ホワイトクリスマスのその日、わたしと成宮さんは、ふたりでそう誓い合った。

愛し合っている限り、きっとわたしたちの毎日は蜜月のように甘いものになるだろう。

そんな予感が、した。


ミライが十年ぶりに新しい絵を世間に発表したのは、それからまもなくのことである。

希彗まゆ（きすいまゆ）
幼少より書いていた小説を、近年ネットにて発表。2015 年、「不埒な彼と、蜜月を」にて出版デビューに至る。

イラスト：相葉キョウコ

本書は、「ムーンライトノベルス」（http://mnlt.syosetu.com/）に掲載されていたものを、改稿のうえ書籍化したものです。

不埒《ふらち》な彼《かれ》と、蜜月《みつげつ》を

希彗まゆ（きすいまゆ）

2015年 1月 30日初版発行
2015年 2月 10日 2刷発行
編集－蝦名寛子
編集長－塙綾子
発行者－梶本雄介
発行所－株式会社アルファポリス
〒150-6005 東京都渋谷区恵比寿4-20-3 恵比寿ｶﾞｰﾃﾞﾝﾌﾟﾚｲｽﾀﾜｰ5F
TEL 03-6277-1601（営業） 03-6277-1602（編集）
URL http://www.alphapolis.co.jp/
発売元－株式会社星雲社
〒112-0012東京都文京区大塚3-21-10
TEL 03-3947-1021
装丁イラスト－相葉キョウコ
装丁デザイン－ansyyqdesign
印刷－中央精版印刷株式会社

価格はカバーに表示されてあります。
落丁乱丁の場合はアルファポリスまでご連絡ください。
送料は小社負担でお取り替えします。

ISBN978-4-434-20193-6 C0093